우울의 중점

우울의 중점

이은영 소설

나비클럽

차례

폭풍, 그 속에 갇히다

1

"연주회가 시작될 때 관객이 치는 박수 말이야. 뭔가 무섭지
않아?"
무료하게 창에 기대어 그 말을 꺼냈을 때, 이번 장마의
마지막 빗줄기가 내리고 있었다. 창밖으로 우산을 쓴
여자가 걸음을 멈추어 하늘을 보았고, 더는 장대비가 오지
않으리라는 확신이 들었는지 우산을 접고 걸어갔다.
카페 입구에선 남자가 유리문을 당기며 들어왔다. 그의
손힘에 휘둘린 유리문은 안팎을 정신없이 넘나들다 그가

자리에 앉을 때쯤 서서히 안정을 되찾았다.

나는 어릴 때부터 그런 움직임의 역학을 좇는 걸 좋아했다.
이루어진 모든 것에는 이유가 있으니까.

"뭐가?"

"꼭 기선제압 같잖아. 내 기대에 꼭 부응해야 돼, 이런 느낌."

그는 갸웃하며 글쎄, 라고 반응했다. 한 시간 전에
오랜만이네. 반갑다. 어떻게 지냈어, 와 같은 안부 인사를
나눈 뒤 할 말이 없어진 우리는 줄곧 이렇게 대화의 불씨를
살리려 분투하고 있었다. 왔다 갔다 왕복 두어 번이면
불씨가 사그라져 우리 사이에 타구가 이어지는 랠리는
없었다. 애초에 그는 우산이 없어서 이 카페에 들어왔고
과거에 첫 연애를 했던 여자를 만난 것뿐이다.

그러니 상관없다. 어떻게든 비가 그칠 때까지 버티다
나가면 그만이다.

그런 식으로 대화의 맥을 간신히 이어가던 중, 드디어 비가
그쳤다. 그가 옆자리에 벗어놓은 청재킷을 들고 일어섰다.
쨍한 햇살이 우리 테이블을 비추었고 우린 더 이상 과거
속에 있지 않았다. 그가 창밖을 내다보곤 이제 우산이 필요
없겠다며 웃었고, 나도 한껏 미소를 지어 보였다. 흰색
티셔츠를 입은 그는 상체를 앞으로 기울였고 한쪽 발을

정사각형 테이블 밖으로 내밀었다. 그런데, 그가 갑자기
중심을 잃고 흠칫하더니 다시 자리에 앉았다.

다시. 자리에. 왜?

"지금… 뭐 한 거야?"

나는 의문했고, 그는 잠깐 멍한 듯싶더니 다시 일어나
밖으로 나가려고 시도했다. 그러나 이번에도 마찬가지였다.
나는 어처구니없는 얼굴로 그를 쳐다보았다.

"뭐지…."

한동안 얼떠름한 표정으로 서 있던 그는 산란한 정신을
한데 모으려는 듯 허공을 응시했다. 시시각각 변하던
그의 눈빛은 현란한 스펙트럼을 연상케 했다. 흥분이
최고조에 달하는 듯싶다가도 이내 침울하게 내려앉았고,
희어멀뚱하게 쳐다보는가 하면 금세 죽음 길로 들어섰다.
내가 지금 당장 옷을 다 벗어젖히고 나체로 앉아 있다 해도
저런 망연한 표정은 나오지 않을 듯했다.

"무슨 일인지 좀 알려줄래?"

나는 최대한 차분하게 말했다. 그러나 그는 내 목소리가
전혀 닿지 않는지 자신이 앉은 소파 뒤로 넘어가려 했다.
그마저 실패하자 이번에는 내 쪽으로 다가와 내가 앉은
소파를 타넘으려 했다. 그의 상체가 내 얼굴 바로 위에

있었다. 그가 입은 무지 티셔츠는 그의 성격대로 깔끔하게 다려져 있었고 보풀 하나 없었다.

그의 기이한 행동은 거기서 끝이 아니었다. 이번에는 테이블을 한쪽으로 밀더니 창문을 두드렸다. 정확히는 창문에서 20센티미터 정도 떨어진 허공을 두드린 셈이다. 창밖의 행인들이 한 번씩 그에게 시선을 던지며 지나갔다. 그는 안색이 창백해져서 의자에 주저앉더니 자신이 뭘 하는지도 모르는 얼굴로 또다시 몸을 일으켰다. 그리고 잠수 장비를 달고 심해로 들어가는 잠수사처럼, 속으로 숫자를 세며 리듬을 타더니 다리 하나를 테이블 밖으로 던졌다. 원래대로 카페 원목 바닥에 운동화를 내딛고 걸어 나갔으면 이미 집에 도착했을 시간이었다. 그러나 이번에도 제자리에 멀뚱히 서 있었다. 한 번… 두 번… 열 번… 스무 번… 이 모든 게 도저히 현실 같지 않아, 보이지 않는 벽과 싸우는 그를 멀정게 지켜보기만 했다. 계속 보다 보니 정말 내가 어딘가에 갇혀 있는 건 아닐까, 하는 환각이 일었다. 주변 테이블의 시선이 점차 노골적으로 변했다. 결국 그의 발보다 내 인내심이 먼저 바닥에 닿았다.

"대체 뭐 하는 거냐고!"

고맙게도 미치광이가 내 얼굴을 봐주었다.

"너도 봤지? 내가 헛발질하는 거?"

봤다마다.

"미치겠네. 아니, 정말 못 믿겠어. 이게 말이 돼?"

나는 창피함과 화를 억누르며 자주색 숄더백을 들고
일어났다. 그리고 밖으로 발을 뻗었다. 아니 분명히, 다리를
회갈색 원목 바닥에 놓으려고 했다. 근데 닿지가 않았다.
단단한 막에 부딪힌 것처럼 그대로 튕겨져 나왔다.

'...?'

그가 나를 보았다. 나도 그를 보았다.

그는 거봐, 하는 얼굴로 나를 나무랐다. 설핏 안도하는
얼굴이기도 했다.

"말도 안 돼."

앞으로 한 번만 더 들으면 찢어발기려 했던 그 말이
다름 아닌 내 입에서 튀어나왔다. 나는 그처럼 다시
일어났다. 도저히 믿을 수가 없어 나갈 때까지 몇 번이고
시도해보려고 마음먹었다. 첫 번째, 실패. 두 번째, 실패.
그리고 세 번째….

난 그와는 달리 너무 쉽게 포기하고 말았다. 수십 번 시도한
그에게 경외심이 일 정도였다. 그 벽은 의외로 굳건했고
절대 져줄 것 같지 않았고, 나를 한순간에 무력하게

만들었다. 무엇보다 한 번도 느껴본 적 없는 절대적인
공포감이 엄습했다. 단순히 무서운 것과는 차원이 다른
심오하게 정제된 공포.

옆 테이블 손님이 나가면서 우리를 흘끔 쳐다보았다.
그리고 자기네들끼리 웃었다. 여자가 뿌린 향수 냄새가
테이블 안으로 퍼졌다. 냄새는 어떻게 들어올 수 있는 거지?
하긴 소리도 들리니까 전혀 상관없는 건가. 여자의 모습이
사라지자 굳은 표정의 점원이 탄산수와 생과일주스가 든
쟁반을 들고 걸어왔다. 그래, 추가했었지. 잊고 있었다.
우리는 긴장한 채 다가오는 점원을 바라보았다. 원목
바닥에 닿아 찌익거리는 점원의 신발 소리가 귀를
자극했다. 밖은 온통 무중력으로 가득한 우주이고 테이블
안은 큐리오시티 탐사선처럼 여겨졌다.

"저기 손님, 다른 손님들한테 방해가 되니까 조금만
자제해주시겠어요?"

무중력 공간에 서식하는 점원이 그렇게 말하더니 천천히
음료를 테이블 쪽으로 내밀었다. 그러나 그녀는 탐사선
문을 열자마자 흠칫하며 쟁반을 떨어뜨렸다. 음료가 바닥에
흩뿌려졌다. 희뿌연 탄산이 부글부글 끓어올랐다. 우리는
점원을 바라보았다. 점원도 우리를 쳐다보았다.

"죄, 죄송합니다. 다시 가져올게요."

점원이 황급히 우리 시야에서 사라졌다. 주방으로 돌아간 점원을 흘깃 보았지만 조용히 음료를 다시 만들 뿐, 별다른 기색은 보이지 않았다.

"아는 거 맞지?"

"글쎄."

"아니, 보통은 쏟은 음료부터 치우지 않나."

그의 말에 다시 고개를 돌려 점원을 쳐다보았다. 믹서에 조각난 과일을 집어넣는 점원의 손이 떨리고 있다. 나는 옆으로 고개를 내밀어 원목 바닥이 다른 색으로 물들어가는 광경을 보았다. 그래… 아는 게 분명하다.

"근데 왜 리액션이 없어?"

"착각이라고 생각하는 거지. 너무 비현실적이니까."

역시나 점원은 우리 테이블에 오지 않았다. 주스는 벌써 만들어놨는데 다른 빈 테이블만 몇 번째 정리하고 있다. 나는 인내심에 한계가 왔다.

"저기요! 음료 안 주실 건가요?"

"네, 잠시만요."

점원의 목소리가 낮아지는 어조에서 살짝 떨렸다. 쟁반을 들고 뭔가를 망설이는 얼굴로, 우리 테이블에 오는 걸

주저한다. 나는 마지못해 쟁반을 들고 걸어오는 점원을
예의 주시했다. 점원이 떠밀리듯 걸어와 우리 사이에 섰다.
발밑에 쏟아진 음료가 그제야 생각이 났는지 아, 바로
치워드릴게요, 라고 한다.

"저기요."

"네?"

"저희가 지금 테이블 밖으로 못 나가고 있거든요."

"네?"

"방금 겪으신 것 때문에요."

점원이 입술을 살짝 깨물며 당혹스러운 표정을 지었다.

"무슨 말씀이신지 잘…"

점원은 쟁반을 테이블 위로 내밀었다. 그러나 이번에도
음료를 건네지 못했다. 다행히 음료를 쏟는 불상사는
없었지만 대신 귀신을 본 것처럼 안색이 파래져서
사라졌다.

"도와줄 마음이 전혀 없어 보이네."

내 말에 그가 고개를 꼬며 휴대전화를 꺼내더니 키패드를
세 번 누르고 통화 버튼을 눌렀다. 설마….

"지금 누른 게 112는 아니지?"

"맞아."

"야!!"

"네, 무슨 일이십니까."

"아, 저기… 밖으로 나갈 수가 없어서요."

"갇혀 계신다고요? 어디십니까. 주소 말씀해주세요."

그가 여기가, 하고 대답하려는 순간 전화를 뺏어 전원을
껐다. 테이블에 던지듯 내려놓은 휴대전화가 탁, 하고
소리를 냈다.

"경찰이 우릴 도와줄 것 같아?"

"뭐라도 해봐야지. 여기서 죽을 거야?"

"믿어주지도 않을뿐더러 허위신고로 처벌받을지도 몰라."

"일단 불러보고 얘기해."

"일 키우지 마, 제발. 넌 왜 변한 게 없어? 의논이
우선이잖아! 네 멋대로 하려고 들지 마!"

"너야말로 답답하게 굴지 좀 마. 박수 소리니 뭐니 그딴
엉뚱한 생각에 빠져 있지 말고 현실을 좀 보라고!"

그 순간, 후드득후드득 창을 때리며 소낙비가 쏟아지기
시작했다. 여유롭게 걷던 사람들이 여기저기 자취를
감추었고 세상은 채도가 급격히 낮아졌다. 조금 전 그
여자도 건물로 들어가지 않았다면 지금쯤 다시 우산을 썼을
것이다. 우리는 멍하니 바깥을 쳐다보았다.

"아직 안 끝난 거였어?"

예전에도 그와 싸우기 시작하면 마른하늘에 비가 내리곤
했다. 스포츠 중계를 보며 각자 다른 야구팀을 응원하다 한
팀이 이겼을 때도, 내가 싫어하는 놀이기구에 그가 억지로
태웠을 때도, 식당에서 밥을 먹다 서로의 괴상한 입맛을
두고 논쟁할 때도. 그럴 때마다 말싸움은 중단되었다. 한풀
꺾인 열기에 더 이상의 동력이 생기지 않았던 것이다.

우린 한동안 말없이 빗속을 파고들었다. 빗줄기가
거세지거나 약해짐에 따라 좀 전에 있었던 미스터리한 일이
꿈처럼 여겨졌고 예전 연인이 눈앞에 있는 현실이 실감이
나다 말다를 반복했다. 나는 소파에 등을 기대고 눈앞에
있는 과거의 남자를 보았다.

한 시간 전에 나는 카페에 들어와 이 자리에서 책을 읽고
있었고, 얼마 안 되어 그가 들어왔다. 그럼 그때 이 말도 안
되는 빗장이 걸린 건가. 그렇지만 왜? 우린 이제 별 볼일
없는 사이다. 헤어진 지 10년이고 서로에게 아무 미련이
없었다. 만약 우리를 다시 이어주고 싶은 거라면 발상부터
잘못됐다. 나는 다시 만날 생각이 전혀 없으니까. 그도 같은
생각일 것이다.

그렇지만 그 이유가 아니라면…? 우리가 영영 이 난관을

해결하지 못하고 갇혀 있어야 한다면? 그게 운명이라면…?

"…하늘의 계시 같은 건가?"

그 역시 나와 같은 유치한 생각을 하고 있었다.

"뭔 소리야."

"우리 둘이 가둬놨잖아."

"너 나랑 다시 만나고 싶어?"

"아니."

"그럼 그런 거지같은 추측은 하지 마."

"달리 해석할 여지가 없잖아. 우리 둘이 우연히 만난 것도 이상한데 이 한 평 남짓한 공간에 갇히기까지… 뭔가 원하는 게 있지 않겠어?"

갑자기 두개골이 따끔거렸다. 이따금 오는 신경성 두통이었다. 그럴 리가 없잖아. 대체 우리 따위한테 뭘 원한다는 거지? 억지로 생각을 쥐어짜려니 통증이 더 깊게 파고들었다. 나는 관자놀이를 누르며 지그시 눈을 감았다. 아뜩한 현기증이 밀려들었다. 정말 더 이상은 무리였다. 환상인지 꿈인지, 우주계의 법칙이 어긋난 건지 간에 저 빗장이 풀릴 때까지 언제까지고 기다릴 수는 없었다. 나는 숄더백 지퍼를 한쪽으로 밀고 손가락 두 개로 틈새를 열어, 원기둥 모양의 뚜껑이 짧은 약통을 꺼냈다. 그가 의아하게 쳐다보았다.

"뭐야?"

"수면제."

그가 실색하여 쳐다보았다.

"그걸 왜?"

"어릴 때 어디 갇혔던 적이 있어서 좁은 공간에 오래 있기가 힘들어. 자고 일어나면 상황이 달라져 있겠지. 꿈이면 더 좋고."

"…무책임하네. 결국 현실 도피야?"

"그런 여유 있는 소리 할 때가 아니야. 혼자 있기 싫음 너도 먹던가."

나는 얼른 알약을 꺼내 삼켰다. 그의 얼굴이 처음엔 또렷이 보이더니 이내 밑그림처럼 흐려졌다.

2

"손님… 손님…!"

내가 다시 눈을 뜬 건 몇 시간 뒤였다. 누군가 나를 속삭이듯 부르고 있었다. 무거운 눈꺼풀을 힘겹게 들어 올리니

홍자색 머리를 가지런히 묶은 점원이 서 있었다. 빗소리는
여지없이 계속되고 있었고, 폭풍은 전보다 거세게 몰아치는
중이었다. 우산을 방패 삼은 행인들의 신발은 상대가
두려운지 자꾸만 뒤로 밀렸다. 한 명은 포기했는지 우산을
버리고 뛰어갔다.

"손님… 괜찮으세요?"

나는 맞은편을 바라보았다. 그가 옆으로 드러누워
다리 사이에 쿠션까지 끼운 채 숙면을 취하고 있었다.
그러면 그렇지. 테이블에 덩그러니 약통만 놔두고 둘 다
잠들었으니 점원이 놀라지 않는 게 이상하다.

"네… 괜찮아요…."

나는 어색하게 웃었다.

"놀랐어요. 무슨 일이 생긴 건가 해서…."

무슨 일은 그전에 생기지 않았나? 아, 이러고 있을 때가
아니다. 확인을 해야 한다. 나는 점원의 존재를 무시한 채 그
막을 향해 몸을 밀어붙였다. 차갑고 거북살스러운 촉감이
몸에 닿았다.

우주의 막은 그대로였다. 이 감금 벽은 우리를 완전히
굴복시키려는 듯 굳건히 버티고 있었다. 그러고 보니
카페에 처음 들어왔을 때와 지금의 공기는 확연히 달랐다.

창틀과 소파에 엉겨 붙은 습기, 눅눅하고 퀴퀴한 냄새. 비 때문만은 아니다. 이건 아주 폐쇄적인 공간에서만 나타나는 특유의 악취다. 그것도 아주 오래된.

이게 정말 현실일까.

만약 우리가 보이지 않는 벽이 있다고 착각하는 정신병에 걸린 거라면 어떨까. 언젠가 책에서 본 적이 있다. 세상엔 의학계에 보고되지 않은 미지의 정신질환이 무수히 많고, 인간의 뇌는 극적인 상황과 맞닥뜨리면 심리적 기제와 상호작용해 무엇이든 구현해낼 수 있다고 말이다. 그러니 가능성이 아예 없진 않다. 다만 같은 공간에서 동시에 발병 가능한 정신병이 존재한다는 얘기는 들어본 적이 없을 뿐이다.

자리에 다시 앉았을 때는 점원이 돌아간 뒤였다. 그가 느지막이 몸을 뒤척였다. 잠을 깨자마자 나를 찾는다. 느릿느릿한 시선으로 여기가 아직 카페라는 걸 인식하더니, 한껏 절망하며 쿠션에 얼굴을 파묻었다.

"그대로야?"

그가 쿠션 속에서 우물거렸고 난 고개를 끄덕였다. 그가 쿠션에 머리를 세 번 박았다. 먼지가 나풀거리며 내려앉는 동안, 주변 시선이 그를 향해 잠시 모여들었다가 흩어졌다.

우리가 있는 동안 몇몇이 떠나고 몇이 들어온 듯했다.
지금은 테이블 세 곳이 남아 있었다. 문득 폭풍이 불면
손님이 더 많이 몰린다는 얘기가 생각났다.

"그만해. 쳐다보잖아."

그가 고개를 들었다.

"지금 그게 문제야?"

"…"

"난 내가 여기서 죽을까 봐 무섭거든."

그래, 그렇게 생각하는 것도 당연하다. 나는 할 말을 찾지
못해 창밖을 내다보았다. 이럴 줄 알았으면 수면제를 더
챙겨오는 건데.

어느새 날이 저물고 있었다. 이맘때쯤 타오르는 석양도
없이 비만 죽죽 내리니 마음이 한없이 울울해졌다.

"이제… 정말 현실이네."

한동안 입을 꾹 다물고 창밖을 바라보던 그가 말했다.

"뭐가?"

"…솔직히 아깐 그냥 해프닝인 줄 알았거든."

해프닝… 그래, 그랬어야 했다.

"이제 어떡하지…."

"일단 배고픈 게 문제야. 식량."

"그거 해결하기 전에 죽겠다."

우린 실없이 웃었다. 그때였다. 유리문을 미는 소리가 들리더니 무전기 특유의 기계음이 울렸다. 돌아보니 우비를 입은 경찰 두 명이 흠뻑 젖은 채 서 있었다. 유리문은 약하게 저항 중이었다. 그들의 등장에 네 명의 손님들이 일제히 시선을 옮겼고, 우린 영문 모를 얼굴로 경찰을 바라보았다. 경찰이 점원에게 뭔가를 묻고는 우리 쪽으로 구두 소리를 내며 걸어왔다. 모자와 제복에서 물이 뚝뚝 떨어져 아까 점원이 쏟은 음료에 스며들었다.

경찰이 우리 옆에 섰다. 우리는 긴장했다.

"두 분 상태를 좀 보려고 왔는데요. 어디 불편하신 데 있으세요?"

내가 뭔가 말하려는데 그가 한발 앞섰다.

"아니요. 무슨 일 때문에 그러시죠?"

"아, 여기 직원분이 손님들이 걱정된다고 해서요."

"저흰 아무렇지도 않은데요."

"그럼, 잠깐 밖으로 나와주시겠습니까?"

우린 시선을 마주했다. 그가 다시 반문했다.

"왜 그러시죠? 저희가 여기 있는 게 불법은 아닌데요."

"압니다. 아는데, 수상한 행동을 계속하시면 영업 방해가

될 수 있어요. 아까 다른 손님들도 두 분 때문에 나가셨다고
들었습니다."

웃는 여자. 망할.

"한 손님이 찍은 동영상도 저희가 가지고 있는데 벌써 다섯
시간째 여기 계시는 거 맞죠?"

"…저희는 못 나가요."

그의 말에 경찰이 처음으로 당황했다.

"뭐라고요? 다시 말씀해주시겠습니까?"

"말 그대로예요. 강제로 데려가셔도 저흰 못 나가요. 나갈
수가 없으니까요."

경찰은 뒤따라온 다른 경찰과 시선을 주고받았다. 아무래도
미친 진상들 같은데 끌어내자, 라는 암묵적 합의였다. 나와
그를 동시에 끌어내기 위해 경찰 두 명이 자리를 잡고
들어오려 했다. 그러나 둘은 보기 좋게 튕겨나갔다. 경찰은
잠시 영문을 몰라 허둥지둥 다시 시도했지만 역시 결과는
같았다. 둘 다 완전히 넋이 나간 듯했다. 창밖엔 소낙비가
역풍을 맞아 나무와 쓰레기봉투 같은 것들이 한쪽으로
거대한 쏠림 현상을 이루었다. 인적이라곤 없는 도로변에
경찰차 한 대만이 불빛을 번쩍이며 서 있었다. 그러고 보니
벌써 오후 7시였다. 나는 피곤한 눈으로 그를 쳐다보았다.

온몸이 찌뿌둥하고 체력은 완전히 바닥난 상태였다. 그는
나를 안심시키려는 듯 걱정 말라는 시선을 보내더니
경찰에게 경고하듯 말했다.

"이제 아시겠죠? 저희가 못 나가는 이유."

"…자, 잠깐만 기다리세요."

둘은 아직도 어안이 벙벙한지 잠시 말을 못 잇다가
뒤로 물러나 상의를 했다. 그렇게 경찰 둘은 도망치듯
나가버렸다. 점원이 당황하며 이쪽을 보았고 또 어딘가로
전화를 걸었다. 아마도 사장이리라.

"정말 여기 아무도 못 들어오는 거야?"

그가 한 건 해냈다는 듯 자랑스럽게 말했다.

"뿌듯한 표정 짓지 마. 난 소름 끼쳐."

"네가 아까 그랬지. 연주회가 시작될 때 박수 치는 거 무섭지
않느냐고. 생각해보니까 그 연주자들은 수백 명의 압박
속에 있는 거잖아. 그렇게 넓은 공간인데도 연주가 끝날
때까진 마음대로 나가지도 못해."

무슨 소리야.

"그러니까, 우린 그와 정반대 상황에 있는 거야. 답답하지만
자유로운 느낌. 무슨 말인지 알겠어? 이건 보호막이야.
적어도 이 공간에서만큼은 우린 자유라고."

공감하기 싫지만 공감할 수밖에 없었다. 내 인생에 이렇게
비정상적인 자유는 없었다. 물론 창문이란 게 없었다면
지옥이 되었겠지만.

"이게 다 내가 넓은 창가 자리를 택한 덕이야."

그가 바보처럼 웃기 시작했다. 그 환한 얼굴을 보는 순간,
어떤 소년이 웃고 있는 과거의 한 장면이 마치 내가 그
소년이 되어 웃고 있는 것처럼 명료하게 떠올랐다. 그인가…
아니, 이 소년은 그가 아니다. 난 그를 성인이 된 후에
만났으니까. 그렇다면 저 소년은 대체 누구….

"혹시… 너 어릴 때 나 만난 적 있어?"

내 말에 그가 금시초문이라는 표정을 지었다.

"아닐걸."

"그러고 보니 우리 초등학교 동문 아니었어? 그때 서로
놀라워했잖아."

그는 잠시 생각하다가 고개를 저었다.

"학기 끝날 때쯤 전학 와서 서로 기억도 못했는데 뭐. 그걸
만났다고 하기엔 좀…."

"그런가…."

그럼 내가 착각하고 있는 건가. 정말 닮긴 했는데.

이제는 창밖을 보기도 두려웠다. 거센 소나기의 물결이

금방이라도 창을 조각낼 것 같았다. 창에 맺힌 빗방울이
유리의 균열처럼 보였다.

나는 창밖을 보려는 집착에서 벗어나 소파에 머리를 받치고
최대한 편하게 드러누웠다. 자세가 느슨해지니 머리가 한결
가벼워졌다. 카페 안 스피커에서 흘러나오는 재즈풍 음악과
세찬 빗소리, 주변의 백색소음 때문에 금방 나른해져 지금
잠들면 영원히 깨지 못할 것 같았다.

"시간이 멈춘 줄 알았더니 아니었어."

그도 편안한 자세로 턱을 괸 채 무한하게 펼쳐진 어둠의
거리 저편을 응시했다. 나도 그와 같은 곳을 관조했다.
그런데 문득, 바로 앞 보도블록에 눈길이 갔다. 카페의
실내조명이 보도블록 틈새로 자라난 이끼와 양치식물을
희미하게 비추고 있었다. 그걸 가만히 응망하다 보니 문득
회상되는 풍경이 있었다. 어릴 적 내가 살던 곳이었다.
사방이 공업단지와 공터로 가득한 황량한 불모지. 코끝에선
늘 흙냄새가 났다. 그때 유일한 낙은 저물녘에 자전거를
타고 하천 옆을 달리면서 황혼에 발광하는 이끼를 보는
것이었다. 석양이 완전히 기울어 집으로 돌아갈 때쯤이면
저녁을 먹으라고 소리치는 엄마의 목소리가 아련히
들려오곤 했다.

그때 하천에 서식하던 그들은 이제 보도블록 위로 솟아올라
세상의 모든 빛을 흡수하고 있었다. 도시 생활에 적응하기
위해 적진을 근거지로 삼은 그들은 대기오염의 공격과
사람들의 무참한 발길에도 퇴각하지 않고 살아남아 도시
생태계에 일익이 되었다. 지금의 폭풍은, 그들의 숭고한
삶에 아주 작은 흔적도 남기지 못할 것이다.

한갓지게 그런 감상에 빠져 있는데 느닷없이 묘한 의문에
사로잡혔다. 어쩌면 이 무망한 상황도 금방 불식되어
지금의 고민들을 한순간에 허무하게 만드는 게 아닐까.
삶의 그런 불균형은 늘 우리에게 존재해왔고 그 순간만큼은
엄청난 혼란을 야기하지만, 아무도 모르는 사이 평범한
일상으로 회귀해 언제 그랬냐는 듯 스스로 자문하게
만든다. 너 그때 왜 그랬어?

"사귄 지 1년쯤 됐을 때, 내가 집안 일로 힘들어 한 적이
있었잖아. 그때 네가 어떤 상황에서도 우울해지지 않는
법이 있다면서 알려줬던 거 기억나?"

나는 이끼에게서 시선을 거두고 그의 말에 집중했다.

"우울해지지 않는 법? 내가 그런 애길 했었다고?"

"응, 세상을 하나 더 만들면 우울감이 사라진다고 했잖아."

"글쎄… 기억이 안 나."

"그러니까… 나라는 인간이 하나의 세계와 다른 세계에 각각 존재하는 거야. 그 둘은 모든 물질과 비물질 법칙에서 대척점에 놓여 있기 때문에 감정 상태에 따라 서로의 세계를 교환할 수 있어. 우울한 '나'는 우울하지 않은 '나'가 있는 세계로 갈 수 있는 거지. 쉽게 말해 정반대의 세계에 있다고 생각하면 되는 거야. 단순한 방법이지. 그때 공원에서 그 얘기를 들었을 때는 실없는 소리라고 웃어 넘겼는데 너랑 헤어진 뒤에 정말 그게 효과가 있다는 걸 알았어."

그는 지금 나와 헤어진 뒤 우울했다는 말을 돌려 말한 걸까. 교환된 그 세계에서는 그가 나를 다시 만났을까. 오래전 그를 위로하기 위해 잠시 내 머릿속에서 창발했다 사라진 별것 아닌 그 이야기가 이제는 그의 소중한 기억이 되어 내 마음을 어루만지고 있었다. 나는 그 부분을 다시 짚으려 했지만 눈꺼풀이 자꾸만 무거워졌다.

"근데 너, 어디 갔었어?"

내게 진심을 들켰다는 걸 알았는지 그는 불쑥 주제를 바꿨다. 그때 잠이 쏟아지지만 않았다면 그가 아직도 날 좋아하는지 물었을 텐데, 기껏 한 거라곤 묻는 말에 시큰둥하게 반응한 것밖에 없었다.

"…그 얘긴 별로 하고 싶지 않아."

"이유는…?"

"떠올리기 싫은 기억이니까."

"그래…."

그가 뭔가 짚이는 게 있다는 듯 말했지만 소리는 곧 희미하게 멀어졌다.

3

어떤 소년과 소녀가 함께 있는 꿈을 꾼 뒤 잠에서 깼을 때였다. 언제 잠들었는지 모르게 날은 밝아 있었고 아침 해 대신 먹구름이 테이블을 드리우고 있었다. 새벽에 한 번 깼을 때 잠간 그친 듯했던 비가 다시 내리고 있다. 주변이 시끄러웠다. 어떻게 좀 해달라고 하소연하는 소리, 전문가를 부르는 게 좋겠다고 대안을 제시하는 소리, 카페 문을 개방할지 말지 의논하는 소리들이 마구 뒤섞인 채 들려왔다. 나는 잠든 척 자세를 그대로 유지하고 주변을 슬쩍 염탐했다. 어제 그 경찰이 아닌 다른 경찰로 교체된 상태였고, 점원은 퇴근했다 돌아온 듯 유니폼 대신 사복을 입고 있었다. 옆엔 뿔테 안경을 쓴 사장도 있었다.

창밖에도 우산을 쓴 구경꾼이 수십 명 모여 있었다.

대부분 한심하게 보거나 냉랭한 표정이었고, 어떤 이는

손가락질하며 혀를 찼다. 기자로 보이는 몇몇이 비닐을

씌운 카메라를 들고 촬영을 시도했다. 처음엔 옷 속으로

얼굴을 숨기고 싶을 정도로 창피했지만 이내 아무렇지

않아졌다.

여긴 아무도 침범할 수 없는 공간이다. 창을 가리려면

얼마든지 가릴 수 있지만 그렇게 하지 않았다. 난 아무것도

잘못한 게 없으니까.

경찰과 사장이 말하는 중에 이쪽을 계속 엿보았다.

이런 일을 적법한 범위 내에서 판단하고 간단한 서술로

납득시킬 수 있는 전문가가 과연 존재할까. 형이상학자?

사회심리학자? 천체물리학자? 정신의학자? 설령 그들이

어떤 과학적 증명을 해낼 능력이 있다 해도 우리가 가진

경험 정보 없이는 도저히 불가능할 것이다. 나는 가만히

우리를 가로막고 있는 그것에 눈을 두었다. 뭐든 닥치는

대로 생각하다 보면 하나 정도는 건질 수 있지 않을까.

아무래도 가장 먼저 떠오른 건 인형 뽑기 기계였다. 누군가

우주 생태계를 조종 중이고, 우리는 재수 없게 그 기계의

덫에 걸려든 대상인 것이다.

그렇다면 왜 하필 이 카페일까. 카페의 규모나 형태와도
관련이 있지 않을까.

아까 보았던 카페의 전경을 떠올리며 이번에는 위에서
바라보듯 조감도를 펼쳐보았다. 가령 큰 철제 박스 안쪽
면에 작은 투명 박스가 붙어 있다고 하자. 사람들은 작은
투명 박스의 존재도 모르거니와 설사 안다 해도 사방이
막혀 있어 아무도 들어오지 못한다. 벽을 깨부수면
간단하겠지만 이 박스는 보이지도 않고 깨부술 수도 없다.

'…!'

거기까지 생각했을 때, 나도 모르게 벌떡 일어났다.
사람들이 제각기 하던 걸 멈추고 돌아보았다. 왜 진작
그 생각을 못했을까. 이 벽인지 뭔지 용도를 알 수 없는
방해물의 구조를 확인할 필요가 있었다. 나는 손을 들어
팬터마임을 하듯 보이지 않는 그것을 더듬었다. 우선
딱딱하고 의외로 결이 매끄러웠다. 모서리가 높이 있는지
내 키에서는 잘 잡히지 않았다. 나는 급하게 그를 깨웠다.

"모양을 확인한다고?"

그는 이해할 수 없다는 표정을 지으며 부스스한 머리로
일어나 모서리를 찾기 시작했다. 그리고 곧 찾았다는

얼굴로 높이를 가늠했다.

"느껴져?"

"응, 여기야."

높이를 재어보니 대략 2미터 가까이 되는 듯했다. 정리하면 2미터가량의 직육면체 막이 된다. 우린 지금 그런 엄청난 투명 용기 속에 갇힌 것이다.

'여길 나가면 어디로 가고 싶어?'

그 순간이었다. 아주 미세한 환청이 그가 앉아 있는 위치로부터 들려왔다.

"방금 뭐라고 했어?"

"뭐?"

"뭐라고 말하지 않았어?"

그가 어깨를 으쓱했다. 그러고 보니 이 카페에 처음 왔을 때 이 자리에 앉은 건 어딘가 익숙하고 편해서였다. 지금은 상황이 달라졌지만 내가 평범한 손님이었다면 사람들 눈도 피할 수 있고 음악 소리도 거슬리지 않게 잔잔히 들려오는 이 자리에 앉아, 책을 읽고 차를 마시다 집으로 돌아갔을 것이다.

데자뷔….

만약 평행 세계가 존재하고 이 지구가 무한대로 섞여

흘러가는 평행 세계의 중첩된 공간이라면 낯선 곳을
익숙하게 느끼는 데자뷔는 쉽게 납득이 간다. 또 다른
나는 몇 살인지, 어디에 사는지, 이름은 뭔지 아무것도
알 수 없지만 그 정신의 공유만큼은 이루어질 가능성이
있는 것이다. 이 아늑하고 편안한 공간이 다른 세계에서는
숲이 우거진 밀림일 수도 있고 광대한 바다 한가운데일
수도 있다. 시간은 공간 위를 떠돌고 인간은 시간과 공간
사이에 안착해 수많은 것들을 누리고 산다. 그러다 어느 날
목소리가 들리는 것이다. 나도 알지 못하는 또 다른 나의
목소리가. 방금 들린 그 목소리처럼.

"아, 배고파…. 너 뭐 먹을 거 없어?"

"전혀."

허무맹랑한 생각을 많이 하다 보니 금세 허기가 졌다.
평소처럼 마트에 들렀다면 지금쯤 가방 속에 군것질거리가
잔뜩 있을 텐데.

"아… 사탕!"

이제야 떠오른 듯 그가 청재킷 주머니에서 반쯤 남은
멘토스를 내밀었다. 맹세하건대 살면서 단 한 번도 느껴본
적 없는 맛이었다. 이 달콤함을 영원히 맛볼 수 있다면
목이라도 맬 수 있을 것 같았다.

"너 어릴 때 어떻게 생겼었어?"

"어릴 때?"

"어."

"그냥 지금이랑 비슷해."

"혹시 청재킷 입은 적 있어?"

"이거 안 보여?"

그가 옆에 놔둔 청재킷을 들었다.

"어릴 때 말이야."

"몰라. 한 번은 입었겠지."

"운동화는 어떤 브랜드?"

"나이키. 지금도 신고 있네."

그가 발을 내밀었다.

"꿈에 나온 게 네가 맞는 건가."

"꿈에 내가 나왔어?"

"어린 내가 어떤 애랑 놀고 있었는데 그게 넌지는 모르겠어."

"나인 것도 이상하지. 넌 어린 나를 모르는데."

그래… 참 이상하다.

그때 번쩍, 하고 세상이 반전되더니 하늘의 보호막이 뚫린
듯 폭풍우가 쏟아지기 시작했다. 모두 놀라 창밖을 보았고
우왕좌왕하던 구경꾼들은 금세 종적을 감췄다. 천둥의

맹렬한 기세에 눈앞이 몇 번이나 번쩍였다. 그의 얼굴도 점멸했다. 그 광경을 보고 있자니 덜컥 두려워졌다. 빗물이 쉴 새 없이 창을 때렸고 어느새 보도에는 빗물이 차오르고 있었다. 어제보다 속도가 빨랐다. 노면 곳곳에 웅덩이가 생겼고 바깥 배관에서는 폭포수처럼 물이 쏟아져 나왔다. 근처에서 사고가 발생했다는 무전이 울린 건 그때였다. 경찰은 양해를 구한 뒤 폭풍우를 뚫고 밖으로 나갔다. 남은 건 점원과 사장, 그리고 우리 둘뿐이었다.

빗물은 카페에도 조금씩 새어들고 있었다. 당황한 사장과 점원이 유리문을 붙잡고 필사적으로 막으려 했지만 소용이 없었다. 유리문은 밀려드는 수압에 맥없이 벌어졌고 그 사이로 빗물이 콸콸 쏟아져 들어왔다. 나는 테이블 사이로 난 통로를 내다보았다. 물이 고여 있었다. 어젠가 그저껜가 점원이 쏟은 음료는 씻겨나갔는지 흔적도 없었다.

더 이상은 버틸 수 없었던지 유리문이 쩍쩍 갈라지기 시작했다. 그 틈새로까지 물줄기가 새어들었다. 점원과 사장이 대처할 새도 없이 무릎까지 물이 차올랐다. 우리 쪽도 마찬가지였다. 암녹색 물결은 우리를 곧 덮칠 듯이 기괴한 리듬을 타며 투명 막에 몸을 연신 부딪쳤다. 나는 그 광기에 놀라 반사적으로 몸을 숙였다. 그러나 빗물은 우리가 있는 공간을 전혀 통과하지 못했다. 우리 테이블을 둘러싼 직육면체 막은 진짜 존재하고 있었다. 안도감과 함께 알 수 없는 희열이 느껴졌다.

"어?"

그때였다. 파파팟, 하는 소리와 함께 정전이 되면서 주변이 암흑천지로 변했다. 시커먼 물결이 이젠 내 얼굴 옆에서 출렁이고 있었다. 대낮인데도 너무 어두웠다. 가까스로 바에 올라간 점원과 사장이 흠뻑 젖은 채 라이터를 켰다. 몇 번 시도했지만 젖은 라이터는 말을 듣지 않았다.

나는 그를 쳐다보았다.

"내 얼굴 보여?"

"대충, 윤곽만."

"너 말이야… 우연히 여기 들어온 거 맞아?"

"응?"

"혹시… 내가 있는 걸 알았어?"

그는 갑자기 말이 없었다.

"알았구나."

그가 수긍하듯 희미하게 고개를 끄덕였다.

"왜?"

"그냥… 이끌렸어. 네가 좀 불안정해 보이기도 했고."

"내가?"

"응."

"어떤 점이?"

"…울고 있었으니까."

내가… 울고 있었다고? 무슨 소리를 하는 거야, 대체.

"내가 들어온 건 그 때문이야."

맹세하건대 나는 오늘 운 기억이 없다.

"난 운 적이 없어."

"괜찮아. 창피해할 필요 없어."

"아니, 정말이라니까."

내가 정색하자 그가 알겠다며 그만하자고 했다.

'이제 우리 어떻게 되는 거야?'

"또 너야?"

"뭐라고?"

어두워서인지 머릿속이 더 혼란스러웠다. 바깥은 가로수가 쓰러지고 차들이 떠다니고 아비규환이 따로 없었다. 덜컥 두려워진 나는 마지막으로 기댈 곳을 찾듯 보도블록에 눈을 두었다. 이끼와 양치식물은 폭풍 너머로 흐릿하게 보이다 쓸쓸히 사라졌다.

'무슨 소리 들린다. 밖에 누가 왔나 봐.'

그가 나를 불렀다.

"아까부터 이상한 소리 들리지 않아?"

"너도 들려?"

"응… 혹시 우리가 갇혀 있는 거랑 관련 있는 건가?"

"아마도."

우리 옆 테이블이 희미하게 사라진 건 바로 그때였다.
점원과 사장이 올라가 있던 바가 어느 틈에 낡은 침대로
바뀌었다. 주변 테이블도 하나둘 사라졌다. 세상이
기이하게 변주되고 있었다. 나는 완전히 넋이 빠져 날
부르는 그의 목소리를 한참 만에야 알아들었다. 그가
테이블을 뒤집어 공간을 만들더니 소파 하나를 그대로 창
쪽으로 밀어붙였다. 소파에 올라가 창에 기대니 차가운
표면이 등에 닿았다. 그도 옆으로 와 내 몸을 감쌌다.
요동치는 물결 때문인지 발밑이 흔들리는 느낌마저 들었다.
등을 돌려 바깥을 보니 폭풍우는 존재하는 모든 것을
집어삼키고 있었다. 우리 자리를 제외한 모든 창이 부서져
파편이 물위를 떠다녔다. 물은 이미 천장 가까이 차올라
있었다.

여길 전부 집어삼키고 나면 무슨 일이 벌어질까. 우리는
눈앞에서 출렁이는 거대한 물결을 바라보았다. 수중에서

카페 의자 몇 개와 테이블 하나가 소용돌이치듯 돌고 있었지만, 변주되어 생긴 낯선 가재도구들은 물결에 휩쓸리지 않고 제자리에 차분히 놓여 있었다. 틀림없는 환영이라고 생각했다.

그때였다. 보이지 않는 막 중앙에서 한 줄기 틈이 생기더니 그 사이로 빗물이 들어오기 시작했다. 나는 흡, 하고 숨을 들이마셨다. 내 어깨를 감싼 그의 손에 힘이 들어갔다. 삽시간에 허리 부근까지 물이 차올랐고 내 다리와 그의 다리가 수중에 떠올랐다. 수면이 날카롭게 턱을 스칠 때쯤, 우리를 에워싼 직육면체의 윤곽이 드러나기 시작했다. 그 막은 이끼가 뻗어나가듯 서서히 은밀하게, 숨겨놓은 색채를 드러냈다.

눈앞에 아주 짙은 색감의 나뭇결이 있었다. 나는 숨이 멎을 듯한 기시감에 휩싸였다. 저게 대체…?

그가 갑자기 버둥거리며 내 손을 놓았다. 나는 옆을 돌아보았다. 날렵했던 그의 하관이 동그랗게 넓어지고 있었고 그의 팔다리가 줄어들고 있었다. 길어지는 내 머리카락이 느껴졌고 옷도 헐렁해졌다. 우린 몸집이 작은 어린애로 변해가는 서로의 모습을 아연히 쳐다보았다.

어느덧 이마까지 물이 차올랐다. 이제 남은 건 암흑의 손길

안으로 빨려드는 것뿐이었다. 소용돌이는 무자비하게 내 몸을 잡아당겼다. 작아진 내 몸은 암흑 저편으로 빨려들기 직전이었고 그는 나를 놓치지 않으려고 있는 힘껏 몸부림쳤다.

그때였다. 격렬했던 주변의 모든 게 한순간, 사라졌다. 이윽고 머릿속에서 모스 부호를 입력하듯 높고 희미한 음이 여러 번 흘렀다.

여긴 장롱 안이다.

나는 기척을 느끼고 옆을 보았다. 그가 개어놓은 이불 위에 쪼그리고 앉아 여전히 물속에 있는 듯 거친 호흡으로 괜찮으냐고 물었다. 나는 고개를 끄덕였다. 이불 냄새가 고약했다.

"정말 괜찮은 거야?"

"…응."

"이거 지금… 꿈인 거지?"

그는 혼란스러운 듯 말했지만 나는 모든 걸 알아차렸다.

"아니."

확신하는 내 목소리에 그가 무슨 말이냐는 듯 응? 하고 되물었다.

"우리… 평행 세계에 온 거 같아."

"평행 세계?"

그때였다. 장롱 바깥에서 양말을 신고 돌아다니는 발소리가 들려왔다.

"준비됐니, 딸아?"

어른의 목소리였다. 나는 아귀가 맞지 않는 장롱 틈새로 지저분하고 텁텁한 목소리의 실체를 확인하려 했다.

"너네 아빠야?"

나는 고개를 저었다. 분명 우리 아빠 목소리는 아니다. 평행 세계라면 분명 다른 부모를 만났을 테지만 그렇다고 해도 저 목소리는 제발 아니어야 했다. 근데 우린 왜 장롱 안에 있는 걸까. 꼭 숨은 것처럼.

"또 숨은 거야? 아빠 이제 일 나가봐야 되는데."

어둠 속이었지만 그의 표정이 굳은 걸 알 수 있었다. 문틈에 끼인 방 안의 빛줄기를 남자가 통과하자 한순간 그의 갈색 눈동자가 비춰졌다. 그는 동요하고 있었다.

"비 오는 날 재밌는 거 하기로 했잖아. 계속 이런 식이면 곤란하지."

장난 섞인 목소리였지만 다분히 위협적이었다. 설마… 나는 꺼림칙한 예감에 입술을 깨물었다. 잠시 침묵하던 그가 내 쪽으로 몸을 내밀며 속삭였다. 그의 청재킷 냄새가 코를 자극했다.

"문 열고 나가면 넌 바로 도망쳐."

"넌?"

"저 새끼 상대해줘야지."

"지금 너 어린애야. 어떻게 상대하려고?"

"어떻게든 해봐야지. 또 여기 갇혀서 죽을 날만 기다릴 순
없잖아?"

"그러게. 들어오지 말지 그랬어."

"카페에… 아님 여기?"

"둘 다."

그가 웃었다. 나도 같이 웃으려고 했는데 웃을 수가 없었다.
아깐 몰랐는데 얼굴에 힘을 주자 말라붙은 눈물자국으로
얼굴이 찢어질 듯했고 몸은 여기저기에 상처가 나 있어
움직일 때마다 욱신거렸다.

"문 연다?"

그때 놈이 이 상황이 재미있다는 듯 섬뜩한 음성으로
말했다.

우린 온 신경을 갈라진 문에 집중했다. 그가 자신의 손 가득
내 손을 잡았다.

졸린 여자의 쇼크

순수에도 선과 악이 존재해. 너는 모르겠지만 세상은
언어처럼 유창하게 돌아가는 게 아니야. 비틀리고 무너져.
번민을 쌓을수록 그것은 사라지고 더 높은 이상만이 남지.
차라리 아무것도 모를 때가 나아. 악의 순수는 그럴 때 생겨.
그 사람은 순수하기 위해 악해진 거야. 그 악은 비난할 수
없어.

자, 내 말에 동의하면 대답해봐.

1

"대리님!"

누군가의 손이 내 어깨에 닿았을 때 움찔하며 고개를
들었다. 알바생이 나를 쳐다보고 있었다. 또 언제 잠이 든
걸까. 흐릿한 시선이 자연스레 벽시계로 옮겨간다. 12시
10분. 다들 점심을 먹으러 나간 모양인지 방금 나를 부른
알바생만 대기하고 있을 뿐 사무실이 텅 비어 있었다.

나는 두 명의 세무사가 동업하여 만든 세무사 사무실에서
일을 하고 있다. 업계 경력은 꽤 되지만 여기 근무한 지는
1년밖에 되지 않았다. 나를 부른 알바생은 바쁜 철이라
가득 쌓여 있는 세금계산서 정리 작업을 위해 단기로 뽑은
인력이었다.

"아, 점심?"

"네. 다른 분들은 나가셨어요."

팔을 뻗으며 찌뿌둥한 표정을 지었다. 가기 싫다는 의사
표시였지만, 알바생은 못 알아들은 건지 멀뚱히 서 있기만
했다.

"난 됐어. 얼른 따라가."

작고 통통한 체구에 밝은 인상의 알바생이 네, 하고

대답하더니 홀가분한 표정으로 사무실을 나갔다. 아무리
단기라고 해도 대화할 거리도 없는 나와 5분을 걸어간다는
건 정신노동일 것이다. 딱히 배려심이 많아서 그런 건
아니다. 상대방이 불편하면 나도 불편하다. 그런데다 저
알바생은 밝기만 할 뿐 첫인상의 기대만큼 빠릿빠릿한
편이 아니었다. 설사 일을 못한다 해도 곧 나갈 사람에게
뭐라고 말하기도 껄끄럽다. 내 인상만 안 좋아질 뿐이다. 이
와중에 다른 동료는 상을 당해 며칠 자리를 비울 예정이라
제시간에 일을 마무리해야 한다는 내 부담은 두 배로
늘어났다. 그 덕에 내 고질병인 졸림증도 두 배로 늘었다.
그 모습을 옆에서 가장 많이 목격한 사람은 당연히 내
꽁무니만 쫓아다니는 그 알바생이었다. 한번은 일어나니
내가 야근이 너무 고돼서 죽은 줄 알았다고 했을 정도다.
언제 잠든 건지도 모르고 잠들기 때문에 기억력도 종이를
반으로 자른 것처럼 딱 반만 돌아왔다.

알바생이 거래처 연락을 빠짐없이 전달하고 세금계산서를
정확하게 입력하기까지 두 달 남짓 걸렸다. 그사이 나는
수십 번 졸렸고 수십 번 근무 중에 잠들었다. 다들 피곤해서
그러려니 받아들였지만 알바생만큼은 약간 다른 눈빛으로

나를 쳐다보았다.

그렇게 단기 알바가 끝나는 날, 세무사 중 키가 작고 머리가
벗겨진 남자가 바쁜 시기에 들어와서 수고 많았다며 회식을
하자고 했다. 알바생은 진짜 좋은 건지 아닌지 모를 환한
표정으로 감사하다고 말했다. 회사 근처에 늘 가는 회식
장소가 있었지만 오늘은 또 변덕스럽게 교외로 나가자고
하는 바람에 세무사 차 뒷좌석에 끼여 굽이굽이 돌아가야
하는 산중 도로를 탔다. 주변에 불빛이 하나도 없어 이런
데 음식점이 있냐고 누군가 의문스럽게 물었고, 곧바로
앞좌석에서 걱정 말라는 대답이 돌아왔다.

5분 정도 더 헤매자 불빛이 나타나기 시작했다. 밤이라
경치를 볼 수 있는 것도 아니고 술도 안 마시는 터라
회식 내내 집에 갈 걱정만 들었다. 왁자한 백색소음 속에
무의식의 세계를 호령하는 난쟁이가 뇌 주름을 비집고 나와
눈꺼풀에 올라앉았다. 난쟁이의 술수에 빠져들어 눈꺼풀이
무겁게 내려앉는 사이, 내 옆에 앉은 알바생이 말을 걸었다.
얼른 혼곤한 정신을 깨워 옆을 바라보았다. 그녀는 세무사
둘과 동료 직원의 과도한 관심과 끊임없는 질문 공세에도
시종일관 특유의 밝음을 유지했다. 질문거리가 떨어졌는지
이제 자기네들끼리 마시기 시작했다. 아마도 사람들의

관심이 줄자 심심해서 말을 걸었으리라.

"술은 원래 안 드시나 봐요."

"예전엔 마셨는데 나이 드니까…"

나는 음료수를 컵에 따르며 말했다. 까맣게 달라붙은 고기한 점이 눈앞에 있었다.

"더 먹고 싶음 메뉴에서 시켜요."

"아니요. 배불러요."

누구라도 와서 대화를 끊어주길 바랐던 것인데 그렇게 말하니 할 말이 없었다. 다시 정적이었다. 옆에선 너무 떠들어서 귀가 찢어질 것 같은데 이쪽은 다른 세상 같았다.

"아… 저 평소에 궁금한 게 있었는데…"

나는 말해보라는 듯 턱을 치켜들었다.

"학교 다닐 때도 그렇게 졸리셨어요? 제가 본 사람 중에 제일 잠이 많으신 것 같아서요."

그 얘기라면 숱하게 들어와서 아무렇지 않았다. 오죽하면 초등학교 때부터 대학교를 졸업할 때까지 별명이 하나로 일치했을까. 잠탱이.

"어릴 때부터 그랬어요. 기면증인가 싶어서 병원에도 가봤는데 별 이상 없다고…"

한숨을 섞으며 말을 늘어놓자 그녀가 약간 머뭇거리다 입을 열었다.

"혹시… 저랑 얘기하는 거 불편하세요?"

너무 직설적이어서 놀랐지만 요즘 애들은 이런가 보다 싶었다.

"아니… 원래 말하는 걸 별로 안 좋아해서…."

알바생이 아, 하고 탄식했다. 얼른 분위기를 바꿔야 했다.

"아니, 지금은 괜찮아. 얘기해요."

"아… 사는 데는 어디세요?"

"회사에서 가까워요. 그거 말고는 메리트가 없거든."

알바생이 웃었다. 진심에서 우러난 게 아니었다.

"지윤 씨는?"

"아… 저는 좀 멀어요. 지하철 타고 한 시간?"

"그렇구나…."

얘기를 나누다 보니 알바생이 제일 듣기 싫어할 것 같은 질문이 떠올랐다. 나도 그런 시절이 있었는데 어째서인지 짓궂게도 반응을 보고 싶었다.

"왜 취직 안 하고 알바해요?"

올 것이 왔다는 표정으로 이번에는 알바생이 한숨을 푹 내쉬었다. 예상을 빗나간 반응에 갑자기 맥이 빠졌다.

취직이 돼야 말이죠, 라고 가볍게 응수할 줄 알았는데.

"원래 음대에서 첼로를 전공했는데 누가 훔쳐가버렸어요."
그 얘기를 듣는 순간, 졸음이 달아날 만큼 핏기가 싹 가셨다.
알바생이 그런 표정 처음 본다며 놀리듯 말했지만 내가
놀란 건 그 얘기 때문이 아니었다. 중학교 때 같은 반이었던
어떤 애가 20년 만에 불현듯 떠올랐기 때문이다. 이따금
생각했는지는 모르겠지만 지금처럼 이렇게 선명하게
떠오르긴 처음이었다. 그 기하학적인 연쇄 감정에 물컵을
든 손이 떨리기까지 했다.
"너무 놀라게 해드렸나…"
알바생이 난감한 듯 옆자리를 살피더니 다들 담배를 피우러
나갔는지 안 보이네요, 라고 건조하게 말했다. 나는 떨리는
심장을 진정시키고 기억을 억지로 떨쳐냈다. 얼마 안 가
회사 사람들이 돌아왔고, 나는 내일 바쁘지 않느냐면서
귀가를 재촉했다. 다들 분위기 파악 못한다는 식으로
농담을 던졌지만 하나도 귀에 들어오지 않았다.
차는 다시 도시로 돌아가는 중이었다. 알바생은 본의
아니게 이번에도 내 옆에 앉은 탓에 아무 말도 하지 않고
창밖으로만 시선을 던졌다. 덕분에 어두운 도로를 달리는
차 안은 산 무덤처럼 조용했다. 원래 술을 마시지 않는
키 큰 세무사가 각자의 집을 물어보더니 차례대로 한

명씩 내려주었다. 공교롭게도 마지막엔 알바생과 둘만
남게 되었다. 우린 집 방향이 같았다. 내가 먼저 내리는
게 다행이라고 생각했다. 세무사는 차가 신호에 걸릴
때마다 일 얘기를 던지며 우리와 대화를 주거니 받거니
했고 어느 순간부터는 침묵했다. 집에 가는 길이 이렇게
멀게 느껴진 건 처음이었다. 이제 사거리 몇 개만 지나면
집에 도착하겠구나 생각한 순간, 창밖을 보던 알바생이 내
쪽으로 고개를 돌려 나지막이 고백했다. 술도 마셨겠다,
흘러가는 창밖 풍경을 보다 보니 감상에 빠져든 것이리라.
"…실은 중학교 다닐 때 왕따를 당해서 음악을 시작했는데,
첼로까지 없어지니까 살맛이 안 나요."
그녀는 내일부터 볼 사이가 아니라는 점을 너무 잘
활용하고 있었다. 주변은 온통 빛을 잃은 상점들뿐이었고
차 안은 그녀의 의도대로 일종의 고해소가 되었다.
"딱히 잘못한 것도 없는데 왜 그랬는지 모르겠어요, 정말.
혹시라도 우연히 만나게 되면 칼이라도 들이댈까 했던 적도
숱하게 많았어요."
"…"
"하아… 내일부터 다시 백수네요. 걔네 죽이고 교도소라도
갈까요…."

가방을 쥔 손에 힘이 들어갔다. 얼른 이 공간에서 벗어나고
싶었다. 얼마 안 가 세무사는 다 왔다는 말도 없이
무덤덤하게 차를 세웠고, 나는 잘 지내라는 마지막 인사를
전한 뒤 도망치듯 차에서 내렸다.
차가 떠나는 모습을 뒤에서 지켜보았다. 왼편에 앉아 있는
알바생의 뒷모습이 흔들림 없이 보이다가 사라졌다.

2

몇날 며칠을 떠올려도 도무지 기억이 나지 않았다.
어디에다 묻었지? 어떻게 묻었었지? 그 애의 첼로는
버렸었나? 하필 그때 졸음과 사투하는 바람에 하나도
기억이 나지 않는다. 그 애를 묻은 것까지 잊어버렸으면
어쩔 뻔했나. 그 일에 신경이 쓰여서 거래처 연락을
퉁명스럽게 받았더니 상대방도 화를 냈다. 전화를 끊고
보니 이렇게는 도저히 일이 안 될 것 같았다. 어차피 느슨한
시기여서 세무사에게 이틀만 쉬겠다고 했더니 흔쾌히
그러라고 했다.

다음 날 바로 시외버스를 타고 중학교 때까지 살았던
경기도 변촌으로 향했다. 알바생이 첼로라는 단어를 입에
담지 않았다면 심연에 파묻힌 그 기억의 단편은 절대
떠오르지 않았을 것이다. 그 산간벽지에서 첼로를 가지고
있던 사람은 그 애밖에 없었다. 늘 첼로 가방을 메고 다니며
악기라고는 낡은 피아노 한 대뿐인 음악실에서 혼자 연습을
했고, 그런 그 애의 존재는 새로운 물건을 탐하는 아이처럼
우리의 호기심을 자극했다. 물론 저열한 호기심이었다.
"너 되게 짜증난다."
애들에게 짜증난다는 감정은 그 애의 얼굴에 침을
뱉는 행위로 이어졌다. 나는 그녀를 괴롭히는 무리의
주축이었다. 지금과 달리 항상 고개를 빳빳이 쳐들고 눈을
내리깔며 애들을 대했던 시절이다. 고까운 얘기가 들리면
바로 손이 날아갔다. 성인이 된 후 바뀌었다고 생각하지만
지금이라도 그런 의미 없는 감정의 울타리 속으로 들어가면
언제든지 똑같은 상황이 벌어질지 몰랐다.
마을버스에서 내려 먼지바람으로부터 등을 돌린 채 서
있었다. 버스가 떠나자 마을 전경이 눈에 들어왔다. 이곳은
전혀 변한 것이 없었다. 아마, 변할 일이 없을 것이다.
침잠된 세계의 공고한 벽은 쉽게 금이 가지 않는다. 그 금은

새로운 벽 틈으로 소멸되어 영원히 침잠될 것이 뻔하다.

우리도 그랬다. 오는 사람도, 가는 사람도 거의 찾아볼

수 없는 마을은 항상 고정된 오차 범위 내에서 흘러갔다.

괴롭힘도 마찬가지였다. 때리면 맞았고 맞으면 그 누구도

저항하지 못했다. 저항한다는 건 이 마을을 떠나야 하는

것과 같았다. 엄마가 어떤 사연으로(빚쟁이를 피해 도망 왔다는

소문이 무성했다) 작정하고 터를 잡고 살았기에 그 애는

이곳을 떠날 수 없었다.

사실 우리가 그 정도로 힘들게 한 게 아니어서 버틸 수

있었는지도 모른다. 그 애의 입장이 되어보지 못했으니 그

애가 병신같이 맞고 있었던 게 사실 잘 이해가 되지 않는다.

여러 명이서 괴롭힌 적은 손에 꼽을 정도고 주로 나 혼자

자잘한 일을 벌였기 때문이다. 심부름을 시켰는데 제대로

하지 않으면 벌을 주고, 벌을 줬는데 반성의 기미가 없으면

또 벌을 주는 식이었다.

그 애를 끌고 갔던 농로에 서서 정면을 바라보았다.

도랑물이 흐르는 소리가 들렸다. 여기서부터 쭉 올라가다

보면 작은 산이 하나 있다. 그 애를 묻은 곳이다.

그날 일은 정말 예상치 못한 변고였다. 내가 알던 세계를

어긋나도 한참 어긋난, 침잠된 세계 내부로부터의
각성이었다. 항상 비 내리는 풍경을 보고 있으면 뭔가를
망가뜨리고 싶은 욕망이 움텄는데 그날도 그랬다. 수업이
끝나자 우리는 그 애를 붙잡아 주인 없는 폐가로 몰려갔고
한 시간가량 괴롭히며 그 애의 반응을 보았다. 아, 재미없어.
어느 순간 어떤 애가 그 말을 던졌고 애들이 한목소리를
내며 우르르 나가버렸다. 남은 건 우리 둘밖에 없었다.
쇠 문짝이 뜯겨 나가 비를 막아줄 천막 수준에 불과했던
폐가의 내부는 온통 빗소리에 잠겨 있었다. 쩍쩍 갈라진
흙벽에 기대어 앉아 있던 그 애는 제발 그만해달라고
부탁했다. 부르튼 입술 끝이 짧게 떨렸다. 나는 그 애 앞에
쭈그리고 앉아 말했다.
"뭘 그만해. 내가 뭘 했는데?"
그 애도 심신이 피로하고 일진이 사나운 날이 있었을
것이다. 그날따라 기분이 안 좋아 보였지만 그건 나와 아무
상관없는 일이었다.
그 애가 내 말에 응하지 않자 나는 머리카락을 움켜쥐고
흔들었다.
"말 안 하냐?"
"…니가 첼로 부순 거. 엄마한테 말했어."

아, 그래서 기세가 등등했구나. 나는 잡은 머리통을 그대로 옆으로 밀쳐버리고 그 자리에 앉았다. 바닥이 젖어 있어 기분이 더러웠다. 그 애가 입고 있던 겉옷을 뺏어 밑에 깔고 앉았다.

"그래서, 니 엄마가 우릴 처단할 능력이라도 되냐?"

말하고 나니 이가 덜덜 떨려왔다. 조금 전까지 몸이 곧 부서질 것처럼 떨던 그 애는 더 이상 떨지 않았다. 그 애의 눈빛은 줄곧 정면을 향해 있었는데 어떤 마력이 스미듯 시간이 갈수록 심연의 빛을 발했다. 그러거나 말거나 나는 너무 추워서 집에 뛰어갈까 말까를 고민하고 있었다. 앞으로 벌어질 일을 전혀 가늠하지 못한 채.

"…같이 죽지 않을래?"

그 말을 들었을 때 빗물이 폐가 안으로 들어왔다. 빗발이 굵어진 거였다.

"미친년."

그 애와 처음으로 나란히 앉아 빗소리를 들었던 그 기억이 우정을 나눈 추억처럼 지펴졌다. 인간이란 게 이렇게 잔인한 존재다.

더 이상은 추위를 견디기가 힘들어 벌떡 일어났다. 손은 이미 얼어 있어 아무것도 쥘 수가 없었다. 산속에서 칡 냄새

비슷한 게 흘러들어왔고 우리 입에서 입김이 폭풍처럼
퍼져나가 하나의 공기처럼 흡수되었다. 겨울이었다.

덩치도 비슷하고 머리 스타일도 비슷하고 외모만 보면
우린 닮은 구석이 많았다. 내가 그 애를 그토록 괴롭히고
싶었던 것도 어쩌면 내가 드러낼 수 없는 내면 속의 나를
닮아서였는지도 모른다.
그 애를 내버려두고 뛰쳐나와 가시가 뾰족한 나뭇가지에
찔려가며 산길을 한참 달렸을 때였다. 언제부터 따라왔는지
그 애가 뒤에 서 있었다. 나는 깜짝 놀라 옆으로 비켜섰고
그 애도 방향을 가까스로 틀어 내 교복 옷깃을 붙잡았다.
아마 절호의 기회라고 생각했을 것이다. 비 오는 날, 자신을
괴롭히던 주동자가 무리 없이 혼자 있는 상황.
"진즉에 팔았으면 돈이라도 챙겼지! 엄마가 그러더라?"
그전까지 한 번도 들어본 적 없는 고성으로 그 애는 말했다.
가해자는 분명 나였는데 정신은 내가 더 멀쩡했다. 그게
아직까지도 의문이다. 가해자는 죄를 저지르는 그 순간엔
철저히 이성적일지도 모른다.
"이렇게까지 했는데 같이 죽어주면 안 되니?"
나무들 사이를 헤치며 따라오던 그 애가 말했다. 나는 그때

처음으로 두려운 감정을 느꼈다.

"이제 안 괴롭히면 되잖아!?"

내가 생각해도 웃기지만 쪼그만 돌부리에 걸려 넘어졌을 때 내 앞에 선 그 애를 올려다보며 치졸한 본색을 드러냈다. 그 애의 표정이 우는 건지 웃는 건지 모르게 일그러졌다.

"내가 불쌍해…."

눈물이 전혀 힘을 쓰지 못하는 빗속에서 그 애는 하염없이 눈물을 흘렸다. 평소에는 어지간히 참았구나 싶을 정도로 그 눈물의 불꽃은 죽죽 그어지는 세상 속에서 꺼지지 않고 활활 타올랐다. 이때다 싶었던 나는 무방비한 그 애를 밀쳐냈고 넘어진 그 애를 다시 일으켜 목 뒤편의 셔츠 깃을 휘어잡고 산 밖으로 끌고 갔다. 주변에 민가가 있었지만 빗속이고 어두워서 아무도 우리를 보지 못했다. 내가 아까 서 있던 농로에서 그 애가 발버둥치기 시작했다. 나중에 묻을 때 운동화가 닳아 있었을 정도로 안 가려고 온몸으로 버텼지만 기력이 소진한 그 애는 내 완력을 당해내지 못했다. 말 그대로 질질 끌려갔다.

내가 그 애를 죽일 수 있었던 이유는 너무나도 명백하다. 그 애 곁엔 아무도 없었다. 엄마조차 딸의 고통보다 첼로 값을 아까워했으니 죽여도 되겠다는 믿음이 생겨날 수밖에

없었다. 물론 진짜 죽일 마음은 아니었지만 그래도 죽도록
패주려 마음먹고 산으로 끌고 간 건 맞았다.

내가 지금 서 있는 이 산까지 굳이 그 애를 데려온 이유도
명백했다. 처음 그 산은 마을에서 경관이 제일 잘 보이고
가끔 노인들도 산나물을 캐러 올라왔지만 이 산은 버려진
산이나 매한가지라 아무도 우릴 볼 수 없었다.

그 애를 끌고 산 중턱에 도달했을 때 그 애가 살려달라고
했다. 힘이 빠진 건 나도 마찬가지였지만 역시 평소 손을
써봤던 내가 때릴 힘은 더 남아 있었다. 그 애를 평평한
땅에 밀치고 발로 수없이 걷어찼다. 흙이 미끄러워 계속
넘어졌다. 나는 머리카락에 묻은 흙을 걷어내고 몸을
일으켰다. 그 애가 아픈 배를 부여잡고 침을 억지로
뱉어냈다. 하얀 침이 빗물과 함께 흙속에 고였다. 습기로
가득한 세상은 당시 어린 우리가 느낀 인생의 더께만큼
숨을 짓눌렀다.

"여기였는데…"

그 애를 묻은 산자락이 햇살 속에 바짝 메말라 있었다.
매장지를 파헤칠 마음은 없었다. 그냥 잘 있는지 확인만 할
작정이었다. 당시 근처 나뭇가지에 나만 알 수 있는 표식을

해두었는데 어디였는지 감이 오지 않았다. 그때는 쉽게 찾을 수 있을 것 같았는데 아무래도 노파심에 내 기억보다 작게 표시해둔 모양이었다.

걷다 보니 고스란히 기억들이 솟아올랐다. 무덤을 등지고 바로 정면에서 보았을 때 신기하게도 떡갈나무 세 그루가 하나로 보이는 지점이었는데, 길을 잘못 든 건지 아무리 찾아도 보이지 않는다. 이러다가 밤이 될지도 몰랐다.

한 시간가량 발로 땅을 툭툭 건드리며 걷고 있을 때였다. 전화가 걸려왔다. 가뜩이나 발이 아픈데 절로 인상이 찡그려졌다.

"네. 우호진입니다."

"저… 지윤인데요."

그 목소리를 듣자마자 힘이 빠졌다. 그날 밤에 우리 인연은 다 끝난 거 아니었나?

"아… 무슨 일이에요?"

"다름이 아니라 저도 요새 부쩍 졸려서요. 혹시 좋은 약 있으면 추천받고 싶은데…."

노골적으로 웃음 섞인 목소리였다. 조롱으로 듣지 않는 게 이상했다. 진짜 용건이 뭐야? 라고 묻고 싶었지만 꾹 참았다.

"약국에 가서 달라고 하면 될 텐데…."

"언니…."

"언니?"

대체 무슨 수작이지, 얘.

"그런 호칭은 안 썼으면 좋겠는데. 불편해. 이제 일도
그만뒀잖아."

"지금 혹시 영성에 계세요?"

하마터면 휴대전화를 놓칠 뻔했다. 심장이 터질 듯이 뛰기
시작했다.

"네가 그걸 어떻게 알아?"

"저희 언니 보러 왔거든요. 근데 아까 언뜻 보이기에 꿈꾸는
줄 알았어요."

"아… 언니가 있었어?"

나는 겨우 한숨을 돌렸다.

"네. 친언닌 아니고요."

"…그래."

"만나진 못하지만 실종된 곳이 여기라 가끔 와봐요."

순간 잘못 들은 줄 알았다. 실종됐다고?

"실종? 어디서…?"

"여기서요."

"여기 어디?"

"몰라요. 경찰도 포기했으니까."

지윤이 입을 뗄 때마다 머릿속에서 심장 소리가 쿵쿵 울렸다.

"저기 미안한데, 할 일이 있어서 끊어야 될 거 같아."

"괜찮아요, 언니. 그냥 반가워서 전화해본 거예요."

"그래… 전화 줘서 고마워. 다음에 또 만날 일 있음…"

전화가 툭 끊어졌다. 요즘 애들은 어쩜 이리 싸가지가 없을까.

"설마 그 애 얘기일 리가 없잖아. 내가 지금 너무 과민해서 넘겨짚는 것뿐이다. 제발, 정신 좀 차리자, 우호진."

다시 찾기 시작했다. 산이 험준한 편이라 조심조심 땅을 밟아나갔다. 빨리 찾아서 마음을 진정시키고 싶었다. 이왕 오게 된 거 뼛가루가 된 걸 눈으로 확인하고 싶었다. 일단 위치만 파악해두고 밤에 다시 와서 흙을 파헤쳐야겠다고 마음먹었다.

그때였다. 땅의 감촉이 뭔가 달랐다. 아니, 내 오래된 신체감각이 뭔가를 알아챘다. 땅 주변이 어딘가 익숙해 보였다. 나무 세 그루… 그래, 맞다. 여기다. 나무에 표시해둔 건 맨 마지막에 겨우겨우 찾아냈다. 이렇게 조그매서야

개미도 못 알아볼 지경이었다.

당시엔 없었지만 지금 내겐 휴대전화가 있다. 주변 사진과
위치를 가늠할 수 있을 만한 사진을 여러 장 찍으며 산을
내려왔다. 밤에도 분간할 수 있을지는 모르겠지만 달리
해놓을 수 있는 게 없었다.

혹시 졸음이 몰려올지 몰라 민박집에서 잠을 푹 자두고
밤이 되자마자 밖으로 나섰다. 하필 같은 계절에 찾아와서
코를 훌쩍거리며 아까 그 농로를 다시 걷기 시작했다.
이번엔 혹시나 해서 가방에 넣어온 손전등을 든 채였다.
저렴하게 구입한 건데도 빛 확산 기능이 좋아서 가시거리를
넓게 확보할 수 있었다.

밤에 오니 모든 게 암흑천지였다. 달도 거의 보이지 않았다.
세상이 밝아졌다 어두워졌다를 반복하는 건 대체 왜일까.
모두가 너절한 진실을 똑바로 볼 수 있게 환하기만 하면
안 되나? 그런 쓸데없는 생각을 하며 휴대전화를 꺼내
낮에 찍은 사진을 훑었다. 평소에 한 번 본 길은 잊지 않고
잘 찾는 편인데 오늘은 긴장해서인지 생각보다 헷갈렸다.
그래도 당황하지 않고 겨울 산을 누비고 다녔다. 어릴 때도
그랬지만 생각 없이 다니는 건 지금도 여전했다.

동네 산이라 그리 어렵지 않게 낮에 발견한 무덤을 찾았다.
그 애가 죽고 나서 폐가에 가서 삽을 가져온 뒤 지쳐
쓰러질 때까지 땅을 팠었는데 그 고통스러운 기억이 왜
사라졌던 걸까. 일단 뼈 하나라도 눈에 보이면 바로 돌아갈
생각이었다. 주머니에 넣어온 조그만 삽으로 땅을 파기
시작했다. 너무 무모한 짓이었지만 파다 보면 언젠간 나올
거란 어처구니없는 믿음이 있었다.

그 애의 발이 있을 지점을 한없이 파다 보니 밑에 뭔가
보였다. 뭔가 보이긴 한데 어딘가 이상했다. 그때부터
심장이 터질 것처럼 요동쳤다. 아니, 중간에 한 번
멎었을지도 모를 일이다. 이건 아니다. 이건 아닌데? 어떻게
이럴 수 있지? 흥분과 공포가 서서히 내 키만큼 솟아올라
내면을 전부 집어삼켰다. 내가 발견한 건 뼈가 아니었다.
살이었다. 근육을 얇게 덮고 있는 피부. 그 애의 발보다 세
배는 더 큰 크기였다.

3

"아아아… 헛것은 보면 안 돼…."

그렇게 입속에서 말을 뭉개며 정신없이 파고 또 팠다. 애초에 뼈만 보이면 돌아가겠다는 생각은 완전히 잊은 채였다. 조금 전까지 뺨을 에던 추위가 전혀 느껴지지 않았다. 지금 생각하면 그때 다 포기하고 도망갔어야 했다. 어느 순간엔 삽을 쥔 손등에 눈송이가 떨어지기 시작했다. 하늘을 올려다보았다. 혹시나 잠든 거라면 깰 것 같아서였다. 그렇지만 얼굴에 떨어지고 있는 건 진짜 눈이었다. 나는 다시 파기 시작했다.

"하아…"

살이 보이는 부분을 대충 전체 윤곽만 알 수 있게끔 팠을 때였다. 추위에 뻣뻣해진 몸을 억지로 일으켜 내가 판 것을 내려다보았다. 그제야 온몸이 땀으로 푹 젖은 게 느껴졌고 근육의 고통도 전해졌다. 얼굴과 손이 떨어져나갈 듯했고 발은 감각이 없었다. 그것을 보자마자 웃지도 울지도 못하던 그날 그 애의 표정이 내 얼굴 속으로 그대로 압착해 들어와 정신을 어지럽혔다. 누가 머리를 트럭으로 치고 간 기분이었다. 이 구덩이는 그때 팠던 구덩이가 아니다. 이렇게 큰 구덩이를 어떻게 팔 수 있을까. 그 애는… 열여섯 살 그 애는… 기껏해야 45킬로그램을 넘지 않았을 깡마른 그 애는… 거구가 되어 있었다. 만약 지금 일어선다면 이 세상에서 눈을 가장 빨리 맞지 않을까 싶을 정도로. 이건 원한이 집적된 결과일까. 아니면 난 지금 졸고 있는 건가. 별의별 생각이 뇌 구석구석을 강타했다. 이렇게 커진 애를 어떻게 할까. 까마득한 밤하늘 아래서 불가사의를 경험한 채 멍하니 고민하고 있었다. 죽어서도 이 모양이구나, 넌. 일없이 그 애의 발을 끌어당겨 보았다. 꿈쩍도 하지 않을 거라고 확신한 터라 별로 힘도 들이지 않았는데 스륵, 하고 내 힘에 반응했다. 하… 아무리 그래도 이건 너무 심하잖아. 세상에 이런 게 어디 있어. 몸은 커졌는데 무게는 그대로라고? 나는 문자 그대로 미치고 팔짝 뛰었다. 제자리에서 몇 번 땅을 차고 발을 굴렀는지 모른다. 이걸 두고 갈 수도 없고, 다시 흙으로 덮을 수도 없고, 어떡하지… 어떡하지….

그때 문득, 마을에 하나밖에 없는 절벽이 떠올랐다. 거기서 떨어뜨리면 강에 잠길 것이다. 아니 진작 그랬으면 이런 수난을 겪지 않았을 텐데!

눈발이 거세지고 있었다. 마음이 급해졌다. 롱패딩에 달린 털모자를 뒤집어쓰고 그 애의 두 발을 끌어당겼다. 그때도 가벼워서 옮기기가 쉬웠는데 지금도 마찬가지였다. 그동안 대체 너한테 무슨 일이 있었던 거니?

농로까지 힘들게 옮기고 나니 자신감이 붙었다. 진짜 내가
끌고 온 건지 그 애가 제 발로 걸어온 건지 헷갈릴 정도였다.
주변을 돌아보았다. 온통 검고 하얬다. 불빛도 없었다.
이런 눈발이 쏟아지는 밤에 누가 나올 리도 없었고, 누가
본다 해도 차라리 상상 속의 동물을 봤다고 착각하는 편이
정신건강에 좋을 터였다. 눈 내리는 어둠 속에서 자신보다
세 배는 큰 거인을 두 손으로 끌고 가는 여자라니.
도중에 손이 너무 아파 갖가지 방법으로 온기를 불어넣고
다시 출발했다. 농로 끝에 다다랐을 때, 눈앞에 우두커니
앉은 산이 보였다. 산은 오래전 총기를 잃은 시체 같았다.
내 뒤에도 비슷한 뭔가가 있었다. 뒤를 돌아보자 색 바랜
교복을 입은 거인이 내 그림자처럼 뉘어 있었고 내 패딩
속에도 언뜻 교복 셔츠가 보이는 착각이 일었다. 어느새
내 머리를 덮고 있던 털모자가 사라지고 무릎까지 오던
패딩 대신 교복치마가 눈에 들어왔다. 우린 그 시절 그날로
돌아가 있었다. 슥슥, 내 운동화가 땅을 제대로 밟지 못하고
마찰을 일으키는 소리와 슥슥, 거인이 차가운 길 위를
쓸려가는 소리가 뒤엉켰다. 어쩐지 쓸쓸한 소리였다.
"어디까지, 가려고…?"
처음엔 그 소리가 들리지 않았다. 나는 계속 전진하고

있었다. 휘이익, 서슬 같은 메아리가 한순간 귓가를 훔치고 발목을 붙잡았다. 걸음을 멈추고 돌아보자, 새하얀 거인이 눈을 감고 있었다. 함박눈이 헌화하듯 그 위를 덮고 있었다. 두번 다시 혹하지 않으리라 마음먹고 발걸음을 재촉했다.

"나, 추운데…."

그 순간, 발뒤축이 땅바닥에 붙박여 옴짝달싹할 수 없었다. 뒤를 돌아볼 용기는 더더욱 없었다. 그래도 돌아봐야 했다. 뒤에서 나를 덮치기라도 한다면 모든 게 헛수고가 된다. 초시계처럼 천천히 머리를 꺾으며 뒤를 돌아보았다. 그 애가 몸을 일으켜 나를 바라보고 있었다. 나는 그 애의 발을 놓치고 뒷걸음질 쳤다.

"환상…."

뭐에 홀린 듯 그 말이 입가로 흘러내렸다. 그러고 보니 오늘 한 번도 졸지 않았던가. 지금 칠흑 속에 발광하는 이 하얀 세계가 꿈일지도 몰랐다.

"20년 동안, 날 묻어놓고, 할 말이 그게, 다야?"

달라붙은 얼음을 뜯어내듯 처절하게 갈라지는 목소리였다. 아니다. 잊자. 저 목소리는 잊어야 한다. 어차피 귀신은 내게 아무런 해코지도 할 수 없다. 과거에도 지금 이 순간에도 저 애를 해치는 건 나다. 나여야만 한다.

이후로도 그 애는 계속해서 말을 걸었지만 무시하고 산속을
억척스럽게 올랐다.

"하늘이 참 예뻤어…. 매일같이 달이 차고 해가, 기울었는데
난 언제나 누워, 만 있었어…."

"…"

"…그러다… 너를 봤지…. 웅크리고, 있는 너를…."

그 밤길에 거인을 끌고 절벽까지 어떻게 운반했을까.
정신을 차리고 보니 절벽 위였다. 돌아보니 거인이 낫
모양으로 기울어진 나무기둥에 쓰러져 있었다. 눈보라가
일자 핏덩이가 달라붙은 머리카락이 수양버들 잎처럼
흔들렸다.

절벽을 내려다보려 조심스레 몸을 이동했다. 콧물이 그대로
흘러 땅에 떨어졌다. 코가 얼어 훌쩍일 수조차 없었다.
손으로 아무리 닦아도 제대로 닦이지 않았다. 모든 게
엉망진창이었다. 얼른 저 아래로 밀어버려야 한다. 얼른
밀어버리고 집으로 돌아가 보일러를 틀고 누워 있자. 그
생각이 스치자 깨질 듯한 두통이 사라지고 최후의 결단만이
남았다. 거인의 두 발을 끌고 절벽으로 향했다. 앞으로
10미터를 더 가야 했다.

졸음이 몰려온 건 그때였다. 왜 하필 지금! 아니, 어떻게

지금? 이 악천후 속에서 너덜너덜해진 육신을 안고 서
있는데 지금 졸음이 온다고?

"아까 전화 왔던, 애, 누구였니…."

절벽이 5미터 앞에 있었다. 눈발이 거칠게 내 얼굴로
역주행했다. 강을 사이에 두고 맞은편 절벽이 괴기스럽게
몸을 움츠리고 있었다. 졸음 난쟁이가 뇌 주름 밖으로
튀쳐나와 눈꺼풀 위에 걸터앉았다.

"졸린가 보네. 그 애가 누군지, 내가, 알려줄까?"

"우리 사무실에서 잠깐 일했던 애야…. 그러니까 그만 닥쳐."

절벽이 3미터 앞에 있었다. 그 애가 완전히 몸을 일으킨 채
기이한 형상으로 말했다.

"아니야…. 그건 너야…. 스물네 살 때 3개월, 단기로 일한 건,
너잖아…. 넌 그 후로 쭉, 백수, 였어. 아무것도 하지, 않고
시간만, 버렸잖아…."

갑자기 울컥 화가 치밀어 뒤를 돌아보았다. 뒤통수를
톡 치면 눈덩이처럼 데굴데굴 굴러 내려올 듯한 거대한
눈동자, 콧잔등에서부터 약간 휜 콧날, 두툼하게 솟아오른
윗입술… 학교 슬로건이 새겨진 아치형 비석보다 커다란
얼굴이 한 방향을 향해 끝도 없이 날리는 눈발 속에 있었다.
이번엔 네 차례야. 나보다 고통스럽게. 나보다 쥐도 새도

모르게. 그녀의 슬로건이었다.

"넌 왜 여기 왔지…?"

"…니 망할 첼로 때문이야…. 제발 입 좀 다물어…"

"첼로 때문에 날 기억해냈다고? 제발 웃기는 소리, 작작해."

"…"

"졸지 말고 들어…. 넌 졸면 안 돼. 니가 졸아서 내가 이렇게
된 거라니까? 니가 졸릴 때마다, 내 몸이 조금씩 커졌어.
신기했지…. 가만히 누워, 있는데도 니, 삶이 눈에 훤한,
거야…"

"이런다고… 니가 나한테 복수할… 수 있을… 거… 같냐?"
절벽이 1미터 앞에 있었다. 호흡은 터질 듯한데 속도는
점점 더 느려졌다. 그 애의 의지가 발동한 것이다. 아까보다
무게도 훨씬 묵직했다. 이대로 가다간 200킬로그램에
육박하는 진짜 거구를 절벽에 던져버려야 할지도 모른다.
졸음을 떨치려 머리를 있는 힘껏 흔들었다. 그러나 내
정신이야말로 훨씬 더 오래전부터 절벽 아래 떨어져 내가
오기를 기다리고 있는지도 몰랐다.

"넌 현실을, 피하고 싶을 때마다, 조는 척을 했어."

"…헛소리…"

"그게 나쁜 건 아니지. 순수한 악일 테니."

"…"

"있잖아… 순수에도 선과 악이 존재, 해…"

"…"

"넌 모르겠지만 난 여기, 누워서 모든, 걸 느꼈어…. 세상은
언어, 처럼 유창하게 돌아가는, 게 아니야… 비틀리고,
무너져."

"…"

"번민을 쌓을, 수록 그것은 사라지고 더 높, 은 이상만이
남지…."

"차라리, 아무것도 모를 때가 나아…. 악의 순수는 그럴 때,
생겨…"

"넌 순수하기 위해, 악해진 거야…. 그 악은 비난할 수
없어…"

"자… 내 말에 동의하면 대답해봐."

딱딱해진 귓속이 간질거렸다. 제대로 눈을 뜰 수도 없는
상태에서 눈앞이 계속 흐려졌다. 짓밟힌 눈덩이가 그대로
달라붙은 발은 천근만근이었다. 눈을 감았다 뜨면 코발트빛
바다로 떨어질 것 같았다. 그만큼 대설이었고 그만큼
정신이 몽롱했다.

"넌 누구야…"

그래… 난 누구였지? 지금 여기서 뭘 하고 있는 거지?

"…우호진."

"그건 니 첼로를 갖다 판 니 엄마 이름이잖아. 자… 니 이름이 뭐지?"

"…우호진…."

"아니라니까…."

한 걸음만 더 가면 절벽 아래였다. 이제 다 왔다. 조금만 힘을 내자. 조금만…!

그 애의 다리를 내려놓자, 긴긴 여행을 끝마친 듯 여독이 밀려왔다. 잠시 숨을 돌렸다. 이제 절벽 아래로 밀기만 하면 지긋지긋한 이 모든 여정이 끝난다.

그때였다. 몸이 움직여지지 않는다는 걸 깨달았다. 나는 눈을 내리떠 가슴께를 보았다. 엄청난 두께지만 마르고 딱딱한 팔이 내 목에서부터 배까지 감싸고 있었다. 틀린 대답에 대한 벌을 주듯 그 애는 더욱더 힘을 주어 흉부를 압박했다.

"난 누구야…. 내 이름은 뭐지?"

대답할 생각은 없었지만 그 말을 듣자마자 그 애 이름을 떠올리려 했다. 이름이 뭐였더라…?

"넌 니 인생을 내버려뒀어."

"…"

"넌 이제 가해자야."

뒷목에 그 애의 크고 차가운 입술이 닿았다 떨어졌다.

변명할 새도 없이 그 애가 내 등을 손가락으로 쑥 밀었다.

"잘 가라…. 이지윤…."

작은 내 몸이 눈발과 함께 절벽 위에 잠시 표류했다. 나를
내려다보는 그 애의 뚱한 표정이 거슬린다 싶더니, 이내
눈앞의 절벽이 하염없이 멀어졌다.

의자는 사형되어야 한다

나는 고통이다.

그런 무감각한 상념에 젖어들었다. 움직일 때마다 어깨뼈 아래가 뻐근해지고 정신은 검푸른 세상 너머로 불투명하게 빛나며, 현실과의 거리는 아득히 멀어진다. 나는 곧 시공간을 뛰어넘는 기분에 사로잡힌다. 불과 몇 분 전 현관문을 닫고 주차장을 가로질러 지하철을 타고 횡단보도를 건너 건물들 사이로 붉게 흐르는 하늘을 보고 있었는데, 어느덧 회사 복도에 앉아 있었다. 눈앞엔 흰 벽이, 발밑에는 구상성단 같은 화강암 바닥재가 있었다. 나란히 붙여놓은 의자 다섯 개 중 네 개가 사용 중이었는데 나는 맨 끝자리였다. 다들 정갈한 옷차림을 한 채 따분한 표정을 짓고 있었다. 짐승 이빨로 만든 목걸이 대신 사원증을 목에 건 호모 사피엔스 무리가 대기 중인 면접자들을 일별하며 지나갔다. 몇몇의 시선은 나와 내 옆에 오래 머무르기도 했다.

지그재그를 그리던 내부자들의 무의식적인 배칙이 사라지고 나자 다시 텅 빈 복도만이 남았다. 자기통제로 가득한 정적. 아무도 서로에게 말을 걸지 않았다. 아무도 서로를 쳐다보지 않았다. 앉아 있는 동안 텅 비어버린 머릿속엔 끝없이 그어지는 하나의 일직선만 존재했다. 얼마 안 가 복도 끝 반투명 유리문에서 담당 직원이 모습을 드러냈다. 그는 이쪽으로 걸어오면서 첫 면접자를 불렀다. 침묵 속에 일어나 걸어가는 소리, 방향이 틀어진 듯 신발이 바닥을 짓이기는 소리, 한 번 멈췄다 다가오는 소리, 모든 소리가 공명했다. 그리고 아무 소리도 들리지 않았다.

"이걸 누가 여기 갖다 놨지?"

고개를 드니 와이드팬츠에 캐멀색 힐을 신은 직원이 내 앞에 서 있었다. 옆에 앉은 면접자들도 내 쪽을 쳐다보고 있었다. 나는 겨우 현실로 돌아왔다. 앞으로 벌어질 일이 뭔지도 다시금 상기했다. 턱밑에서부터 소름과 경련이 올라오고 몸에 한기가 돌았다. 이렇게라도 현실을 등지지 않으면 나는 살아갈 수 없었다. 드높은 하늘을 향해 걸어갈 때는 잠시 사라졌던 고통이 앙갚음하듯 무섭게 떠밀려왔다. 나는 절망감을 안추르며 천천히 고개를 돌렸다. 알면서도 모른 척했을 뿐이었다. 놈은 오늘도 나를 따라왔다. 아니, 남들이 봤을 땐 내가 들고 온 것이었다. 내 오른쪽 어깨 너머에는 나머지 다섯 개의 의자와 전혀 다른 디자인의 나무 의자가 놓여 있었다. 오늘 면접의 승자가 있다면 바로 놈이었다.

내 쪽을 의아하게 쳐다보던 여자가 의자를 치우려고 등받이에 손을 대는 순간, 내가 그 손을 막으며 고개를 저었다. 여자가 손을 떼며 물었다.

"왜 그러세요? 혹시 이거 그쪽 거예요?"

나는 애매하게 고개를 숙이며 대답했다.

"…네."

"뭐라고요? 왜요?"

무슨 말을 해야 할지 몰라 여자를 힐끔 올려다보았다.

"저기요. 설마, 그거 들고 가실 생각 아니죠?"

여자가 재차 물었지만 머릿속이 잠겨버린 듯 한마디도 떠오르지 않았다.

"면접자분! 그 의자 말이에요! 성함이… 면접 보러 오신 건
맞아요?"

"…"

"저기요!"

"…여기 앉아서 면접을 보고 싶은데요."

뻣뻣한 내 목소리에 여자는 헛웃음을 터트렸다. 그래,
예상이 들어맞을 거라곤 전혀 생각지 못했을 것이다.

"네? 인스타나 유튜브… 뭐 그런 거예요?"

여자가 무슨 얘길 하는 건지 통 알아들을 수가 없었다.
제3세계 언어처럼 들렸다.

"…징크스 때문이에요. 부탁드려요."

한동안 나를 정신이상자로 바라보던 여자는 눈앞의
큰 벌레를 잡아줄 사람을 찾는 것처럼 총총걸음으로
멀어지더니 복도 맨 끝의 반투명 유리문을 열었다. 문
사이로 퍼져 나오는 빛은 오후 2시를 가리키고 있었다.
태양이 뿌린 가시광선으로 뜨거워진 땅이 공기를 다시
껴안는 시간. 호혜의 시간. 여자가 들어가자 문이 다시
빛을 삼켰고 그 정적은 꽤 오래 이어졌다. 면접자들의
눈총을 받으며 앉아 있는 이 시간이 영원했으면 싶었다.
그러나 애석하게도 문은 다시 열렸다. 여자는 옷에 붙은

머리카락을 떼어내듯 내 이름을 불렀다. 빨리 가지고
오세요. 나는 그 정상 집단에서 떨어져 나와 복도 바닥에
펼쳐진 구상성단에 섞여 들었다. 두 손에 들린 의자는 운석
같았고 복도 끝은 태양만큼 멀게 느껴졌다. 아무리 걸어도
계속 같은 궤도를 돌고 있는 기분이었다. 마침내 반투명한
물질을 열었을 때, 1999년 겨울 햇살이 눈 속을 통과했다.

1

여자는 면접관이 보는 앞에서 의자에 올라가 목을 맸다.
왜 목을 맨 건지, 어떻게 목을 맨 건지 아는 사람은 아무도
없었다. 목격자들은 허공에서 목을 맸다는 다소 허황된
주장을 펼쳤는데, 이를 두고 대다수의 정신분석학자는
호르몬의 기억 방해를 원인으로 꼽았다. 위급한 상황에서
방출되는 당질 코르티코이드라는 호르몬이 일시적으로
해마의 기능을 억제해, 목격자들이 기자에게 추궁을
당했을 때 기억 왜곡을 일으켰다는 것이다. 일부 평행이론
옹호론자들은 두 평행 세계의 융합을 주장했다. 여자는
자신의 방에서 자살을 시도했으며 죽는 순간 면접을 보는

평행 세계의 자신과 만났다는 것이다.

두 가지 견해를 논리적으로 반박하면 이렇다. 먼저 호르몬이 방출되기 전 시각피질은 이미 직관적 반응으로 사물을 있는 그대로 투영한다. 기억이 손상됐더라도 허공에 떠 있는 여자를 '전혀' 보지 않았는데 봤다고 할 수는 없다. 본 것을 각자 다르게 받아들일 순 있지만 아예 없던 일로는 만들 수 없다는 얘기다. 상식적으로 불가해한 사건이 눈앞에서 벌어졌다면 봤더라도 못 봤다고 하는 편이 이상한 사람으로 낙인찍히는 일을 피할 수 있는 방법이다. 그러니까 최소한 여자가 의자에 올라가 어떤 행위를 했고 그래서 죽었다는 데엔 의문의 여지가 없었다. 다음으로, 자신들과의 융합이라면 여자가 의자를 들고 복도에 앉아 있었던 이유를 설명하기 어렵다. 직원이 의자를 보고 황당해했던 이유, 직원의 질문에 대답했던 여자의 묘한 태도 역시 설명이 불가하다. 그러니 이 가설은 들어맞지 않는다.

내가 언급할 수 있는 건 여기까지다. 기사가 전달할 수 있는 한계도 여기까지였다. 사람들이 사건 이면에 놓인 여자의 삶을 파헤치기 위해선 좀 더 다각도로 접근할 필요가 있었다. 가령 그녀의 삶이 집적된 아파트로 찾아가는 일

따위 말이다. 왜 그렇게까지 하지 않으면 안 되는지는 이 글을 전부 읽고 나면 납득할 것이다. 나는 그 의자의 정체를 알고 있다. 나의 오빠 역시 알고 있다. 그의 친구 역시 알고 있다. 어쩌면 더 많은 사람들이 알지도 모르겠다. 인간의 삶 속에 내버려진 의자에게 무슨 일이 있었는지, 인간이 의자에게 칠한 마음의 독성 물질이 어디까지 퍼질 수 있는지.

이야기는 당신들이 상상하는 것보다 훨씬 더 넓은 범위에서 시작해야겠다. 집에서 의자를 처음 본 순간이 떠오른다. 오빠의 친구가 등받이가 기다란 의자를 들고 있다. 뒤로 걸어가 현관문을 닫는다. 대리석 계단을 거꾸로 내려간다. 그가 탄 택시는 역주행한다. 의자는 처음 존재했던 공간에 다시 갇힌다. 그로부터 계속 리와인드하여 백 년 정도를 뛰어넘어 보기로 한다. 그곳은 1875년경, 독일 프랑크푸르트의 어느 마을이다. 궁륭 모양의 꼭대기 다락방에 한 여자아이가 우울한 표정으로 앉아 있다. 그 아이가 제일 싫어하는 건 바로 지금 자신의 엉덩짝을 붙이고 있는 의자였다. 잘못을 할 때마다 '침묵의 의자'라는 명칭이 붙은 그 의자에 하루 종일 앉아 있어야 했기

때문이다. 아이는 특별한 잘못이 없을 때에도 부모의
기분이 언짢으면 의자에 앉아야 했다. 다락방은 부장품처럼
보이는 퇴색된 물건들로 창이 가려져 있어, 문을 닫으면
빛이 전혀 들지 않았다. 아이의 이름은 레이안이었다.
의자에 앉으면 다리가 바닥에 닿지 않을 정도로 몸집이
작았던 열 살 소녀 레이안은 함박눈이 다락방 지붕을
뚫을 기세로 내리던 어느 겨울밤, 침묵의 의자에 앉아
있다가 일부러 다락방에 불을 낸다. 숙면 중이던 가족들은
불이 난 사실도 모른 채 질식해 숨진다. 레이안은 집에서
도망쳐 숲속에 숨어 있다가 말을 탄 경찰에게 발각된다.
여기까지는 레이안의 상상이자 꿈이었다. 가족을 향한
증오심이 날이 갈수록 심해져서 망상을 하지 않고는 견딜
수가 없었다. 그에게는 네 명의 형제자매가 있었는데 둘째
언니를 제외하곤 항상 그를 멸시하고 괴롭혔다. 레이안은
둘째 언니에게 고민을 털어놓고 싶었다. 펑펑 울고 나서
지난 일을 싹 털어버리고 싶었다. 그러면 둘째 언니도
레이안에게 용기를 북돋아주리라 믿었다. 그렇게 확신한
레이안은 침묵의 의자를 들고 둘째 언니 방으로 향했다.
똑똑. 문이 열려 있었다. 살그머니 들어가 보니 둘째 언니는
잠들어 있었다. 그러고 보니 몇 시쯤 되었는지도 몰랐다.

밖은 아직 한낮인 것 같은데 둘째 언니는 낮잠이라도 자는 걸까. 동생이 하루 종일 의자에 앉아 고행의 시간을 보낼 동안 평온하게 낮잠이나 자다니, 둘째 언니의 태평함에 불쑥 짜증이 치밀었다. 의자를 창문 옆에 내려놓고 언니를 쳐다보았다. 내가 여기서 뛰어내리면 다들 기뻐하겠지. 언니 너조차. 그래도 내가 죽은 모습을 보면 다들 놀라서 경기를 일으킬 거야. 생각만 해도 통쾌한 기분이 들었다. 레이안은 의자에 올라가 언니 이름을 크게 불렀다.

"흐음…."

둘째 언니가 미간을 좁히며 눈을 떴다. 눈앞에 높이 서 있는 몸뚱이를 본 둘째 언니는 까무러칠 듯 놀랐다.

"레이안! 너 거기서 뭐 하는 거야!?"

그때까지는 정말로 죽을 생각이 없었다. 그런데 열려 있던 창문으로 때마침 거센 바람이 몰아쳤다. 당황한 레이안의 몸이 휘청거리며 창밖으로 기울었다. 둘째 언니는 침대보를 붙잡고 그렁그렁한 눈으로 동생을 쳐다보았다. 동생을 구해줄 용기 따윈 없었다. 사실 무기력했을 뿐, 동생에게 잘해준 게 아니었다. 언니를 애타게 부르짖던 레이안의 몸은 창문 밖으로 맥없이 떨어졌다. 까딱거리던 의자가 멈춘 건 그때였다.

아마도 먼 옛날엔 이런 자살 동화가 숱하게 많았을 것이다. 별다른 장치나 도구가 태무했던 그 시절엔 의자에 올라가 들보에 목을 매는 게 자연스러운 방법이었을 테고 누군가는 자살을 도운 의자를 원망했을지 모른다. 아마 의자를 태우거나 부수거나, 혹 중세 법이 존재했다면 매질을 당하고 쫓겨났을지도 모른다. 그러면서 점점 인간에 대한 의자의 복수심은 활활 타올랐을지 모른다. 내 언젠가 다시 환생해 인간에게 보복하리라고 마음먹었을지 모른다. 그게 아니라면 지난 20년 동안 내게 있었던 이 모든 일을 설명해줄 당위적인 근거가 사라지게 된다. 그것이야말로 참극이다.

우연이 아니라면 전초전이었을까. 놈이 우리 집에 뿌리를 내리기 전인 1995년 여름, 참으로 이상한 일을 경험했다. 당시 우리 집은 복층으로 된 전원주택이었고 내 방 책상에 앉으면 창밖으로 커다란 떡갈나무가 보였다. 미풍에 넘실대는 시푸른 잎사귀는 덧그어진 듯 선명한 잎맥을 자랑했고 그 풍경은 내게 영원 같은 안식을 가져다주었다. 그래서 숙제를 하다 보면 곧잘 잠이 쏟아졌다. 그날도 예외는 아니었다.

어릴 적 낮잠은 내 육신을 천연덕스럽게 세상에 풀어놓는 행위였다. 팔다리를 쭉 뻗고 눈을 감으면 모든 선악의 경계가 사라지고 내가 악마가 되었다가 천사가 되었다가, 때로는 악마의 탈을 쓴 천사가 되기도 했다. 그렇게 실컷 놀다 보면 잠의 입구에 도달했고 잠으로 들어가는 그 좁은 각성 세계에선 청각이 모든 걸 전제했다. 부엌 냉장고의 냉각기 돌아가는 소리, 바람 소리, 내 숨소리가 한데 섞여들고 수면의 조각들이 속절없이 휩쓸려가다 보면 결국, 선잠에 이르는 것이다. 그런데 어느 틈엔가 슬그머니 허리를 감싸는 손길이 느껴졌다. 뒤에서, 혹은 옆에서. 정확한 방향은 알 수 없었지만 일순 그런 영묘한 감각이 전해졌고 그대로 얕은 수면 속으로 빨려 들어갔다. 내 몸은 여전히 책상에 있었고 정신은 무수한 기억의 촉수들 사이를 헤엄치고 있었다. 꿈이라고 할 만한 기억은 없었다. 어렴풋이 내 몸이 이끼의 장란기(藏卵器)가 된 듯 의자 표면의 한 겹을 벗겨내어 그 속으로 파고들었던 듯도 했다. 서서히 침전되는 신체 일부를 무기력하게 감지해야 했던 그 기이함이 너무 섬뜩해서 잠이 깨고 나서도 멍하니 앉아 있었다. 한낮의 창백한 햇빛과 불길한 나무 그늘 사이에서 심장이 두방망이질 쳤다. 이유는 알 수 없었다.

다만 이 공간을 벗어나면 나를 감싸던 무언가가 알아채고 머리카락을 잡아당기거나 다리를 걸거나, 어떤 해코지를 할 것 같은 불안감이 일었다. 이후로도 가끔 그런 일이 벌어지곤 했다.

그 집을 떠난 지 10년이 넘었기 때문에 그때 앉았던 의자는 이제 이 세상에 없다. 단지 그 섬뜩한 기억을 뿌리째 끄집어낸 의자가 다시 등장했을 뿐이다.

그 의자에 관한 최초의 기억은 오빠로부터 시작된다. 키 181센티미터에 따로 운동을 하지 않아도 다부진 체형을 유지했던 오빠는 대학 3학년이 되자마자 어울리지 않는 불교에 심취하기 시작했고 그쪽으로 일가견이 있는 친구와 어울렸다. 그 친구는 키가 173센티미터였지만 체격이 왜소해서 166센티미터인 나와 나란히 서면 엇비슷해 보였다. 의아한 점은 그가 가톨릭과 불교, 그러니까 서방과 동방의 두 종교를 동시에 믿었다는 것이다. 그는 우리 집에 올 때마다 벨기에 수도원 맥주라 불리는 트라피스트 맥주와 불교 술인 곡차를 번갈아 가져왔다. 몇 년 동안 드나들면서 술이 아닌 다른 물건을 가져온 적이 딱 한 번 있었는데, 그게 바로 '그 의자'였다. 우리 집 식탁엔 당연하게도 의자가 두

개뿐이라(나머지 두 개는 책상 의자로 썼다) 셋이서 술을 마실
땐 남의 테이블에 끼어드는 모양새로 책상 의자를 빼내오는
수고를 들여야 했는데, 그 점이 평소에 불만이었던
모양이다. 물론 거실에서 마실 때도 있었지만 소파 앞
유리 테이블엔 오빠가 사 모은 DVD나 책들이 아무렇게나
널브러져 있어 식탁으로 쓰기엔 불편했다. 아무튼 의자를
가져왔다는 건 그가 우리를 내집단으로 인정했다는 걸
의미했다. 맹세코 우리는 거기에 동의한 적이 없지만.

오빠 친구가 의자를 가져왔던 그날은 지금도 생생히
떠오른다. 살면서 그런 포악한 날씨는 본 적이 없다.
서늘한 망자처럼 공기 중을 떠돌던 새벽이 서쪽에서 불어온
미풍과 함께 완전히 증발했고, 불과 수십 초 사이 달아오른
대기는 열대 지방을 뛰어넘는 엄청난 습도와 열기를 집
안으로 난사하기 시작했다. 우린 잠에서 깨기도 전에
탈진해서 숨만 겨우 쉴 정도였고 열악한 두 대의 선풍기는
이대로 영속할 것처럼 세차게 머리를 돌려대고 있었다.
그런 이유로 나는 의자를 보자마자 불쾌지수가 폭발했다.
가뜩이나 더워죽겠는데 그것의 존재를 보니 남아 있는
공간마저 조여드는 것 같았기 때문이다. 게다가 그 의자는

어딘가 모르게 이상했다. 견고하지만 딱정벌레를 연상케
하는 몸통과 다리, 라탄이 얼기설기 짜인 등받이는 일반
성인이 앉아도 머리 두 개는 더 올릴 수 있을 정도로 길었다.
다리가 짧은 대신 등이 엄청 긴 기이한 인간이 떠올랐다.
그런 상상을 하며 나도 모르게 고개를 드밀어 그것을
살폈는데, 가장자리의 곡목 형태가 어떻게 보면 클래식해
보이기도 하고 유럽의 노천카페에서 눈길을 끌려고 내놓은
의자 같기도 했으나, 여기저기 긁히고 해진 시커먼 가죽
좌판이 그런 매력을 단숨에 반감시켰다.

그런 생각에 매몰되어 얼마나 의자를 보고 있었던 걸까.
처음 떠오른 그 생각에서 도저히 벗어나려야 벗어날 수가
없었다. 아니, 애초에 어떻게 생각을 멈춰야 하는지도
잊어버렸다. 생각은 곧 신체를 지배했고 의자를 보던
자세마저 마비시켰다. 눈은 의자에 고부라져 있고, 몸은
빠져나오려 안간힘이고, 뇌는 무춤거리며 자꾸만 멎었다.
나중엔 눈과 뇌가 영영 분리될 듯한 공포감이 휘감겨왔는데
바로 그 순간, 주변이 사선으로 휘어지더니 의자 속으로
빨려들 듯한 현기증이 일었다. 그 증상은 한순간에
사라졌다. 나는 아무 일도 없던 듯 몸을 일으켰고 아무 일도
없던 사람처럼 옆머리를 쓸며 그걸 어디서 가져왔는지

물었다(나로서도 내가 굉장히 낯설었던 기억이다). 오빠 친구는
아주 미세한 물질도 볼 수 있을 법한 압축 렌즈를 들어 올려
의자를 잠시 보더니 그러게, 얘 어디서 왔을까. 원래 여기가
집 아닐까, 라는 엉뚱한 소리를 지껄였다. 그러나 지금은
그 말의 진위를 안다. 오빠 친구가 정말로 '놈'이 어디서
굴러먹다 왔는지 몰랐을 리 없지만 현 시점에서 본다면
놈의 역사는 200년도 훌쩍 넘었으리라.

오빠 친구, 그러니까 석희는 그날 의자를 우리 집에
의탁했다. 지금 있는 가재도구만으로도 숨이 막히는
스무 평짜리 아파트에서 새 의자의 존재는 무용했다.
오빠도 같은 생각이었는지 석희가 현관문을 닫고 계단을
내려가자마자 베란다 창고로 놈을 끌고 가 가둬버렸다.
"그럴 거면 진작 돌려보내지 그랬어?"
베란다 문에 기대어 그렇게 말하자 그는 무심하게
쳐다보더니 다시 거실 바닥에 드러누웠다. 나는 오빠의
잔상 너머로 회색 창고를 멀거니 바라보았다. 아까 그
의자가 지금 저기 있는 건가. 저 의자가 왜 우리 집에 있어야
하지? 왜 아무도 막지 않았던 걸까. 왜 가만히 보고만
있었지? 새것을 좋아한다, 남의 집 물건은 함부로 들이는

게 아니다. 왜 아무런 말도 못했던 거야? 아무리 곱씹어도 이해가 되지 않았다.

"아아…."

갑자기 손끝에 통증이 느껴져 아래를 보았다. 무의식중에 손톱을 매만지다 손거스러미를 건드린 모양이었다. 탁자에 올려둔 라탄 바구니를 뒤져보았지만 오빠가 다른 데 놔뒀는지 손톱깎이를 찾을 수가 없었다. 하는 수 없이 곤충다리 같은 그것을 잡아 뜯다시피 제거하고 의자로 돌아갔다. 석희가 오기 전 작성 중이던 입사 지원서가 '지원하게 된 이유는'에서 중단된 채 커서를 깜박이고 있었다. 나는 다시 자판을 두드렸다. 오빠나 나나 예상보다 백수 생활이 길어지는 바람에 취업 스트레스가 심했다. 우린 머리를 맞대고 스펙을 최대한 그럴듯하게 부풀리거나 여기저기서 주워들은 면접 팁을 공유하며 일자리를 찾아다녔다. 이 집 말고 우리가 갈 곳은 어디에도 없었으니 어떻게든 생활을 유지해야 했다. 운 좋게도 오빠에겐 돈이 아쉬울 때마다 흔쾌히 불러주는 의류 모델 일이 있었는데, 이제는 오빠가 먼저 연락을 취해도 시큰둥한 반응이 돌아왔다. 더 잘생기고 어린 애들로 채워졌단 소리였다. 그래봤자 오빠 겨우 20대 후반이었는데 말이다.

저물녘이 되자 여름의 폭동은 잠잠해졌고 주변 모든
것은 묵상 중이었다. 유일한 소음은 나였다. 잠들었는지
깨어 있는지 알 수 없는 오빠 옆에서 타닥타닥 자판을
두드리며 스무 살 때 검표원 아르바이트를 하면서 고객에게
칭찬받았던 에피소드를 쥐어짜내고 있는데, 대퇴부 밑으로
뭔가 물컹거렸다. 그것은 곧 밑으로 푹 꺼져버렸고 얼마
안 가 다시 돌올하게 솟아올랐다. 생전 처음 느껴보는
감촉이었다. 이 세계에 존재하는 것 같지 않은. 다급히
엉덩이를 들어 확인했지만 좌판엔 아무것도 없었다.
가죽이라 폭신하지만 탄력 때문에 물컹거리진 않는다.
그렇다면 방금 그건 뭐였을까. 생물과 무생물의 감촉을
구분 못 할 만큼 뉴런이 맛이 간 건 아닐 테고. 오빠에게
물어보려 했지만 아까 누운 그 자리에서 등을 돌린 채
꼼짝도 하지 않았다. 그날부터였다. 집 안의 의자들이
조금씩 이상해지기 시작한 게.

2

오래전 우리 집에는 다섯 개의 의자가 있었다. 엄마와

아빠가 우리 곁을 떠나기 전까지 네 식구가 같이 썼던 식탁 의자와, 석희가 가져온 의자였다. 식탁 의자 두 개는 원래 용도대로 식탁에, 나머지 두 개는 우주가 팽창하듯 오빠의 방과 거실로 흩어졌다. 그리고 석희가 가져온 의자는 유목민처럼 창고나 식탁으로 옮겨 다녔다. 지금에 와서 후향적 사고를 해보자면 놈은 우리 집에 입성하자마자 의자들의 우두머리가 되었을 것이다. 놈은 집의 구조를 익혔고 동료의 위치도 파악했다. 그러고 나서 인간을 탐구하기 시작했다. 이 집안의 인간이라면 오빠와 나, 술만 덜렁덜렁 들고 오는 석희뿐이었다. 석희는 원래 이상한 인간으로 정평이 나 있었지만 오빠도 범인에 가깝진 않았다. 새벽에 물을 마시러 나오다가 멍하니 서서 창고를 보고 있는 오빠를 발견하고 놀란 적도 있었다. 창고엔 의자가 있었으니 의자가 오빠를 꾀어냈을 수도 있겠단 생각이 들었지만 너무 말이 안 되는 얘기라 더 이상 상상의 나래를 펴지 못했다. 그뿐이 아니었다. 오빠는 언젠가부터 정신이 혼미해질 때까지 책상 의자에 붙어 있곤 했다. 과장이 아니라 사흘을 꼬박 새워 영화를 보기도 했다. 지독한 영화광이었다. 그전까지는 영화관에 가는 사람들을 이해 못하는 부류였는데 여러 죽음을 겪은 이후로 변했다.

오빠가 영생과 윤회를 믿는 종교에 빠진 것도 그런 영향이
없지 않았다.

오빠는 주로 데이비드 린치와 데이비드 크로넨버그,
키에슬로프스키의 영화를 좋아했다. 같은 영화 장면을
수없이 돌려보는 건 오빠의 하루 일과였다. 한 가지 이상한
건 방에 있는 컴퓨터 모니터나 거실 텔레비전으로만 영화를
볼 뿐 영화관에 가는 건 한 번도 보지 못했다는 점이다.
언젠가 그 이유를 물어보니 고등학교 때 딱 한 번 영화관에
간 적이 있는데 너무 끔찍한 경험을 해서 다신 가고 싶지
않다는 대답이 돌아왔다. 오빠가 말하는 그 끔찍한 장소는
시내 대형 백화점 뒤편에 있던 낡은 독립영화관이었다.
평일 낮에 티켓을 끊고 상영관에 입장했을 때 관객은 오빠
한 사람뿐이었다. 혼자 관람해야 한다는 부담감과 내부의
퀴퀴한 냄새 정도는 충분히 예상했던 일이지만 영화관
전체에 빼곡히 자리한 수십 개의 빨간 의자는 너무도
강렬하게 뇌리에 박혔다. 오빠는 그 광경을 보자마자 숨이
턱 막히는 것 같았고 발이 저절로 비상구 쪽으로 돌아갔다.
비상구에 걸린 검은 천을 쥐고 한참을 고민하던 오빠는
다시 원래의 자리로 돌아갔다. 가장 좋아하는 감독의
고전 명작이라는 점, 영화관에서 볼 수 있는 기회는 이게

마지막일 거라는 점이 마음을 바꾼 이유였다. 근데 왜 의자를 보고 그런 무시무시한 공포감이 들었을까. 나는 오빠의 얘기를 듣는 내내 그게 의문이었다.

정중앙 자리에 앉은 오빠는 어스름하게 켜진 희붉은 불빛과 꺼진 스크린 아랫부분을 한동안 노려보다, 영화가 시작될 무렵 정신을 차리고 고개를 들었다. 고요하고 고혹적인 첼로 음악과 함께 오프닝타이틀이 시작되었다. 남자와 여자가 타고 가던 차가 비탈길 아래로 굴러 떨어져 바다로 추락하는 동시에 과거의 환상처럼 그들이 알몸으로 정사를 나누는 장면이 오버랩되었다. 그렇지만 오빠는 영화에 도저히 집중할 수가 없었다. 지금 이 안에서 영화를 보고 있는 건 자신뿐이었기 때문이다. 다시 말해 거기 있는 모든 의자가 오빠를 쳐다보고 있는 기분이 들었던 것이다. 극이 진행될수록 집으로 돌아가고 싶다는 생각밖에 들지 않았다. 큰 스크린으로 보면 얼마나 황홀할까 잔뜩 기대하며 달려왔는데 그 유명한 장면조차 전혀 눈에 들어오지 않았다. 공포감이 사지를 완전히 짓눌렀다. 그 자리에서 꼼짝도 할 수 없었다. 긴장과 땀으로 범벅이 된 오빠는 상영 내내 눈 뜨고 죽은 시체처럼 앉아 있었다. 영화는 결말을 향해 달려가고 위기일발의 상황이 연거푸 쏟아졌지만 오빠는 빨간 의자들의 시선에 고립되어 손가락 하나 까딱하지 못했다. 짧고 거친 날숨만 겨우겨우 뱉어낼 뿐이었다.

자신을 배신한 남자를 죽인 여자가 마지막에 바닷가를 혼자 걷는 장면으로 영화가 끝났고, 오빠는 좌석 시트를 콱 움켜쥔 채 불이 켜지기만 기다렸다. 당장이라도 두 다리를 뻗어 뛰쳐나가고 싶었지만 공포감은 이미 새하얀 석고 반죽처럼 오빠의 몸속으로 들어와 그대로 굳어 버렸다. 오빠는 그 순간만큼은 자신이 이대로 죽을 거라고 확신했다.

그날 오빠가 겪은 건 공황장애였다. 언제 시작되었는지는 모르지만 그런 일이 가끔 있었다고 했다. 의자 같은 무생물이 자신을 지켜보는 느낌을 받으면 순간 긴장돼서 숨을 제대로 못 쉬는 것이다. 아마 그땐 넓은 공간에 혼자 앉아 스릴러 영화를 봐서 무서웠던 게 아닐까. 나는 그랬으리라 짐작했다. 물론 지금이라면 석희가 항상 옆에 있으니 영화관에 가도 괜찮을 테지. 그러고 보니 석희를 만난 뒤로는 그런 얘기를 듣지 못했다.

석희는 의자를 두고 간 뒤로도 거의 매일 집에 찾아왔고 거의 매일 본인이 들고 온 의자에 앉아 땀을 식히며 벨기에 맥주를 마셨으며, 거의 매일 오빠와 논쟁을 벌였다. 그 논쟁이란 가령 이런 것이었다. 불교에서 말하는 마라란 대체 무엇인가. 독립된 악마인가, 인간에 내재한 고통인가. 석희는 불교에서 전해지는 대로 마라를 이렇게 정의했다.

'인간을 현혹하는 객관적인 어떤 존재라기보다 인간 자신의 미혹에 의해 스스로 느끼는 정신의 그늘.'

오빠가 반박했다. 마라가 인간의 마음속 악마라면 자살도 마라 짓이야? 석희가 곰곰 생각하더니 입을 열었다.

'있잖아, 여훈아. 사람이 죽는 거랑 자살은 별개라고 봐.'

'그게 뭔 소리야?'

'자살하는 사람들은 죽고 싶은 게 아니라 이 세상에서 사라지고 싶은 거잖아. 현재 일을 되도록 피해버리고 싶은 거지. 난 그렇게 생각하거든.'

'그러니까 세상에서 증발하고 싶은데 방법을 찾지 못해서 그냥 자살한다?'

'그렇지. 그나마 쉬운 방법이니까. 자신의 능력치로는 그렇게밖에 할 수 없는 거야. 아인슈타인이 아닌 이상 발명으로 자신의 몸을 증발하게 만들 순 없잖아.'

'아니 그래서 인마, 마라가 자살을 부추기는 게 맞는다는

거야, 아니라는 거야.'

'어쩌면 자살은 인간이 가장 이성적일 때 발현되는
행위일지도 몰라. 마라가 끼어들 틈은 없다고 봐. 넌 어떻게
생각해?'

'아, 난 모르겠다. 이거나 마실래.'

가끔 의자와 관련된 자잘한 해프닝이 우리를 성가시게 하긴
했지만 어찌 되었든 굵직한 사건 없이 1년이 지났고 또다시
여름이 찾아왔다. 이 의자와 여름이 어떤 상관관계가
있는지 모르지만 내 기억 속에서 이상한 사건은 꼭 여름에
벌어졌던 것 같다. 아니면 여름이어서 기분 나쁜 일들이
생겼는지도 모른다.

그날은 이력서를 낸 지 1년 만에 처음으로 합격 연락을 받은
날이었다. 소소한 축하 파티를 열기 위해 오빠와 마트에
다녀왔는데 석희가 식탁이 아닌 거실 중앙에 의자를 놓고
앉아 있었다. 평소대로라면 식탁에서 책을 읽거나 소파에서
이어폰을 꽂고 명상 중이었을 텐데, 어쩐 일인지 그저
가만히 앉아서 오빠와 나를 응시하기만 했다(여기서부턴
오빠의 기억이다).

심기가 불편해진 오빠는 봉지를 식탁 위에 퍽 하고

올려놓았다.

"지금 뭐 하냐?"

석희는 아랑곳 않고 시선을 내리깔며 손가락 끝으로 천천히 팔걸이를 훑었다. 석희에게 다가가려던 오빠는 문득 고개를 돌려 내 안색을 살폈다. 나중에 밝히겠지만 그때 나는 내가 어디에 서 있는지조차 몰랐기 때문에 어떠한 반응도 보일 수 없었다. 눈치 빠른 오빠는 모든 상황을 알아챈 듯 운을 뗐다.

"저기, 오늘은 이만…"

잠시 이 대목에서 부연이 필요할 것 같다. 친한 친구가 집에 놀러오는 이 예삿일이 불편해진 이유. 의자 때문만은 아니다. 의자 이전에 이미 어떤 일이 불거졌다. 오빠는 석희를 어디서 처음 봤을까. 늘 그게 궁금했다. 석희는 내가 아는 오빠라면 절대 말을 섞을 것 같지 않은 사람이기 때문이다. 생김새도 성향도, 모든 게 달랐으니까. 그러나 오빠는 아무리 내가 궁금해해도 딱 잘라 거절했다. 무슨 금기라도 되는 것처럼. 하지만 인간의 호기심이 그 정도로 유약한 것이었다면 선사시대에 동물 머리로 제의를 지내지도, 세계 대공황도 일어나지 않았을 것이다. 나는 그걸 알아내기 위해 점점 더 집요해졌다. 한번은 미리

준비한 트라피스트 맥주로 술자리를 벌인 다음 잔뜩 취한 오빠를 추궁했는데 정말 끈질기게도 입을 열지 않았다. 결국 그 작전은 실패로 끝났다. 그러나 나는 거기서 포기하지 않았다. 오빠가 입을 다문다면 내가 직접 찾아 나서는 수밖에 없었다. 며칠 뒤 오빠가 면접을 보러 나간 사이 집 안을 들쑤신 나는 운 좋게도 소파 밑에서 오빠가 쓴 공책을 발견했다(일기라고 하면 어색하고 사색의 기록 정도로 봐야 할 것이다). 너무 깊숙이 들어가 있어 빼내는 데 애를 먹었다. 나는 먼지를 걷어내고 한 장씩 넘겼다. 구두든 운동화든, 걜 보면 우울해져, 그랬더니 걔는, 어디서? 적막하게 혼자 살고 싶다…. 넌 왜 항상 나를 힘들게 하지. 내가 그걸 보지 않았다면 어땠을까. 이런 식의 의미를 알 수 없는 단어 나열과 일상적인 얘기들이 수백 페이지에 걸쳐 쓰여 있었다. 반은 휘갈긴 채로, 반은 정갈하게. 나중엔 도두앉은 다리가 저려왔지만 움직일 수가 없었다. 맨 뒤편의 한 구절 때문이었다.

"의자가 나를 사랑한다는 건 무슨 의미일까."

의자는 널 사랑해. 석희가 오빠를 보고 처음 한 말이었다. 그 문장을 보는 순간 등마루에 소름이 쫙 끼쳤다. 대체 둘은 어디서부터 어디까지 교감을 나누었던 걸까. 남자와 남자 사이에 그런 섬세한 의식이 통한다는 게 가능한 일인가.
부리나케 컴퓨터를 켰다. 꼬박 네 시간이 걸린 뒤에야
공책에 있는 토막 난 단어들을 간추릴 수 있었다. 아마 조금
각색된 이야기일지도 모르지만.

석희란 이름의 한자는 자리 석, 희생 희였다(현 상황에 빗대면
상당히 노골적인 뜻이다). 무얼 희생하고 석희가 태어난 건지
남의 가정사는 알 수 없지만 석희가 우리에게 희생을
물려줬다는 건 부인할 수 없는 사실이었다. 그 의자의 모든
걸 알게 된 석희는 의자를 우리 집으로 넘겼고, 우리는
아무 생각 없이 의자를 넘겨받은 셈이었다. 둘은 길을
가다 마주쳤다거나, 대학교 도서관 복도에서 우연히 본
게 아니었다. 대학 3학년 첫 학기가 시작되던 날 석희가
오빠를 찾아왔다. 오빠가 어디에 있는지 알고 있었다는 듯
휴게실에서 담배를 태우는 오빠를 빤히 보며 서 있었다.
실은 오빠가 앉은 의자를 보고 있던 것이지만 둔한 오빠는
알지 못했다. 단지 저 시선이 자신을 향한 것이라는 걸 알고
다른 누군가이길 바라며 두리번거렸을 뿐이다. 석희는
오빠에게 다가왔다. 그리고 내가 충격을 받았던 그 말이 입
밖으로 흘러가도록 그냥 내버려뒀다.

"의자는 널 사랑해."

오빠는 그 순간 석희가 정신병자로 보였고 어서 여길 벗어나야겠다는 생각만 들었다. 둘은 거기서 헤어졌다. 영영 헤어졌으면 좋았을 테지만 일주일 뒤 오빠는 석희를 만나러 갔다. 누가 봐도 터무니없는 행동이지만 오빠의 머릿속에서 생전 처음 들어보는 그 문장이 무슨 주술처럼 계속 떠돌아다녔다고 한다. 그러니까 오빠는 자신에게 왜 그런 얘기를 한 건지 물어보러 간 것이었다.

"날 알아?"

"글쎄, 고등학교를 같이 다녔을지도 모르지."

"…전혀 기억에 없는데. 의자 얘긴 대체 뭐냐?"

널따란 계단이 있는 대강의실에 두 사람만 남아 있었다. 석희는 왼편 중앙 자리에 앉아 있었고 오빠는 비스듬히 서서 그를 내려다보았다. 석희는 대답 없이 창밖을 내다보았고 멀리 보이는 물푸레나무 우듬지 사이로 새가 한 마리 솟아올랐다. 쌀쌀한 대기를 뚫고 날아오른 새는 악을 쓰듯 비명을 길게 내지르며 달아났고, 오빠는 그 소리에 놀라 옆을 돌아보았다. 그 순간 관자놀이 너머로 석희 특유의 스산한 목소리가 들려왔다. 방금 전 새소리와 절묘하게 이어졌다.

"그때 말이야. 네 담배 연기 봤어?"

"뭐라고?"

"네가 뿜은 그 연기, 의자가 다 마시고 있었어."

오빠는 자신도 모르게 눈을 끔뻑거리며 손끝을 떨었다.
오빠가 지금 상대하는 인간의 광괴한 표상을 한순간
경험했기 때문이다. 오빠는 그날 밤 폭음을 하고 돌아왔다.
석희와의 두 번째 만남은 오빠의 화만 더 부추긴 꼴이
되었다. 뭐 저런 새끼가 다 있냐면서 내 앞에서 양말을
벗으며 열변을 토하는데 내가 보기엔 꼭 짝사랑 초반에
본인의 감정을 부정하는 사람처럼 보였다. 오빠가
성소수자라고 말하려는 게 아니다. 처음부터 석희와 오빠는
불가분의 관계처럼 보였다. 굳이 더 보태자면 오빠는 을의
입장이었다. 그를 만날 때마다 뭐에 홀린 듯 골몰한 얼굴로
돌아왔고 하도 깊이 생각하느라 내릴 역을 지나치는 건
부지기수였다. 학교에서 친구를 사귀는 게 잘못된 일은
아니니 대수롭지 않게 여겼던 나도 시간이 갈수록 석희에
대한 입장이 부정적으로 바뀌었다. 도대체 만나서 무슨
얘기를 나누기에 오빠가 저런 무모한 태도를 고수하는
걸까. 내 마음속엔 늘 그의 정체를 밝히고 싶은 마음과
최대한 멀리 떨어져야겠다는 양가감정이 공재했다.

오빠가 의자는 널 사랑해, 라는 말의 함의를 알게 된 건 몇
달 전이었다. 오빠가 석희를 만난 데에 어느 정도는 지분을
가지고 있었을 그 불가해한 문장은 늘 오빠를 따라다녔고,
내가 오빠에게 석희와 어떻게 만나게 되었는지 궁금해했던
것처럼 오빠 역시 의자의 의미를 알고 싶었다. 그 거대한
의문의 바위는 풍화 작용으로도 깎이지 않았다. 의자에
대해 대놓고 물어본 건 강의실 이후로 두 번째였다. 사실
에둘러 물어본 건 셀 수 없이 많았지만 그럴 때마다 석희는
입도 뻥긋 하지 않고 무시하기 일쑤였다. 그러는 동안
오빠에겐 아집이란 게 생겼다. 매번 기회를 엿보다 석희의
기분이 좋을 때를 신중하게 골랐다. 그동안 형제애 비슷한
끈끈한 우정을 쌓았으니 이번에는 털어놓으리라 예상했다.
둘은 늘 가던 학교 근처에 있는 골목 모퉁이 식당에
앉아 달걀말이, 알탕찌개, 소주 두 병을 시켜놓고 대화를
시작했다.
"동생은 잘 지내?"
"여은이? 사흘 전에 봤잖아."
"사람은 하루아침에도 변할 수 있어."
"그래, 참 너다운 생각이다."
잠시 침묵이 흘렀고 오빠는 타이밍을 놓치지 않았다.

"야, 난 근데… 의자가 날 사랑한다는 게 무슨 말인지 아직도
모르겠다."

석희는 그 말을 듣고 몇 번이나 주위를 두리번거렸다.
그들의 테이블은 벽에 붙어 있었고 사방에 손님이라곤
없었다. 심지어 사장 부부도 주방에서 재료 손질 중이었다.
오빠는 뭔가 심상치 않다는 걸 깨닫고 오늘은 날이
아니라고 단념했다.

"말하기 곤란하다면 됐어. 꼭 대답을 듣겠다는 건 아니니까."

"여기 의자가 몇 개 있지?"

"뭐?"

"열다섯 개."

그렇게 많았나. 오빠는 내키진 않았지만 고개를 돌려 직접
세어보았다. 몸이 닿는 곳마다 쩍쩍 달라붙고 볼품없게
생긴 공산품 의자가 정말 열다섯 개 있었다.

"열다섯 개면 귀가 몇 개야."

오빠는 귀를 의심했다. 의심할 수밖에 없었다. 그동안은
억지로라도 그의 독특한 언행을 개성이라 생각했지만
지금은 아니었다. 무서워졌다.

"…다 듣고 있어."

"…뭘?"

"저번에 강의실에서 꺼낸 말 한마디 때문에 내가 얼마나 곤욕을 치른 줄 알아? 나중에 보니까 자그마치 120개더라."

120개라면… 설마 의자를 말하는 건가? 오빠의 직관이 빠른 실행 능력으로 넘어가지 않고 느릿느릿 복잡하게 얽히고설켰다.

"강의실 의자가 120개였다고?"

"그래."

"듣고 있다는 건?"

"얘네가 듣고 있다고. 네가 가는 곳마다."

석희는 뾰족하고 허여멀끔한 얼굴을 내밀며 속삭였다.

"듣자듣자 하니까 시발. 장난 집어치워, 새끼야."

술기운은 오빠에게 공격성과 용기를 주었다. 평소의 오빠라면 상상하기 힘든 욕설을 석희에게 쏟아부었다. 물론 석희는 전혀 개의치 않았지만.

"애초에 너 같은 걸 만나면 안 됐다니까."

석희의 조소는 서서히 만면으로 퍼졌다. 불쌍하게도 아직도 내 말을 못 알아듣는구나, 하고 생각했을지 모른다.

"솔직히 말해봐. 무슨 최면이라도 쓴 거지, 나한테? 암호가 의자냐?"

사장 부부가 주방 바 너머로 둘을 당혹스러운 얼굴로 보고 있었다. 석희는 웃음을 거두고 얘기했다.

"네 동생은 위험해. 내가 말할 수 있는 건 그것뿐이야."

컴퓨터 전원을 껐다. 저 말 뒤로는 공백뿐 석희가 왜 그런
얼토당토않은 말을 했는지는 쓰여 있지 않았다. 그 뒤로
어떤 대화가 오갔는지도 알 수 없었다.

침대로 가 뻐근해진 몸을 누였다. 천장에 흐릿한
평행사변형의 빛 조각이 가물거리고 있었다. 어느덧
시간이 많이 흘러 주변은 어두침침했다. 석희가 거실
중심에 의자를 놓고 앉아 있던 시간도 바로 이 시간대였다.
한마디로 어둠 속에 혼자 앉아 있었다는 얘기다. 문제는
나중에 오빠가 기억하는 시간대와 내가 기억하는 시간대가
확연히 달랐다는 사실이다. 오빠는 어둠 속에서 석희가
앉아 있었다는 사실을 좀처럼 인정하지 않았다. 기억 속에
그때의 어둠은 존재하지 않는다고 했다. 오히려 너무
환해서 기분이 나빴다고 했다. 내가 합격 연락을 받은
게 오후 4시였고 마트에서 오렌지색 스파크를 운전하고
돌아올 때 들었던 라디오 방송은 오후 6시에 시작하는
프로그램이었다. 활기찬 여성 디제이의 목소리를 들으면서
5층 빌라 지하 주차장 빈 공간에 차를 밀어 넣었고 첫

노래인 퀸의 '보헤미안 랩소디' 도입부가 나오던 순간,
시동을 껐다. 우린 각각 두 개씩 울퉁불퉁한 파란색 재활용
비닐봉투를 손에 끼고 계단을 올라갔다. 앞집에서 개
짖는 소리가 들려왔고 오빠가 키패드를 열고 여덟 자리
비밀번호를 눌렀다. 문이 열리자 어두컴컴한 거실이
눈앞에 옹송그리고 있었다. 오빠는 아랑곳 않고 신발을
벗고 식탁에 먹을거리를 내려놓았다. 나는 벽을 더듬으며
전등 스위치를 찾았다. 뒤늦게 불을 켰을 때도 형체만 겨우
알아볼 수 있는 정도였다. 아니, 오히려 그전보다 어두워진
듯했다. 어둠의 수은주가 있다면 꼭대기까지 치솟았을
것이다. 상황 판단이 안 돼서 허둥대고 있는데 가까운
곳에서 오빠의 음성이 들렸다.

"저기, 오늘은 그만 가줄래? 그날 이후로 말도 없이 찾아온
것도 어이없는데, 지금 너 하는 짓은 더 어이없거든."

골목 모퉁이 식당에서 다투고 헤어진 날을 말하는 거였다.
그날 이후 둘은 만나지도 연락하지도 않았다. 그런데 대뜸
집에 침입해 이상한 퍼포먼스를 연출하고 있는 것이었다.

"내가 있든 없든 이 의자 창고에 가두지 마. 널 위해서 하는
말이야."

"나야말로 널 위해서 하는 말인데 넌 그냥 의자에 미친

새끼니까 제발 병원에나 가봐."

오빠가 불퉁거리자 석희는 그로서는 드물게 어조를

바꾸었다. 줄곧 누군가에게 지배당하다 갑자기 정신이 든

것처럼.

"내가 그때 얘기했잖아. 말을 못하게 막는다고. 어릴 때부터

그랬어. 의자는 내가 여섯 살 때부터…."

"그만하자."

둘의 대화를 듣고 있으려니 저 먼 해저 밑바닥에서 질질

끌려 다니는 저인망이 된 듯 몽롱해졌다. 내 무의식은 깊은

심연에서 저들에게 둔하게 끌려가는 중이었고 송송 뚫린

구멍으로 현실감각이 뭉텅이로 새어나가고 있었다. 내가

왜 이러지. 눈앞은 왜 이리 컴컴한 거야. 어둠에 익숙해지면

시야가 서서히 밝아지리라 예상했지만 오빠와 석희의

모습은 사이키조명처럼 깜박이다 어느 순간 사멸하듯

종적을 감췄고 대신 거실에는 의자만이, 오로지 의자만이

검게 그을린 물질들 속에서 찬연하게 빛나고 있었다.

벨라돈나.

불현듯 그런 환청이 들려왔다. 나는 고개를 확 돌려 소리의

근원지를 찾는 데 온 신경을 곤두세웠다. 이윽고 하얀

점들이 허공의 중심에서부터 서서히 퍼져나가 엷은 구름

띠 형상을 만들었고 그것은 곧 거실 가장자리를 빼곡히
에워싸기 시작했다. 의자는 그 사이에서 뿌연 성간물질
속에 숨겨진 광도 높은 별처럼 보였다.

벨라돈나.

단시간에 의자 주변부로 모여든 구름 띠는 호수 표면에 뜬
부빙처럼 여러 개의 타원으로 잘게 갈라지더니 공전하듯 한
방향으로 흐르기 시작했다. 나는 이 모든 걸 눈으로 목도한
게 아니었다. 맨눈으로는 암흑만이 존재했다.

대답해! 벨라돈나!

갑자기 음량을 끝까지 밀어올린 듯한 살성이 들렸다.
나는 흠칫 놀라며 뒷걸음질을 쳤는데, 발이 바닥에 닿는
순간 주변이 환하게 밝아졌다. 베란다 밖에서 까악거리는
까마귀 소리가 선명하게 각성되었다. 현실이었다. 꿈이나
환상이라고는 생각지도 않았는데 현실로 돌아오니 그것이
환상이었다는 게 단박에 느껴졌다. 나는 아득히 밀려오는
현기증을 저편으로 밀어내며 비틀비틀 걸음을 옮겼다. 모든
게 다 그대로였는데 거실 한쪽 소파에 앉은 오빠와 석희의
모습만은 낯설어 보였다. 이게 무슨 상황이지.

"오, 빠…?"

오빠와 석희가 동시에 돌아보았다. 어쩐지 즐거워 보였다.

평소 둘의 일상대로 흘러가지 않았다면 저런 표정은 나올
리가 없다.

"둘이 방금 전까지…"

"목 안 말라? 맥주 마실래?"

오빠가 건네는 맥주를 받아들고 이게 정말 현실의
맥주가 맞는지 살폈다. 전과는 정반대 상황이다. 내가
정신을 빼놓는 사이 무슨 일이 있었던 거지? 석희에게
무슨 묘법이라도 생겨서 방금 같은 조건에서 내 육체와
정신을 분리시킬 수 있는 능력이 생겼고 그 틈에 오빠에게
주술을 걸어 타협을 유도했다면? 말이 타협이지 오빠를
순종하게 만들었다면 어떨까. 그런 어처구니없는 생각을
하고 있는데 석희와 눈이 마주쳤다. 아니, 그가 나를 보고
있었다고 확신한다. 나는 탐조하듯 그의 갈색 동공 속을
들여다보았다. 대체 지금 뭘 하려는 속셈이지? 석희 역시 내
심연을 파헤치기라도 하듯 홍채에서 심오한 빛을 내뿜었다.
찰나였지만 우린 그때 정확히 깨달았다. 오빠를 사이에
두고 서로를 적대하고 있다는 사실을.

기분이 나빠진 나는 몸이 좋지 않다며 내 방으로 와버렸고
둘은 평소대로 담론을 나누다 밤 9시쯤 헤어졌다. 물론 무슨

대화를 나누는지는 안에서 전부 엿들었다. 석희는 맥주 세 캔을 쉬지도 않고 들이켠 뒤(이것도 지금 생각하면 어떤 의식의 일종이라 짐작된다. 의자가 다수인 장소에서는 힘이 상대적으로 밀릴 테니 적수가 적은 우리 집에서 과감히 시도해본 것이다. 그럼 의자를 우리 집에 가져온 진짜 이유도 어느 정도 설득력을 얻게 된다. 의자에 대한 오빠의 권력을 믿고 맡긴 거라고 보면 되니까.) 의자를 보면 갑자기 몸과 입이 굳고 언어 감각이 부분적으로 둔화되더라고 고백했다.

'왜 꿈속에선 가끔 그런 경험 하잖아…'

그는 어릴 때부터 의자를 보면 설명할 수 없는 공포와 위협을 느꼈다고 했다. 초등학교 때 친했던 친구 얼굴보다 그 친구 집 의자 디자인이 더 선명하게 기억될 정도였다. 그의 이름을 지어준 건 스님이었는데 무슨 이유에선지 석희의 부모는 그가 태어나면 어떤 불가사의한 미물이 그를 괴롭힐 거라고 확신했다고 한다. 작명을 부탁한 것도 그 때문이었다. 이어진 얘기 역시 놀라웠다. 석희가 오빠를 처음 본 곳은 휴게실이 아니라고 했다. 어느 화창한 날 공원을 걷다 호수 근처에 앉아 있는 오빠를 보게 됐는데 처음엔 회양목과 제비꽃에 가려져 오빠의 모습이 잘 보이지 않았다. 오빠의 전신이 다 보일 때까지 걸어가던 석희는 그 주변에 벤치가 하나도 없다는 걸 깨달았다. 그러니까 주변에 의자라고는 하나도 없는 그곳에서 오빠는 의자에 앉아 있는 것처럼 두 다리를 쭉 편 채 거의 눕다시피 축 늘어져서 먼 하늘을 보고 있었다는 것이다. 한 손에 들린 음료를 마실 땐 레오나르도 다빈치 특유의 나른한 인물 구도가 연상되기까지 했다. 바로 옆에서 그의 얘기를 듣던 오빠는 완전히 질려버린 듯했지만 벽 너머 방구석에서 엿듣던 제3자에겐 거짓말처럼 느껴지지 않았다. 석희가 그럴 사람이 아니라는 것쯤은 우리 모두 알고 있었다. 이야기 속 주인공이 자신인 게 소름 끼쳐서 그런 반응을 보인 것뿐 오빠는 분명 온몸이 오싹해지는 체험을 했을 것이다. 의자가 없는데 의자에 앉은 것처럼 보였다…? 그 말이 진실이라면 이 현상을 어떻게 설명할 수 있을까. 첫째로 의심할 수 있는 부분은 목격자의 오류다. 즉 석희가 잘못 본 것이다. 가능성은 희박하지만 술이나 마약을 했다거나, 그때 갑자기 시야가 뿌옇게 흐려졌을 수 있다. 둘째로 오빠가 대낮에는 잘 보이지 않는 투명한 의자에 앉아 있었다. 명암의 대조가 극대화되었다면 충분히 가능한 일이다. 마지막으로 오빠가 실제로 공중부양을 했거나 내가 잘못 들은 경우다. 전자는 불가, 후자는 그럴듯하다.

석희에 대한 내 편향이 이야기의 핵심을 왜곡했을 수 있다. 그러나 허무하게도 이 모든 가설은 거짓이라 단언할 수 있다. 석희는 그럴 리 없고, 오빠에겐 투명한 의자가 없으며, 나는 분명히 그렇게 들었으니까. 그럼 오빠는 정말로 그날 인간의 눈엔 보이지 않는 의자에 앉아 있었다는 결론에 이르게 된다. 당사자인 오빠는 전혀 기억이 나지 않는다고 했지만 그게 사실인지 진실을 은폐하기 위한 함정인지는 아무도 모를 일이다.

석희가 가고 난 뒤 조심스레 방문을 열었다. 오빠는 그 사이 1999년 아일랜드에서 제작된 공포영화에 흠뻑 빠져 있었다. 하도 집중한 탓에 얘기를 꺼낼 타이밍을 놓쳤는데, 그러다 보니 나도 본분을 잊고 그 영화에 점점 빠져들게 되었다.

그 영화를 연출한 신예 감독은 인지도는 낮았지만 당시 시체스 국제 영화제와 뉴욕 호러 필름 페스티벌에서 각종 상을 휩쓸어 잠깐 화제가 되었던 인물이다. 이후에는 신출귀몰한 행적을 되풀이하는 바람에 현재는 그를 찾을 수도, 찾는 이도 없게 되었다. 굳이 내가 영화 정보까지 찾아본 이유는 줄거리 때문이었다. 영화는 단순히 주인공의

복수를 담고 있었지만 특이하게도 그 복수는 세 집에서
동시에 이루어지는 다초점극으로 연출되었다. 복수
대상이 셋이었는데 돈을 갚지 않고 해외로 도피한 대학
후배, 끊임없이 가스라이팅과 폭력을 행사한 전 직장 상사,
그리고 사랑하는 여자가 자살한 의자였다. 이것만 봐도
주인공의 인생이 얼마나 외롭고 처절했을지 짐작이 갔지만
아무리 그래도 마지막 복수 대상은 상당히 비현실적이었다.
의자에게 복수한들 그게 대체 무슨 의미가 있을까.

"저게 납득이 돼?"

주인공이 근처 숲에 가져가 의자를 불태우는 장면에서
오빠에게 물었다.

"안 될 것도 없지."

"의자에게 무슨 잘못이 있어? 그걸 자살 도구로 이용한 건
인간이잖아. 애초에 의자를 만든 것도 인간이라고. 숲에
가서 태우는 행위는 인간으로 따지면 고향에서 화형당하는
거나 다름없는 잔인한 짓이야."

그전까지 눈길도 주지 않던 오빠가 갑자기 흥분조로 말하기
시작했다.

"의자를 발명하도록 인간의 상상을 유도한 건 의자가 가진
본질이자 심상이야. 인간의 지각을 뒤흔드는 생산적인

자극이 있었다는 거지. 상용화된 후에도 마찬가지야.
의자를 보고 있으면 앉고 싶어지고 높은 곳에 물건이
있으면 올라가서 꺼내고 싶어지고, 결국에는… 목도 매고
싶어지지."

터무니없는 궤변이었다. 나는 논쟁할 마음이 싹 가셨다.
겨우 그런 용도라면 의자 대체용은 차고 넘친다. 죽으려는
사람이 뭔들 눈앞에 못 가져올까. 게다가 더 수상한 건 방금
한 말이 오빠가 한 말 같지 않았다는 거다. 누가 써준 대로
읽은 것처럼 평소에 쓰던 표현과는 거리가 멀었다. 곧장
합리적인 의심이 일었다.

"이 영화, 누가 추천했어?"

대답을 듣지 않아도 알 수 있었다. 석희가 왜 이런 영화를
골랐는지도. 세 가지 형태의 복수를 담고 있는 듯 보이지만
결국 모든 일련의 주제를 관통하는 건 의자였다. 주인공은
대학 후배와 직장 상사를 고문하고 죽였는데 가해자이자
피해자가 앉은 의자를 옥상 난간에 올려놓았다는 공통점이
있었다. 둘을 옥상에서 밀어뜨려 처리하는 데 쓰인 그
의자는 아까 말한 대로 숲으로 가 죽음을 맞게 된다.

그놈의 의자, 의자, 의자!

이젠 생각만 해도 넌더리가 났다. 나는 충동적으로

리모컨을 가져와 전원을 꺼버렸다. 그때 오빠의 눈빛은 지금도 선연하다. 찰나였지만 그 눈에는 분명 나를 향한 혐오가 담겨 있었다.

내가 쳐다보자 오빠는 언제 그랬냐는 듯 금세 표정을 풀었다.

"아까 대체 무슨 일이 있었던 거야?"

"일이라니?"

"그 오빠가 한 행동 말이야. 이상하지 않아?"

"그냥… 놀라게 해주고 싶었대. 그런 거 공포영화에 자주 등장하잖아."

"그걸 믿어? 둘은 지금 냉전 상태… 아니, 인연 끊었다고 했잖아."

"그렇게 생각했었는데 걘 아니었나 보지."

오빠는 빠져나갈 궁리를 하는 듯했다. 대화에 응할 의지가 전혀 없어 보였다.

"그럼 오빠 입장을 분명히 했어야지? 난 그 오빠 정말 싫어. 우리 집에 오는 것도 싫고 오빠랑 만나는 것도 싫고 저런 물건 가져오는 것도 싫어. 우리 생활을 자기식대로 휘두르려는 거 같잖아. 정말 불쾌하다고."

내가 이 정도로 피력한 건 처음이라 오빠도 자못 놀란

듯했다. 한동안 말없이 소파에 몸을 묻더니 힘없이 알았어,
라고 대꾸했다.

"뭐라고?"

"이제 그만 오라고 할게."

"만나는 건?"

"그건 네가 상관할 게 아니야. 네가 생활하는 공간에서만
보이지 않게 하겠다는 거지."

"내 말 이해 못했어? 그 오빠는 위험하다니까?"

"사생활 침해. 우리가 제일 싫어하는 게 그거였지?"

평소에 부르짖던 생활신조가 이런 순간에 내 입을 틀어막을
줄은 몰랐다. 난 언쟁에서 완전히 패한 채 방으로 돌아왔다.
오빠는 모르고 있었다. 종전이라고 착각하는 사이 저 멀리
들판 너머 폐철도 밑에서는 어마어마한 규모의 반군이
일사불란하게 대형을 만들어 언제든 포격할 태세를 갖추고
있다는 사실을. 오늘 오빠는 보이지 않는 적에 완전히
포위되었고 얼마 뒤 뼈아픈 후회를 맛볼 것이다. 그것도
무생물에게.

3

침대에 누워 조금 전 있었던 일을 들추었다. 석희의 괴이한
행동, 내가 거실에서 본 환영. 이게 다 우연일까. 문득
섬뜩한 느낌에 상체를 들어 방 안을 휘둘러보았다. 고개를
움직일 때마다 좁은 방이 익스트림 로우 앵글로 보는
것처럼 기이하게 넓어졌다 좁아지곤 했다. 나는 어지러워
다시 드러누웠다. 내 방에 의자가 없는 게 천만다행이었다.
아니, 이참에 집에 있는 의자를 전부 처분하는 게 맞지
않을까.
몸은 피곤한데 잠은 오지 않고 시야는 갈수록 선명해졌다.
어느 순간엔 천장의 푸른 어둠 속으로 엄마의 사진 속
얼굴이 댕강 떠올랐다. 어릴 적부터 그랬다. 혼자 외로이
남겨질 때마다 얼굴 한 번 본 적 없는 엄마가 보고 싶었다.
그런 그리움으로 무장한 채 살았다. 엄마는 그럴 때마다
옆에서 날 지켜줄 테니 편히 자라고 속닥였다. 성인이 된
지금도 엄마는 내 귓가에 속닥인다. 나는 그걸 영원히 들을
수 있다.
엄마는 왜 자살했을까.
엄마는 왜, 내가 '태어난' 날 자살했을까.

엄마, 왜 그랬어?

우리 집에서 그런 질문은 금기에 가까웠다. 그래서 이제껏
단 한 차례도 생각해본 일이 없었다. 어째서 지금 떠오른
걸까.

초등학교 3학년 여름, 학교에서 돌아와 손부채질을
하며 하겐다즈를 퍼먹고 있는데 오빠가 나를 불렀다.
오빠는 묻지도 않았는데 굳이 나를 앉혀놓고 엄마가
어떤 사람이었는지 상세하게 얘기하기 시작했다. 그날을
마지막으로 엄마 얘기는 더 이상 들을 수 없었다.

엄마는 강물 위를 흐르는 윤슬 같은 존재였다. 차분한 어투,
조용하고 사려 깊은 성격, 여럿이 있어도 단연 빛이 나는
외양. 엄마는 어떤 일에서든 서두르지 않았다. 그래서 더
돋보였다. 평일엔 수영장에 가거나 옆집 아줌마와 정원을
손질하며 한담을 나누었고 주말엔 아빠와 등산을 다녔다.
겉보기에 부족함이 없어 보여서 엄마가 자살했다는 소식이
전해졌을 때 근방에 사는 모든 이웃이 동명이인으로
착각했을 정도다. 성격이 내성적이라 친구는 별로 없었지만
평판이 나쁘지 않았다. 임신한 몸으로도 양로원에 봉사를
다니고 유기견 입양을 도왔으니까. 그런 사람이 막내딸을
낳은 날 밤 돌연 의자 위에서 목을 맨 것이다. 어떤 상처가

있었는지 나로서는 알 길이 없었다. 엄마는 석희의 말대로 그저 이 세상에서 사라지고 싶었던 건지도 모른다. 근데 왜 하필 당신이 제일 아끼는 물건을 이용했을까. 외려 그게 이유였을까. 로코코풍의 섬세한 곡목이 돋보였던 그 의자는 엄마가 죽은 뒤 폐기 처분되었지만 사진으로 본 적이 있었다. 엄마는 그 의자에 앉아 옅은 미소를 머금은 채 품에는 꽃을 안고 있었다. 그 꽃은 벨라돈나였다. 오랜 옛날 누군가를 독살하는 데 쓰였던 식물. 그런 무서운 걸 왜 엄마가 들고 있었을까. 아마 산에 갔다 우연히 꺾게 되었을 거라고 짐작만 할 뿐이다. 엄마는 죽을 때까지도 그 꽃의 이름이 뭔지 몰랐을 것이다. 아빠는 석희와의 일을 함구한 오빠처럼 엄마와의 일을 고백하는 것을 주저했다. 엄마의 크고 맑은 눈동자에 반해 안개꽃(꽃말이 맑은 마음이다)이라는 애칭까지 붙였던 사람이 엄마가 죽고 나자 같이 찍은 사진과 물건을 전부 없애버렸다. 아빠가 내 눈을 곧잘 피했던 것도 어쩌면 엄마 눈을 닮아서였는지도 모른다. 엄마와의 추억을 숨기는 건 오빠도 마찬가지였다. 그 둘은 엄마의 죽음과 나의 탄생을 전부 지켜본 유일한 사람들이었다.

그리고 이제, 그 비밀을 아는 건 오빠뿐이다.

한동안 몸을 뒤척이다 돌아누웠는데 창문 방충망으로 새어든 희뿌연 달빛이 차렵이불을 투과했다. 자세를 조금만 바꿔도 일각일각 변하는 밤 그림자는 금세 사라질 문신을 내 몸에 새기느라 바빴다. 나는 한동안 그런 시간의 흐름을 만끽했다. 숨을 천천히 들이마셨다 내쉬면서, 떠나가는 시간에 안녕을 고하면서, 내 존재가 더 이상 느껴지지 않을 때까지 호흡하고 또 호흡했다.

그래, 한때는 나도 자연의 일부가 되고 싶었다. 인생에 대한 물음 없이 그저 막연히 흘러가 보고 싶었다. 우리 집 마당에 있는 떡갈나무를 볼 때면 그런 바람이 더욱 간절해지곤 했다. 이따금 강풍에 휘날리는 잎들이 서로 닿았다 떨어지는 모습이 꼭 엄마와 내가 서로 만나기 위해 애타게 손을 뻗는 것처럼 보였다. 그러나 결국 바람은 멎었고 잎들은 평온한 상태로 회귀했다. 내가 밤새 엄마를 그리워하다 아침이 되면 일상으로 돌아가는 것처럼. 이따금 거실에서 속닥거리는 TV 소리가 들려왔다. 오빠가 다시 TV를 켠 모양이었다. 오늘은 쉽게 잠이 들 것 같지 않았다. 그런 씁쓰레한 예감이 들었다.

언제 잠이 들었을까. 잠을 자긴 했을까. 이불을 들추니

공기가 쌀쌀했다. 반쯤 열린 창의 방충망을 뚫고 약한
빗줄기가 내리고 있었다. 모든 게 침잠된 아침. 빗소리를
들으니 노곤해졌다. 다시금 스륵 눈이 감겼다. 문득 기억의
틈새로 파도 소리를 들으며 모래사장을 거닐던 오빠와 내
모습이 스며들었다. 엄마에 대해 알게 된 후 나는 바다에
가고 싶다고 매일같이 오빠를 졸랐고 오빠는 마지못해
내 부탁을 들어주었다. 오빠는 나의 세계에 남은 유일한
사람이었다.

오빠는 아직 자고 있을까. 깨워서 석희를 만나지 말라고
다시 설득해볼까. 아니다. 아직은 좀 더 두고 보는 게
좋겠다. 나도 좀 더 자고 싶으니까.

쾅! 쾅쾅!! 쿵!

그렇게 잠에 빠져들려는 찰나였다. 방문이 폭풍에 마구
요동치는 소리가 들렸다. 나는 창문을 닫기 위해 손을
뻗었다. 그런데 바깥은 비가 멎어 있었다. 서풍조차 일지
않았다. 모든 게 일시적인 휴식에 들어간 듯 정지해 있었다.
그럼 조금 전 그 소리는….

드륵, 쾅쾅쾅!! 쾅쾅쾅!!

나는 벌떡 몸을 일으켜 방문에서 최대한 멀리 떨어졌다.
도대체 뭐지?

"오빠? 밖에 무슨 일 있어?"

방문에 한 발자국 다가섰다. 거실에선 아무런 반응이 없었다. 나는 옷장을 지나쳐 한 걸음 더 다가가 오빠를 불렀다. 여전히 응답은 없었다. 불안이 전신으로 빠르게 퍼져나갔다. 문으로 한 걸음씩 다가설 때마다 심장이 바닥으로 곤두박였다. 마음을 굳게 먹고 문을 열었을 때는 생전 처음 보는 광경이 기다리고 있었다.

끝도 없는 의자의 행렬이었다.

발에 채일 정도로 많은 의자들이 거실 공간에 빽빽하게 들어차 있었다. 모양도 크기도 위치도 제각각, 뒤집어지거나 옆으로 쓰러진 의자도 없이 모두가 파티에 온 손님처럼 똑바로 서서 어딘가를 향하고 있었다. 그 시선 끝엔, 파티를 주최한 어떤 남자가 있었다. 길쭉한 회색 트레이닝팬츠, 뼈마디가 불거진 손가락, 눈썹 끝의 작은 흉터,

오빠였다.

그때 내가 두려움에 문을 닫았다면 어떻게 됐을까. 나는 오빠를 부르며 달려갔다. 그러나 곧바로 바닥에 정박한 의자에 떡하니 가로막혔다. 날 막은 건 다름 아닌 우리 집 식탁 의자였다. 꿈을 꾸는 듯했다. 저 멀리 파도 속에서,

누운 오빠의 형체가 부유하는 의자들에 가려져 보이다 말다 했다. 정말 몇몇은 바닥에서 몇 센티미터 떠 있는 착각이 일었다. 공기는 점점 싸늘해져 코끝이 차가워졌다. 어제의 후텁지근했던 공기가 그리울 지경이었다. 이제 어쩌지? 또다시 이목을 끌면 모든 의자가 내 쪽으로 달려와 부딪힐 것만 같았다. 솔직한 심정으론 오빠를 버리고 방으로 도망치고 싶었다. 그러나 그렇게 할 수 없었다. 나는 자세를 낮추고 앞으로 전진하며 놈들을 온몸으로 밀어붙였다. 그런데 유독 한 놈이 동상처럼 굳건하게 맞섰다. 그래봤자 의자인데 왜 이렇게 막강하지? 나는 의구심을 품으며 고개를 들었다. 아니나 다를까, 석희가 가져온 바로 그 의자였다. 놈은 흑갈색 코듀로이 재킷을 걸치고 나를 약간 비웃듯 올려다보았다. 그 모습은, 어딘가 모르게 익숙했다. 저 옷….

섬광 기억이 한순간 번쩍였다. 먼 기억의 우물에서 수십 겹으로 매듭지어놓은 시커먼 밧줄들이 하나씩 풀리기 시작했다. 다급히 밧줄이 풀리지 않게 붙잡았지만 표면이 미끄러워 수직굴 안으로 그대로 굴러 떨어지고 말았다. 정신을 차릴 새도 없이 기억하고 싶지 않은 어느 계절들의 불순물이 머리 위로 쏟아지기 시작했다. 벚꽃이 핀 풍경

사이로 보이는 복층으로 된 낡은 전원주택, 녹아내리는 여름 태양 아래 잔디 풀을 지르밟고 서 있던 아빠의 찡그린 얼굴, 낙엽과 이끼로 풍성한 이층 방 창틀에는 세상의 모든 환멸을 뒤섞은 눈으로 그를 내려다보는 내가 있다. 내 옆엔 두툼한 털실로 짠 목도리가 눈꽃에 젖은 채 책상 의자에 걸쳐져 있다. 그 의자는 지금 거실에 있는 모든 의자를 닮았다.

그 순간, 내 몸이 투명하게 붕 뜬 느낌이 들었고 부지중에 무아경에 빠졌다. 내 몸은 머리에서부터 녹아내려 침전물처럼 가라앉았고 불투명한 잔여 형상이 내 자리를 대신하고 있었다. 아니, 내 몸은 그대로였는데 내 정신이 발밑으로 떨어진 것이었다. 이윽고 내 몸 자체가 동력화되어 움직이기 시작했다. 그전과 달리 의자들은 고개를 조아리며 순순히 자리를 내주었다. 왕이 된 기분이었다. 나는 아주 수월하게 이동해 소파에 누운 오빠 앞에 섰다. 그때 오빠가 잠에서 깬 듯 가늘게 눈을 떴다. 잠시 갸웃하는가 싶더니 이내 놀란 듯 몸을 일으켰다.

"여은아!"

오빠가 내 이름을 외쳤다. 내가 마치 거기 있기라도 한 것처럼. 내가 아닌 나는 거실 현관문 옆에 붙은 거울로 걸어갔다. 거울 속에, 내 얼굴이 있어야 할 그 속에, 석희가 가져온 의자가 비쳤다. 내가 아닌 나는 오빠를 돌아보았다. 오빠는 경악한 얼굴로 이쪽을 보고 있었다. 그리고 잔뜩 긴장한 몸짓으로 천천히 거실을 둘러 내 방문을 열었다. 당연히 나는 그곳에 없었다. 오빠의 생각이 내 머리가 아닌 머리에 읽혔다. 심각한 상황이지만 신기한 경험이었다. 나는 지금 유체이탈을 한 것도, 몽유하고 있는 것도 아니었다. 이건 현실이었다. 그 점이 날 무섭게 했다. 그런데 더 무서운 건, 무서워죽겠는 마음을 밖으로 표출할 수가 없다는 거였다. 오빠에게 알릴 수가 없다는 게 가장 무서웠다. 현관 거울에 있던 내가 아닌 나는 어느새 전화를 걸고 있는 오빠를 보고 있었다.

"전화 좀 받아, 제발!"

석희 혹은 나에게 건 전화일 것이다. 아니 그게 누구든 제발 나를 도와주세요, 라고 말하고 싶었다.

여기까지의 설명은 오빠의 경험을 토대로 내가 당시 그런 공포심에 사로잡혔을 것이다, 라고 유추하는 것이지 실제로 정말 어땠는지는 알 수가 없다. 몇 분 후 깨어났을 때는 언뜻언뜻한 감각만 남아 있을 뿐 그때의 기억은 몽롱했기 때문이다. 몽롱한 건 오빠도 마찬가지였다. 그래서 실제로 의자가 움직인 것인지 착각인지 구분하기 힘들었다.
그때까지 거실을 가득 채웠던 의자들조차 오빠의 눈엔 전혀
보이지 않았으니까. 오빠는 사지를 늘어뜨린 채 그렇게
웅얼거렸고 그 후 며칠은 밤마다 악몽을 꿨다. 의자가
바닥을 끌던 소리가 어떤 기계의 고주파처럼 하루 종일
들린다고도 했다. 어제는 집 안 모든 전자기기의 코드를
빼놓기까지 했다.

"이제 그만 좀 해. 의잔 버렸잖아."

의자는 그 일이 있고 난 후 바로 폐기물 처리업체로 보냈다.
소독을 했는데도 내 차 뒤편엔 아직도 놈의 지독한 냄새와
흔적이 남아 있었다. 석희에게는 내가 알렸다. 이런 일이
있었으니까 다신 오빠 만나지 말아달라고. 석희는 전화를
받은 순간부터 끊을 때까지 아무 말도 하지 않아서 내가
진짜 그와 대화를 나눈 건지는 알 수가 없었다.

의자를 버린 지 한 달째 되는 날이었다. 놈은 우리에게 깊은
후유증을 남겼다. 오빠는 의자의 고주파 소리와 석희에
대한 금단 증상을 모두 겪고 있었고, 나 역시 그날 이후
내내 컨디션이 좋지 않아 반차를 세 번이나 썼다. 의자를
향한 거부감은 회사에서도 나를 괴롭혔다. 온 종일 의자에

앉아 있으면 어릴 적 숙제를 할 때 느꼈던 그 불순한 감촉이
고개를 들었고 잠깐 졸거나 딴생각에 빠져들면 어김없이
환각에 빠져들었다. 누가 보면 자해를 의심할 만큼 두 팔과
두 다리, 배 부근에는 붉은 줄이 점점 늘고 있었다. 의자가
내 몸을 자꾸 만지려 해서 그걸 떼어내려다 할퀸 것이다.
샤워 후에 거울 앞에 서서 몸 상태를 확인하면, 알몸으로
안간힘을 다해 작은 톱니바퀴 속을 빠져나온 사람처럼
끔찍하고 흉했다. 그렇게 출근한 지 한 달 만에 사장실에서
예견된 호출이 왔다. 사장은 내 눈을 본능적으로 피하며
조기 퇴사를 권했다. 직원들이 내 행동을 무서워해서 내린
결정이니 부디 이해해달라면서.

'이제 의자에 앉는 일은 평생 없을 것이다.'
그런 혈서를 쓰고 싶은 심정으로 집에 돌아왔을 때는 오후
6시였다. 오빠는 안절부절못하는 얼굴로 거실을 배회하고
있었다. 오빠를 보니 암담한 현실이 더 잔인하게 가슴을
파고들었다. 둘 다 수입원이 없으니 생활비는 얼마 안 가
바닥 날 것이다. 결국 의자를 버렸음에도 생활이 전혀
나아지는 게 없었다. 아니, 일상이 더 끔찍해졌다. 사람을
죽인 거라면 맥박으로 생사를 확인할 수 있다지만 의자는

대체 무슨 수로 죽음을 확인한단 말인가. 애초에 무생물의
세계에서 죽음이란 건 존재하지 않는다. 그들이 듣고
있다면 거세게 반발할지도 모르지만.

…전부 다 의자 때문이다.

종일 그런 생각에 사로잡혀 있던 나는 집 안에 있는
의자를 보자마자 노기가 치솟았다. 망령처럼 거실을
배회 중인 오빠를 보는 것도 신물이 났다. 아침에 석희의
부모님에게서 전화가 왔는데 석희가 우리 집에 간다고 한
뒤로 소식이 없다고 했다. 오빠는 밤 9시쯤 귀가했다고
알렸고 대충 위로의 말을 건네며 전화를 끊었다. 그리고
줄곧 저런 상태였다. 나는 오빠를 눈으로 좇으며 왼손
중지와 오른손 검지에 있던 손거스러미를 악착같이
뜯어냈다. 고통이 스몄지만 쾌감이 더 컸다. 이대로 뭔가를
파괴하고 싶은 충동이 일었다.

그때 오빠가 가만히 나를 응시했다. 뭔가를 안다는
표정으로. 설마 날 의심하는 건 아니겠지. 아니 그럴 리가
없잖아. 그날 밤 내가 집에 있었다는 건 오빠가 더 잘 아는
사실인데.

"그러고 있지 말고 방에 있는 의자 들고 주차장으로 나와."

나는 낡아빠진 고동색 나뭇결을 한껏 노려보며 식탁 의자

두 개를 포갰다. 그사이 바닥에 있던 몇 개의 끄트러기를
그러모아 손바닥에 놓고 관찰하던 오빠는 멍한 시선으로
나와 그것을 번갈아 보았다.

"너 청소할 때 못 느꼈어? 요새 이런 게 먼지만큼 쌓여 있어.
나무껍질이랑 가죽 조각 같은 거."

"내 말 못 들었어?"

"의자는 왜?"

"가면서 설명해줄게."

오빠는 대꾸도 없이 홀연히 자신의 방으로 들어갔다.

*

한 시간 뒤 오렌지색 스파크는 4차선 도로 위를 달리고
있었다. 나는 차선 변경을 하고 나서 백미러를 힐긋 보았다.
뒤로 헤벌어진 뒷좌석에 의자 네 개가 스바스티카 형태로
한데 구겨져 있었다. 교차로에 다다랐을 때 조수석에 앉은
오빠가 입을 열었다.

"수거한 지 한 달이나 지났는데 벌써 처리하고도 남았지."

"전화해봤어. 누가 가져갔대."

"누가?"

나는 오빠를 쳐다보았다. 오빠는 전혀 감도 못 잡는
표정이었다.

"가보면 알잖아."

"거길 가겠다고? 가서 뭘 어쩔 건데?"

"그전에, 묻고 싶은 게 있어."

오빠는 무서울 정도로 내 입술에 집중했다.

"그날 말이야. 무슨 일이 있었던 거야?"

그 순간, 스파크가 고속도로에 진입했다. 화물 트럭이
빵빵거리며 지나갔다. 넓게 퍼진 헤드라이트 불빛이
트럭 짐칸을 슬쩍 비추었는데 로프로 매어놓은 이삿짐이
수두룩했다. 그중엔 의자도 있었다. 순간 그것이 석희의
의자로 보여 하마터면 운전대를 놓칠 뻔했다.

"그날이라니?"

오빠가 나직이 되물었다.

"석희 오빠가 의자에 앉아 있던 날"

"아 그날? 야, 나야말로 묻고 싶다. 너한테 무슨 일이
있었는지."

나는 대답 없이 정면을 주시했다. 어느새 날이 어둑해져
주변을 둘러싼 산과 논밭, 바위벽의 형체는 흔적도 없이
지워지고 눈앞엔 무정형의 세상만 남아 있었다. 암흑 속을

침범하는 건 고속도로를 비추는 헤드라이트와 속도 경쟁을
하는 두 대의 차, 그리고 트럭 운전수와 우리 둘뿐이었다.

"…몰라. 그냥 잘못 본 걸 거야. 환상을 봤거든."

이젠 엔진 소리조차 어둠 밑으로 가라앉아 차 안은
적막하기 그지없었다. 이러다 오빠의 형체와 내 모습까지
지워질 것 같은 신령한 기분이 들었다.

"환상?"

"어쩌면 꿈을 꾼 건지도 몰라. 내가 그걸 어떻게 알겠어."

"넌 그때 가만히 서 있기만 했어. 내가 앞에서 별짓을 다해도
넌 아무 반응 없이 서 있기만 했다고. 서서 죽은 사람처럼.
그러니까 그건 꿈이 아니야."

서 있기만 했다…. 그래, 그때라면 분명 그랬을 것이다.

"그럼 내가 그렇게 서 있다가 갑자기 정신이 돌아왔어?"

오빠는 잠시 트럭 번호판을 빤히 응시했다.

"…아니."

아니라니, 발이 닿는 순간 들렸던 까마귀 소리가 지금도
귀에 선명한데.

"갑자기가 아니었지. 하루 뒤에 정신이 돌아왔으니까."

잠깐만, 하루 뒤?

"그래, 하루 뒤. 그 정도면 석희랑 화해하기엔 충분한

시간이지. 널 두고 119를 불러야 하나 말아야 하나 같이
고민했거든."

"…거짓말."

운전에 집중한 탓인지 트럭 짐칸에 있는 의자가
거슬려서인지 하마터면 오빠의 거짓말에 넘어갈 뻔했다.
그때 오빠와 석희는 하루 동안 동생을 걱정한 사람들치고는
너무나 평온해 보였다. 내가 하루 만에 돌아왔는데 고작 한
일이라곤 맥주를 권한 것밖에 없었으니까.

"왜 그런 거짓말을 하는 거지?"

"사실이야. 네가 믿든 안 믿든."

"그럼 왜 신고하지 않았어?"

"그건 질병이나 사건사고가 아니잖아. 넌 아파 보이지가
않았어. 그냥 현실로 돌아오는 연결 다리가 끊긴 거였지."

"그런 말도 안 되는 일에 참 이성적이네. 내가 잘못 됐으면
어쩌려고…."

"그게 다가 아니야. 신고를 보류한 데는 이유가 있었어."

"이유?"

오빠는 말하기 전에 한숨부터 길게 내쉬었다.

"…사실 예전에도 그런 일이 몇 번 있었거든. 그럴 때마다 넌
아무 일도 없다는 듯 돌아왔고."

어둠 속에서 불안에 떨었던 그 끔찍한 경험이 처음이
아니라고? 난 왜 기억을 못하는 거지?

"그래서 우리가 모르는 정적인 몽유병이 있을 수도 있겠다
싶었지."

"그럼 왜 나한테 말하지 않았어, 지금까지?"

"아무 일도 없었으니까."

"아니, 정말 아무 일도 없었던 거겠지. 사람이 하루 동안
부동자세로 서 있으면 척추, 요추가 멀쩡할 리가 없잖아.
보다시피 난 아무런 고통도 없었다고."

"그래. 그게 제일 미스터리긴 해."

차 안 분위기 때문인지 오빠의 입에서 나오는 얘기는 죄다
불확실성으로 가득했다. 그 기묘한 안개 속 요새는 자꾸만
내 심기를 건드렸다. 형체가 없는 말, 형체가 없는 현실,
정론이 될 수 없는 진실과 비밀. 내가 제일 싫어하는 것들이
오빠의 입에서 쉴 새 없이 재편되고 있었다. 그리고 내
머릿속에서도 어떤 형체가 리부팅되고 있었다.

"기억에 없는 건 무의미한 거야."

"뭐라고?"

나는 대답 대신 액셀을 밟았다. 추월당한 트럭이 저만치
멀어졌다.

4

차를 멈춘 곳은 어느 주택가 골목이었다. 몇 미터 앞에
벽돌로 지은 전원주택들이 죽 늘어서 있었다. 자는 오빠를
깨웠다. 오빠는 처음엔 알아차리지 못하다가 이내 눈이
휘둥그레져서 내 팔을 부여잡았다.

"설마 너, 옛날 집에 온 거야?"

나는 말없이 차에서 내렸다. 뒷문을 열고 의자를 하나씩
꺼내는 나를 오빠가 황급히 저지했다.

"대체 뭐 하려고?"

"저 집 마당에서 전부 불태워버려야지. 이 모든 저주가
시작된 곳이 저기잖아."

"여은아, 그건 범죄야!"

"오빠 궁금하지도 않아? 그 의자를 가져간 사람이 어떻게
우리 옛날 집에 살고 있는지?"

당황한 오빠는 잠시 주변을 서성거렸다. 그리고 내 쪽으로
다시 돌아섰다.

"여은아, 우리 침착하게 의논 좀 하자. 석희 의자를 가져간
사람을 대체 왜 만나겠다는 건데? 그 의자는 이미 우리 손을
떠났잖아."

"정말 몰라? 저 의자는 여전히 우릴 갖고 놀고 있다고. 이 저주가 풀리려면 저 존재를 없애야 돼."

"지금 제일 이상한 건 의자가 아니라 너야."

"뭐?"

오빠는 고개를 돌려 주차된 차를 응시하며 말했다.

"이 의자 네 개… 이걸 뒷좌석에 대체 어떻게 넣었어? 이건 어떻게 해도 들어갈 수가 없는 구조라고."

그 말을 듣고 얼마간 가만히 서 있었다. 내가 생각해도 뭔가 이상했지만 뭐가 이상한 건지 통 알 수가 없었다. 나는 오빠의 말에 대꾸하는 걸 포기하고 대문을 향해 뚜벅뚜벅 걷기 시작했다. 뒤에서 날 뚫어져라 쳐다보는 오빠의 시선도 무시했다. 의자를 내려놓고 대문 옆에 있는 벨을 눌렀는데 소리가 나지 않았다. 대문을 보니 살짝 열려 있었다. 검지로 철제문을 밀었다. 끼익, 하고 문이 열렸다. 이 집 주인은 우리가 올 것을 예상한 듯했다. 잡풀이 무성한 마당에 의자 네 개를 전부 옮기고 나니 오빠가 얼굴에 땀을 번뜩이며 다가왔다.

나는 시차를 두지 않고 현관문 벨을 눌렀다. 오빠가 잔뜩 긴장한 채 숨을 꿀꺽 삼켰다. 그 순간, 문이 열리고 누군가 모습을 드러냈다. 그 사람의 정체는 내가 예상한 대로였다.

반면 오빠는 몸을 휘청거리며 놀랐다.

"석희?! 네가 왜…"

석희는 익히 아는 그 서늘한 음성으로 아는 체했다.

"어서 와. 기다렸어."

"설마 여기가 너네 집이야?"

"응. 여기가 우리 집이야."

나는 아무런 대꾸 없이 석희를 지나쳐 집 안으로 들어섰다.

석희의 체취에서 향불내가 풍겼다. 기도를 하고 있었던

걸까.

거실 구조와 인테리어는 우리 가족이 살던 그대로였다.

사반세기도 더 된 구식 건축인데도 리모델링은 따로 하지

않은 듯했다.

"앉아서 쉬고 있을래? 차라도 가져올게."

오빠가 끄덕거리며 잿빛 소파에 앉았다. 쿠션도 없이

휑뎅그렁한 가죽은 웅크린 채 죽은 코끼리 같았다. 천장에

달린 오래된 형광등 불빛은 죽기 전에 몸부림치는 파리처럼

파드닥거려 거실에 있는 모든 형체가 묘연한 색채를

띠었다. 정신을 바짝 차리지 않으면 최면에 걸려들기

십상이었다.

"이층에 가봐도 돼?"

"물론."

거실을 빙 둘러보는 척하며 자연스레 이층으로 연결되는
계단을 오르기 시작했다. 석희는 여기가 우리 집이었다는
걸 잘 알고 있는 듯했다. 그렇지만 어떻게? 예전부터 우릴
알고 있던 게 아니라면 어떻게 알 수 있지? 혹시 술김에
오빠가? 이층 복도 바닥이 내 머리쯤 왔을 때 발을 멈췄다.
돌아가서 따져 물으면 될 걸 왜 굳이 혼자 고민하고 있는
거야.

아니지. 나는 내려가는 계단을 밟았다가 다시 마음을
고쳐먹었다. 일단 지금은 흘러가는 분위기를 파악하는 게
우선이다. 석희는 그날 오빠를 자기편으로 만든 순간부터
내겐 적으로 돌변했다. 무슨 짓을 꾸며놓고 우리를
유인했는지 내가 먼저 알아내야 꼬임에 넘어가지 않고
대처할 수 있다. 석희의 부모님이 아들 집에 가보지도 않고
먼저 우리에게 연락을 취한 것도 영 석연치 않은 부분이다.
이층 복도에 발을 내딛으니 나무 바닥이 요란스럽게
삐걱거렸다. 발에 잔뜩 힘이 들어간 탓이었지만 내 귀에는
그 방에 들어가지 말라는 무언의 경고처럼 들렸다.
방 앞에서 심호흡을 한 번 하고 문고리를 돌리려는데,
거실에서 나누는 대화 소리가 요연히 들려왔다.

"처음부터 알고 있었던 거야, 아님 나랑 친해지면서 알게 된
거야?"

"아, 여기? 처음엔 물론 몰랐지."

"그럼?"

탁. 오빠가 찻잔을 내려놓는 소리였다.

"네가 이 근방에 살았다는 얘기도 했었고 아줌마가
돌아가신 얘기도 했잖아. 그때 문득…"

기억 속에 존재하는 어릴 적 내 방은 마당에서 날아든
나무와 꽃의 향기로 그득하고 단걸 많이 먹어서 약간
달콤쌉싸름한 냄새도 곁들여진, 숲속 같은 쉼터였다.
나는 단내 풀풀 풍기는 여섯 살로 돌아가 방문을
조심스레 밀었다. 그러나 쿰쿰한 냄새가 순식간에
단내를 잡아먹었다. 물론 더 이상 내 소유가 아니니 예전
그대로일 거란 기대는 무의미하지만, 아무리 그래도
저런 모습은 아니었다. 예전의 내 방은 절간에 가까웠다.
조금 전 석희에게서 났던 향불내가 입구에서부터 서려
있었는데, 정면 중앙의 향로에서부터 향연이 피어올라
온 사방을 휘휘 날아다녔고 휘황한 금빛 불상을 받치는
중간 크기의 고좌대와 기다란 제단은 창을 가려놓은 암막
앞으로 불길하게 놓여 있었다. 불이 꺼진 촛대 여러 개와

각종 장엄구, 방울, 목탁, 염주, 심지어 제단 가장자리엔
세라믹으로 된 작은 성모 마리아상과 십자가, 성경책까지
놓여 있었다. 조악한 석희의 감각은 둘째치고 어지러운
물건들로 착종된 내 방은 금방이라도 가위에 눌릴
것처럼 으스스한 분위기를 풍겼다. 이런 음산한 공간에서
불생불멸의 니르바나나 영생이 이루어질 수 있을까.
향냄새 때문에 연신 컬럭거리던 그때였다. 어디선가
익숙하고 기묘한 시선이 느껴졌다. 바로 등 뒤였다. 나는
바짝 긴장한 채 몸을 돌렸다. 아니나 다를까, 놈이 문 뒤쪽
구석에서 눈을 흡뜬 채 앉아 있었다.

"그래… 거기 있었구나."

나는 천천히 발을 떼어 한걸음씩 다가갔다. 그러나 곧
무춤거렸다. 이것이 바로 석희의 노림수였나. 내가 이곳을
찾아오리라고 예상한 그는 방을 기묘하게 꾸며놓고 구석에
미끼를 둔 게 틀림없다. 저건 나를 함정에 빠뜨릴 장치인
것이다. 그러니 꾸물대지 말고 어서 이곳을 벗어나야 한다.
빨리!

그러나 생각과 달리 몸이 말을 듣지 않았다. 내 눈은 이미
놈의 높다란 등받이에 한껏 홀려 있었다. 가공할 힘이
내 몸을 놈에게로 연신 끌어당겼다. 우리 집에서 느꼈던

힘과는 전적으로 달랐다. 도망치려 할수록 의자는 더
가까워졌다. 단 한 번도 앉아보지 못한 의자가 바로 눈앞에
있었다. 그동안 거부하고 억눌렀던 호기심이 한꺼번에
터져 나왔다. 나는 고개를 숙여 간특한 놈을 내려다보았다.
위에서 보니 놈은 사뭇 달라 보였다. 나는 조각품을 만지듯
섬세한 손놀림으로 가죽 좌판을 쓸었다. 빠드등거리는
촉감과 축축한 냉기가 그대로 전해졌다. 맹인이 상대방을
기억하려 세심하게 얼굴을 매만지듯 의자의 모든 부위를
연신 쓰다듬었다. 나중엔 내가 의자를 쓰다듬는 건지
의자가 나를 쓰다듬는 건지 감각이 모호해졌다. 시공간이란
게 존재하지 않는, 완벽한 몰입경이었다. 나는 공기의
흐름에 몸을 내맡긴 채 사뿐히 의자에 내려앉았다.
나른하게 등을 기대니 어떤 현묘한 힘이 몸 구석구석에
스몄다. 물기가 배어들듯 아주 섬세하고 조심스러운
접선이었다. 그리고 시야가 수챗구멍처럼 좁아지더니,
그대로 정신을 잃었다.

나는 감은 눈 속에서 깊고 가마득한 환상을 경험했다.
오팔 같은 형형한 빛깔이 대거 출현해 요란하게 춤을
추는가 하면 갑자기 온몸이 녹아내리면서 참을 수 없이

뜨거워졌다. 순식간에 열기가 식은 내 몸은 얼음쪽같이
냉랭하게 얼어붙었다가 잘게 부수어졌다가 또다시 어떤
물질로 가득 채워졌다. 끝없이 분열하는 세포처럼 복잡하고
반복적인 이미지들이 정신을 혼미하게 에워쌌다. 그리고
나는 어디론가 쑥 빠져들었다. 엄청난 속도감이 느껴졌고
몹시 어지러웠다. 목안에 덩어리진 뭔가가 박혀 있는
듯 숨이 답답할 때쯤 긴 여정이 멈추었고 나는 그곳이
어디인지 금세 깨달았다.

산도였다.

무형의 나는 구석에서 몸을 움츠리고 있었고 누가
꺼내주길 바랐다. 스스로 발을 디뎌 나갈 마음을 먹은
건 저만치 앞에서 비쳐드는 환한 빛 때문이었다. 산도의
벽은 나무껍질처럼 푸석거렸고 바닥은 썩은 물이 가득 차
있어 전진할 때마다 첨벙거리는 소리가 들렸다. 그러나
다가갈수록 빛줄기가 줄어들었다. 나중엔 완전히 소멸했고
사방이 반타블랙처럼 변했다. 그때 거실에서 느꼈던
그 아찔한 공포감이 재현되었다. 까마귀가 어디선가
울어준다면 나는 이곳을 빠져나갈 수 있을 텐데.
하염없이 출구를 찾아 헤매던 나는 지쳐서 풀썩
주저앉았다. 그러자 해파리 같은 빛 덩어리들이 땅에서부터

솟아올라 두둥실 떠다녔다(아마도 세포핵이었으리라). 나는
몸을 일으켜 그들 중 하나를 무형의 손가락으로 건드렸다.
그 순간, 세포핵이 내 손가락을 삼켰고 그걸 본 다른
세포핵들이 갑자기 마구잡이로 몰려들어 존재하지 않는 내
팔과 가슴, 배, 다리를 엿가락처럼 쭉쭉 빨아 당겼다. 몸이
찢어질 듯한 격통이 느껴졌다. 비명을 얼마나 질러댔을까.
입안 가득 피 맛이 느껴졌다. 아니, 얼굴 전면에도 비슷한 게
흘러내리고 있었다. 그것은 온몸으로 흐르고 있었다.
혈액인가. 나는 또 금세 깨달았다.
태아의 길은 멀고도 험했다. 의자에 앉아 정신을 잃고 난
뒤 얼마나 많은 시간이 흘렀을까. 눈과 코와 입이 있던
자리가 텅 빈 느낌이었다. 무형의 내 몸과 마찬가지로
현실에서의 내 몸 역시 각 신체 부위들이 내 방 먼지 속으로
흩어졌고 뭉뚱그려 커다란 덩어리로도 인식되지 않았다.
진짜 내가 어디에 있는 건지, 여기가 정신세계인지 현실
세계인지 아무것도 확신할 수 없었다. 내 정체성은 대체
뭐지? 난 인간인가, 아닌가. 이 의자에 앉는 인간이 전부 나
같은 경험을 하지 않는 이상 이건 아무래도 평범한 사건은
아니다. 더구나 나는 평생 동안 겪어온 일이었다. 그런데도
애써 부정하려 했던 걸까. 내가 인간이 아닐 수도 있다는

사실을.

이원 세계가 통합되려 하고 있었다. 내 몸은 정신에서도
현실에서도 같은 길로 통했다. 다시 그 환한 빛이 나타났다.
나는 방해물을 정신없이 헤치며 그 빛을 따라갔다. 빛은
여러 개로 뚫려 있는 크고 작은 구멍에서 새어들고 있었다.
그중 중심에 있는 제일 커다랗게 뚫린 구멍 밖으로 쑹덩,
하고 빠져나왔다. 땅 위에 엎어졌다가 일어났을 때,
시원하고 청량한 공기가 콧속으로 한 움큼 들어왔다.
그곳은 엄청난 둘레를 자랑하는 수천 그루의 거목들이 살아
숨 쉬는 활엽수림 한가운데였다. 나는 제일 먼저 얼굴과
팔다리를 만져보며 이게 현실인지 아닌지를 파악했다. 내가
나온 곳은 분명 저 나무인데. 돌아보니 내가 빠져나온 곳은
나무 밑동의 커다란 옹이구멍이었다. 크다고 해봤자 고작
내 머리만 한 크기였다. 내가 저기서 나왔다면 이미 살아
있을 리가 없었다. 혼란은 거기서 끝이 아니었다. 어찌된
영문인지 좁아진 시야는 그대로였다. 아직도 옹이구멍에
있는 것처럼 세상이 좁아 보였다. 그리고 목에 뭐가 걸린
듯한 느낌도 그대로였다.
저만치 멀리 앞을 보니 푸르게 우거진 나무숲이 보였다.
내가 서 있는 곳은 거목들이 큰 원형으로 둘러싸인

음음한 공간이었다. 인위적인 색채가 전혀 느껴지지 않는 전인미답의 원시림에 가까웠다. 갖은 고초를 겪은 썩은 통나무가 군데군데 쓰러져 있었고 지의류와 이끼류가 간호병처럼 붙어 있었다. 사람의 발길이 닿았다면 산림 보호 표시나 오가기 쉽게 편평하게 만들어놓은 숲길이 존재해야 했다. 여긴 전문 산악인도 걷기 힘들어 보였다. 시야가 좁아진 데다 수십 년 만에 처음 걸어보는 사람처럼 걷는 느낌이 영 어색해서 나는 아주 조심히 발을 내디뎠다. 도중에 튀어나온 나무뿌리에 걸려 몇 번이나 넘어질 뻔했다. 바로 어젯밤까지 걸어 다녔던 게 맞나 싶었다. 환상과 씨름하는 동안 신체의 유연성이 죄다 사라져버린 걸까. 나는 걸으면서 사방을 둘러보았다. 온통 나를 가로막는 드높은 거목들뿐이었다. 집으로 돌아가려면 어떡해야 되지? 오빠와 석희는 아직 그 집에 있나? 아님 나를 여기다 옮긴 게 그들인가? 설마 오빠가 날 내버려두고 갔을 리가. 이대로는 아무것도 알 수 없었다. 나는 머릿속 혼란을 숲 밖으로 던져버리고 산책자처럼 걷기 시작했다. 가만 보니 이곳은 초등학교 때 보물찾기를 했던 숲과 닮았다. 그때 한 친구가 보물을 손에 쥐고 달리다 기슭에서 미끄러져 죽은 일이 있었는데, 나는 10분 전에 그 친구와

같이 있었다는 이유로 참고인 신분으로 경찰 조사까지
받았다.

얼마 뒤 주변을 배회하다 이상한 고사목을 발견했다.
그 나무 외에는 모두가 쌍둥이 거목처럼 보일 정도로
혼자 튀었다. 저게 대체 무엇인가. 정확히 알기 위해선
아주 가까이에서 들여다봐야 했다. 나는 천천히, 그러나
성큼성큼 다가갔다. 조금씩, 조금씩 나무의 형상이
시야로 들어왔다. 처음엔 반 정도, 마지막엔 어디로
고개를 돌려도 그 나무만 보일 만큼 회전각이 넓어졌다.
이상할 정도로 크고 높다란 나무였다. 내 발끝, 그러니까
어린뿌리에서부터 고개를 쭉 올려가면서 찬찬히 훑었는데
밑줄기 부근에 군데군데 꽃잎이 피어 있었다.

벨라돈나….

엄마가 안고 있던 바로 그 꽃이었다. 나는 신기하게 여기며
고개를 쭉 빼고 위로 향했다. 뒤가 낭떠러지였다면 나는
틀림없이 추락사했을 것이다. 이건 틀림없이 환상이겠지만,
무성한 잎이 있어야 할 자리에 머리카락이 늘어뜨려져
있었다. 머리카락 사이로 간당간당하게 보이는 건 거꾸로
뒤집어진 인간의 누렇고 허연 얼굴들이었고 나뭇가지
끝에 척수와 목뼈가 연결되어 있었다. 멀리서 봤을 땐 병에

걸려 말라죽은 버드나무 잎인 줄 알았는데 그게 사람의
머리였다니. 아주 짧은 것도, 아주 긴 것도 있었다. 남자와
여자, 어린아이, 중년의 얼굴도 있었다. 더 이상한 건 그
얼굴들이 전혀 낯설지 않았다는 것이다. 어디서 봤지? 나는
나무를 한 바퀴 돌면서 그들의 얼굴을 유심히 살폈다. 그래,
익숙한 얼굴이 맞았다. 초등학교, 중학교, 고등학교, 성인이
될 때까지 적어도 몇 번은 마주친 적이 있었다. 그리고
저들은 전부, 죽었다.

원인불명의 사망 혹은 자살.

오빠는 내 주변에서 심심찮게 그런 사망 사건이 벌어진다는
걸 알고 있었다. 아마 한번쯤은 날 의심했을 것이다. 그러나
나는 결백하다. 난 저들의 죽음에 일말의 책임도 없다.

'여은아… 나 여기서 꺼내줘. 빠져나갈 수가 없어.'

뜬금없이 2시 방향에서 여자아이의 목소리가 들려왔다.
뒤집힌 포니테일이 코에서 대롱거리고 있었다. 그런데 넌
누구지? 나는 가까이 다가가 얼굴을 들여다보았다.

"오멘…?"

이름 대신 별명만 떠올랐다. 큰 눈에 창백한 표정이
공포영화 오멘의 남자 주인공과 꼭 닮아서 남자애들의
놀림감이 된 아이였다.

'너 대신 내가 보물 찾아줬잖아. 근데 왜 도움을 청하러 가지 않고 거기서 날 지켜보고 있었던 거야?'

날 보고 하는 얘긴가? 오멘은 눈을 감고 미동 없이 축 늘어져 있었기에 그 소리는 허공에서 들려오는 듯했다.

'날 죽이고 싶었어?'

"무슨 소리야. 그리고 넌 이미 죽었잖아. 이건 현실이 아니야."

'네가 날 민 거지?'

"그럴 리가 있겠어?"

'차가운 땅바닥에서 한 달이나 기다렸어. 근데 아무도 안 왔어. 내가 죽었다는 걸 깨닫고 나니까 갑자기 죽기 직전에 너랑 의자를 본 기억이 났어. 네 등 뒤로 의자가 모여 있었어.'

갑자기 여기저기서 울음소리 비슷한 괴음이 공기층을 뚫고 날아올랐다. 다들 내게 할 말이 있다는 듯 원망 섞인 말을 늘어놓았다.

나는 귀를 틀어막고 달렸다. 온몸의 털 하나하나에 땀이 배어들었다. 숨이 턱까지 차오를 즈음에야 그들의 목소리가 땅 밑으로 겨우 가라앉았다. 나는 다시 속도를 늦추고 걷기 시작했다. 오로지 한 가지 생각밖에 없었다. 이곳에서

탈출하는 것. 이 숲이 과거의 추상이라면 현재로 나가는 출구는 대체 어디 있는 거지? 아무리 사방을 둘러보아도 그 끝에 뭐가 있는지 알 수가 없었다.

그렇게 악착스럽게 숲을 두리번거리고 있을 때였다. 눈앞에 흐릿한 두 개의 덩어리가 서 있었다. 설마… 석희와 오빠인가. 그들이 아직도 옛집에 있다면 저건 환영일 테고 정말 이곳에 있는 거라면 나는 꽤나 오래 갇혀 있었던 게 된다. 아니, 여기 있는 모든 건 환상이다.

"여은아, 내 말 들려?"

조금 낯선 어조였지만 틀림없는 오빠의 목소리였다. 흐리고 좁아진 시야 때문에 선명하게 볼 순 없었지만 오빠는 그렇게 말하며 석희를 바라보았다. 그런데, 내 몸이 조금 이상했다. 난 지금 어디에 앉아 있는 거지? 주위를 둘러보니 처음 빠져나왔던 그 나무 앞이었다. 나는 한 걸음도 이동하지 않은 것처럼 의자에 붙박여 있었다. 싸한 느낌에 내 몸통을 내려다보았다. 눈앞에 좌판이 보였다. 내 하반신이 아니라 좌판과 의자 다리가 보였다. 의자와 내가 겹쌓여 있는 게 틀림없었다. 설마. 저들에게 내 모습은 대체 어떻게 보이는 거지? 지금 당장 거울을 달라고 말하고 싶었다. 나는 입술이 어딘가에 있으리라 생각하고 억지로 말문을 열었다.

"으러… 거우…"

말이 제대로 나올 리 없었다.

"이미 붙어버렸어. 생각보다 수월하겠네."

"말을 못한다는 거야?"

석희가 코앞까지 다가오더니 박물관에 전시된 유물을 보듯 나를 유심히 관찰했고 옆에 서 있던 오빠도 이 상황이 전혀 놀랍지 않다는 표정이었다. 이게 다 무슨 일이지?

오빠는 금세 내 앞에 쭈그리고 앉았다. 흙바닥이 오빠의 바짓단과 맞닿았다.

"여은아. 지금 상황이 당황스럽겠지만 네가 꼭 들어야 될 얘기가 있어."

'무슨 소릴 하는 거야? 그냥 여기서 꺼내주기나 해!'

"넌 말이야…"

살면서 제일 싫었던 순간이다. 내가 듣기 싫은 말을 걸러 들을 수가 없었으니까. 틀어막을 귀도 없고 그만하라고 소리칠 입도 없었다.

"…의자에서 태어났어."

나는 아직도 그 우울한 문장을 잊지 못한다. 그 형편없는 주어, 격조사, 술어의 조합은 내가 들었던 그 어떤 말보다

야만스러웠다. 오빠는 그때부터 긴긴 고백을 이어나갔다.

십수 년 전 여름, 그러니까 엄마의 장례식 전날, 오빠는 아무도 없는 안방에 들어갔다. 제일 먼저 눈에 띈 건 당연하게도 엄마가 딛고 올라간 의자였다. 호기심 어린 눈으로 쳐다보던 오빠는 조심스레 의자 앞까지 다가갔다. 그런데 좌판 가죽 한군데가 흉하게 벌어져 있었다. 저게 뭐지? 오빠는 눈을 가까이 들이댔다. 확실히 뭔가 꿈틀대고 있었다. 처음엔 잘못 본 줄 알고 눈을 몇 번이나 비벼서 다시 쳐다보았지만 삐죽이 튀어나온 그것은 틀림없이 뿌리에 얽힌 태아였다. 보통의 아기는커녕 쥐만 한 크기였다.

외마디 비명을 듣고 달려온 아빠가 오빠의 어깨를 흔들며 이름을 몇 번이나 부를 때까지도 오빠는 반쯤 정신이 나간 상태로 헛소리를 해댔다. 오빠는 그게 정말 태아일 거라고는 상상조차 못했다. 엄마는 출산 전에 자살했고 그 아이도 물론 사망했으니까.

그리고 무엇보다, 있을 수 없는 일이니까.

처음에는 보육 시설이나 종교단체 건물 앞에 나를 두고 오기도 했지만 나는 언제나 집으로 돌아와 있었다고 한다. 결국 아빠는 딸을 유기하는 걸 포기했다. 얼마 뒤 아빠는 한밤중에 오빠를 깨워 얘기했다. 네 동생은 엄마의 정신적

그늘이 만들어낸 마물의 존재로 태어났으니 평생 조심해야 한다. 지금은 예쁜 동생으로만 보일 테지만 나중에 성장했을 때는 어떤 괴력을 발휘할지 모른다. 만약 그때 의구심이 든다면 당장 빠져나와야 한다. 하지만 그때까지는 네 동생을 곁에서 잘 지켜보고 보살펴야 한다. 아빠가 언제까지고 너희 곁에 있을 수는 없다. 대략 이런 충고였다. 그 얘기를 들은 오빠는 너무 겁나고 두려웠다. 내가 옆에 있는 사실 자체가 사지가 떨릴 정도로 무서웠다. 하지만 아무리 떨어지려 해도 떨어질 수 없었다. 심지어 죽이려고 높은 데서 밀었을 때도 나는 다리만 다치고 멀쩡했다. 그러고 보니 어릴 적에 죽을 뻔한 적이 몇 번 있었는데 왜 몰랐을까. 그때 내 옆엔 항상 오빠가 있었는데.

어쩔 수 없이 나와 지내게 된 오빠는 내가 성장할수록 이상한 점을 발견하게 된다. 일곱 살 때까지는 아무런 이상이 없었다. 유치원에 안 가겠다고 떼를 쓰는 바람에 집 안에만 틀어박혀 있었기 때문이다. 어린 나는 아무것도 하지 않았고 가족 외엔 아무도 만나지 않았으며, 오로지 잠만 잤다. 그러나 초등학교에 입학하면서부터 모든 게 달라졌다. 1학년 소풍을 다녀온 날 같은 반 친구가 보물을 찾다가 산기슭에서 미끄러져 사망했고, 이듬해 또 같은 반 친구는 의자에 앉아 있다가 3도 화상을 입었다. 중학교 2학년 때는 청소를 하면서 커튼을 젖히던 애가 갑자기 창밖으로 뛰어내렸고, 고등학교 때도 그런 무시무시한 사건이 잊을 만하면 발생했다. 오빠는 나중에야 그 친구들이 내게 썩 좋은 이미지가 아니었다는 사실을 알았다. 그리고 사건이 일어난 곳 주변에 의자들이 많았다는 것도 알았다. 그럼에도 오빠는 내 괴이한 태생을 숨긴 채 지금까지 함께 생활해왔다. 나는 뭔가 잘못됐다는 것, 내가 의자의 저주에 걸렸을지도 모른다는 것을 어렴풋이 의식하고 있었지만 절대로 인정하고 싶지 않았다. 그걸 인정하면 나는 인간이 아니라 아빠의 말대로 마물이 될 테니까. 이기적이게도 나는 영원히 지금처럼 살고 싶었다.

오빠가 얘기를 끝냈을 때 내 정신은 아무런 희망 없는 회로 속에 갇혀 하염없이 돌고 있었다. 영속할 것만 같던 그 여름의 선풍기처럼. 어지럽고 구토가 나올 것 같았다.
"지금 어떤 상황인 것 같아?"
"글쎄, 좀 더 기다리면 여은이의 정체성이 곧 밝혀지겠지. 저길 봐. 밑 부분이 썩어 들어가는 게 보이잖아. 저항력이

크다는 거야."

"그런가. 난 잘 모르겠는데."

"걱정 안 해도 돼. 여기 갇힌 건 본인의 선택이니까."

석희는 그 말을 하면서 뒤쪽으로 걸어갔다. 여태껏
몰랐는데 저만치 뒤쪽에 연보라색 텐트 하나가 설치돼
있었다. 설마 여기서 밤을 지새울 생각인가? 내가 무엇으로
변하는지 보고 싶어서?

"아까 하던 얘기나 마저 해봐."

오빠의 말에 석희가 땅속에 박은 핀을 단단히 고정하며
대답했다.

"어릴 때, 엄마가 친하게 지내던 옆집 아줌마가 있었는데
그게 너네 엄마였어."

오빠는 석희를 보고 있었기 때문에 뒷모습밖에 보이지
않았다. 그가 어떤 표정이었는지는 지금도 모른다.

"네 엄마가 돌아가셨을 때 난 태어나지도 않았어. 일부러
숨긴 건 아니지만 난 1983년생이거든. 너보다 훨씬 어린."

"뭐라고? 그럼 대학은…."

"조기입학이었어. 알다시피 머리가 좋잖아."

석희는 그렇게 말하곤 텐트 입구에 걸터앉았다.

"그럼 그 집으로 이사 간 게 한참 전인 거야?"

"그래. 우리 부모님은 너네 집에 의자의 저주가 있다고 믿었어. 너네 엄마랑 가끔 대화를 나누면서 집안 사정을 좀 알게 된 모양이더라고. 아무튼 절에 기도를 드리러 갔는데 스님이 그게 우리 집으로 곧 번질 거고 태어날 아들에게까지 영향을 끼칠 수 있으니 조심하라고 일렀어. 그 집안은 얼마 안 가 필멸할 거다, 그 집이 이사를 가게 되면 그 자리를 꼭 점령해야 네 아들이 살 수 있다…. 그래서 너네가 떠나고 난 뒤 바로 옮겼던 거야."

"스님 덕에 네가 지금까지 살아 있단 거야?"

"지금까진 그랬지만 앞으로는 모르지."

"그건 또 무슨 소리지?"

"스님이 그랬거든. 이사의 효력은 20년까지다. 아들이 스무 살을 넘기면 두 번째 고비가 올 거다."

"말하자면 그게 여은이?"

"아무래도. 내 앞날이 어떻게 될지는 내일 알게 되겠지만."

"그 말은, 여은이가 지금처럼 의자에 갇혀 있어야 네가 살 수 있단 소리야?"

"그래, 맞아. 자신이 의자라는 걸 인정하지 않으면 여은이는 이 깊은 숲에서 한 발짝도 못 움직이니까. 내게 찾아올 일은 없겠지."

둘의 목소리가 그날(오빠의 말에 따르면 하루 동안 서

있었다는)처럼 아득히 멀어졌다. 나는 멀어지는 오빠를

붙잡아야 했다. 갖은 힘을 그러모아 소리를 내려고 애썼다.

'날… 버리지… 마.'

난 의자가 아니라고! 의자가 되고 싶지 않아, 오빠!

"무슨 소리 들리지 않았어?"

"메아리인가."

그들의 귀엔 내 목소리가 환청으로 들리는 모양이었다.

난 다시 한번 시도했다. 한 자 한 자 신경 써서 날 버리지

말라고 외쳤다. 둘은 그제야 내 쪽을 돌아보았다.

"의자에서 들린 거 같아. 쟤 아직 싸우고 있나 본데."

"그래?"

"지금은 네 동생 쪽이 더 우세해. 그래서 끊임없이 설득하고

있는 거 같아."

의자가 날 설득한다고? 무슨 개소릴 하는 거야. 난 그냥

갇힌 거라니까!

오빠의 표정은 변함없이 무덤덤했고 전혀 미안한 기색이

없었다. 이제껏 석희가 무슨 짓을 꾸몄을 거라고만

생각했는데 알고 보니 그건 오빠의 진심이었던 것이다.

오빠가 집에서 가져온 의자 하나를 내 앞에 놓고 앉았다.

그리고 내 머리를 쓰다듬었다.

"이게… 원래 네 운명인 거야, 여은아. 안타깝지만…"

헛소리 그만하고 제발 날 여기서 꺼내줘….

"네가 평범하게 태어났다면 얼마나 좋았을까…"

오빠가 정신을 잃은 나를 숲으로 데려와서 이런 짓을
하고 있다니, 믿기지가 않았다. 생각해보니 모든 게
의심스러워졌다. 아빠와 오빠는 정말 내가 태어나는 장면을
본 게 맞을까. 이들이 하는 말을 전부 믿어야 될 이유는
어디에도 없었다. 얼마든지 지어낼 수 있는 얘기니까.
그렇다면 오빠가 아빠와 엄마를 죽인 범인일 가능성도
무시할 수 없게 된다. 오빠가 사이코패스라면 내 주변에서
일어난 사건사고는 전부 오빠가 꾸민 짓이 된다. 난 지금
저들에게 모함을 당했고 저들이 먹인 LSD나 바르비탈
같은 약물에 취한 상태일지 모른다. 정말 그렇다면 왜
이렇게까지 하는 거지? 의자까지 끌어들일 이유가 있나.
설마 어릴 적 내가 경험한 그 불가사의한 일들도 다 오빠
짓인가?

반대로 오빠가 의자에서 태어난 거라면?

인과관계를 확실히 해보자. 내가 의자에서 태어났고
의자들이 나를 위해 존재하는 거라면 왜 내게 해코지를

했던 거지? 내 정체성을 깨닫고 본래의 모습으로
돌아오라고? 반대로 오빠가 의자에서 태어났다면 그날
의자들이 거실에 몰려든 것도 오빠가 불러서고 이 집에
오게 된 것도 날 제물로 바치려는 오빠의 의도일 수 있다.
지금 이렇게 갇힌 것도 오빠가 의자를 조종했다면 충분히
가능한 일이다. 그게 더 자연스럽지 않나? 그럼 어린 시절
내가 느낀 그 감정은? 그 애들이 고통스러워할 때 난 어떤
감정이었지? 당연하다고 생각했던가. 아니, 금세 원래의
일상으로 돌아가긴 했지만 처음엔 안타까운 마음이었다. 혹
내가 그들을 밀었을 가능성은? 아니다, 그랬을 리가.
머릿속에 떠오르는 모든 것이 뒤엉키고 있었다. 방에서
났던 그 냄새는 어쩌면 향냄새가 아니라 정신을 어지럽히는
독초를 태운 향일지도 몰랐다.

밤하늘에 별들이 떠 있었다. 아니, 유심히 보니
은하단이었다. 어쩐 일인지 새와 벌레의 기척도 들리지
않았다. 아주 깊고 공허한 숲이었다. 그러고 보니 이곳이
어디인지도 몰랐다. 내가 의자가 되어야 한다면 그 이유는
뭘까. 의자에서 태어났기 때문에? 아무도 깨닫지 못한
엄마의 우울감이 날 만들었기 때문에? 의자로 살게 되면

나는 지금처럼 생각을 할 수 있고 사고를 할 수 있을까.
움직일 수 없는 건 너무 끔찍한데. 신체는 의자가 될지언정
내 자유의지만큼은 영혼처럼 날아다닐 수 있어야 하는데.
평지에 우거진 나무숲과 천체로 에워싸인 하늘을 보고
있자니 세상이 그렇게 아름다워 보일 수가 없었다.
그 기분에 취해 한번쯤은 의자가 돼보는 것도 나쁘지
않겠다는 생각이 들 정도였다. 영원히 윤회할 수 있다면
이까짓 의자쯤이야. 시간이 얼마나 걸리든 언젠가는 세상
만물이 될 수도 있을 것이다. 만유일체라고 했던가. 의자도
되었다가, 숲도 되었다가, 꽃도 되었다가, 석희도 되었다가,
오빠도 될 수 있을 것이다. 그래, 벨라돈나로 태어나서
독성을 악착같이 숨기고 살면 엄마가 아무리 많은 꽃을
삼켜도 아무 일도 일어나지 않도록 할 수 있을 것이다.
그렇다면 신, 신도 될 수 있을까. 이 세계의 창조자라면
처음부터 우리 가족을 만들지 않을 수 있다. 그랬다면
얼마나 좋았을까. 평소엔 생각해본 적도 없는데 여기 갇혀
있으니 되고 싶은 게 많았다. 강물도 되고 싶고 파도도 되고
싶고, 사랑도 되고 싶고, 강아지의 숨결, 아이의 머리카락도
되고 싶었다. 뭐든 될 수 있다면 뭐가 되든 상관없을 것이다.
그렇게 마음먹으니 한결 마음이 편해졌다. 눈앞에 보이는

모든 것이 그들의 영혼을 내던지고 침범을 허락하는 듯했다. 나는 그들의 시점에서 모든 걸 볼 수 있었다. 달이 뜨고 바람이 불었다. 약간은 쌀쌀했다. 어제까지 보들보들한 피부가 존재했던 곳은 바니시를 바른 딱딱한 나무판자로 변해 달빛에 반짝이고 있었다. 나는 바람을 그 어느 때보다 소중히 느끼고 싶었다. 할 수만 있다면 손을 뻗어 바람을 느껴보고 싶었다. 그러나 이런 납작한 몸과 얼굴로는 바람을 온전히 느끼기 힘들었다.

만약 내 존재를 인정하게 된다면 의자가 되어도 자유로울 수 있을까. 의자가 되어도 바람을 온전히 느낄 수 있을까. 아마 그럴지도 모른다. 인간이 되려는 욕심에서 벗어난다면 어떻게든 가능할지도 모른다. 그렇지만 인간이란 정체성을 내던지기엔 나는 여전히 하고 싶은 게 너무 많은데. 아직 아무것도 하지 못했는데.

…난 이제 어떡해야 하지.

정면을 바라보니 오빠와 석희가 램프 불빛만 새어나오는 컴컴한 텐트에 드러누워 잠들어 있었다. 이렇게 오랜 시간 앉아 있는데도 욕창 증상이 없는 게 신기했다. 특별히 아픈 곳도 없고 오로지 탁 트인 정면만 볼 수 있다. 일상이 지루할 때마다 누군가가 와서 앉을 테니 외로울 일도 없을 것이다.

누군가가 홧김에 던져 망가지면 동료 병사들과 함께 복수를 하면 되고 아무리 나쁜 짓을 해도 천성이 착하니 원망 들을 일은 없을 것이다. 나는 마체테도 글록19도 아닌, 수동적인 의자니까. 그런데 딱 하나 걸리는 게 있었다. 눕지 못한다는 것. 그건 도저히 포기할 만한 조건이 아니었다. 다시 원점인가. 아아, 도대체 이 꿈은 언제 끝나는 거지? 이대로 죽는다면 모든 게 끝나는 건가. 그냥 세상 모든 의자가 사라지길 기다리는 게 더 빠를지도. 그럼 이런 어려운 선택을 하지 않아도 자연히 난 사라지게 될 테니까.

그때였다. 누군가 일어난 듯 텐트 내부가 그림자로 일렁였다. 모자까지 푹 눌러쓴 탓에 석희인지 오빠인지 도통 알 수가 없었다. 그 사람은 텐트에서 빠져나와 램프 등을 들고 이쪽으로 걸어왔다. 그리고 나를 마주 보며 한참을 서 있었다. 꼭 내게 메시지를 보내는 것 같기도 했다. 하지만 나는 그 생각이 뭔지 전혀 읽을 수 없었다. 그렇게 잠깐 한눈을 팔다 무릎이 무거워져 고개를 들었는데 누군가 내 위에 서 있었다. 나는 깜짝 놀라 위를 쳐다보았다. 그 순간, 좌판에서 그 사람의 다리가 떨어졌고 허공을 뱅글뱅글 돌았다. 몇 번 끼익끼익, 하는 소리가 들리더니 이내 조용해졌다.

오…빠…?

나는 그게 오빠의 얼굴이라는 걸 한참만에야 알아보았다.
어쩐지 나이가 많이 들어 보였지만 목에 뭔가를 감고 내
위에 떠 있는 사람은 다름 아닌 오빠였다. 그 순간 생각이
멎었고 눈앞엔 하늘을 가린 오빠의 몸만 보였다. 고개를
돌리고 싶었지만 몸이 굳어 움직일 수가 없었다.

석희 오빠! 대체 뭐 하는 거야! 오빠 좀 살려봐!

내 목소리는 그야말로 머릿속에서만 맴돌 뿐이었다.

이곳에서 내 목소리를 들을 수 있는 사람은 아무도 없었다.

며칠이 지났는지 알 수 없었다. 눈가에 감촉은 느껴지지
않았지만 나도 모르는 새 눈물을 많이 흘린 듯했다. 그러면
뭐해. 닦을 수도 없는데. 오빠 넌 대체 왜 자살한 거야?
나한테 죄책감이라도 느꼈어? 아님 나랑 함께 있고 싶었어?
그럴 리가 없다는 걸 알면서도 조금이라도 기대하고
싶었다. 언젠가 석희는 오빠에게 말했었다. 의자는 널
사랑해… 라고. 그럼 결국 오빠는 자살할 운명이었나.
엄마처럼. 그래도 어떻게 날 이용할 생각을 할 수 있지?
그건 너무하잖아. 정말 그 정도로 내가 미웠던 거야?

처음엔 등산객 두 명이 오빠를 발견했고, 그다음엔 더 많은
사람들이 찾아왔다. 오랜만에 사람의 온기가 가득 느껴져서
좋았다. 구급차가 오고 경찰차가 오고 심각한 표정의
경찰들이 내 주변을 서성였다. 이 와중에 석희는 모습을
드러내지 않았다. 오빠를 죽게 내버려두고 어디로 달아난
걸까. 어떻게든 그의 만행을 떠벌리고 싶었지만 그렇게
많은 사람들이 떠나갈 때까지 나는 한마디도 할 수 없었다.
여기서 벗어나야 하는데. 석희에게 복수를 해야 하는데.
내가 할 수 있는 일이라곤 고작 나를 데려갈 누군가를
기다리는 일뿐이었다.
불행하게도 사람들의 대화 속에서 나는 한 가지 사실을
알 수 있었다. 지금이 2021년이라는 것. 내가 여기 앉아서
하늘을 몇 번 쳐다보는 사이 20년이 흘렀다는 것. 오빠의
얼굴이 늙어 보였던 것도 오빠가 40대여서 그랬다는 걸.
시간을 느낄 수 없는 의자는 시간을 마음대로 휘두른다.
그리고 여기서 그 허무를 처절하게 느끼는 건 오로지
나뿐이다.

또 얼마나 시간이 흘렀을까. 오빠의 텐트는 눈앞에서
사라진 지 오래였고 낮과 밤은 기계적으로 움직였다.

나무들은 금세 꽃을 떨어뜨리다가도 다시 돌아보면 눈 속으로 앙상하고 매서운 가지를 숨겼다. 계절감을 느낄 수는 없었지만 순간순간 눈앞에 펼쳐지는 풍경은 볼 수 있었다.

어느 날 등산복을 입지 않은 여자가 터벅터벅 걸어와 내 앞에 섰다. 여자는 오빠와 비슷한 기운을 내뿜으며 나를 쳐다보았다. 그리고 내 위에 한참을 앉아 있었다.

"숲에 혼자 있는 거, 외로울 거 같은데."

여자는 혼잣말을 했고 나는 잠자코 듣기만 했다. 여자는 다음 날 나를 데려갔다.

어디론가 달리던 승용차는 고층 아파트 주차장으로 미끄러졌다. 나는 무척 기뻤다. 어찌 되었든 그 숲에서 벗어난 것만으로도 더할 나위 없이 좋았다. 인간이 사는 집이라면 시계가 있을 테니 내가 시간을 모를 일은 없을 테니까.

나를 거둔 여자는 얼마 전에 이혼했고 이직을 준비 중이었다. 외로움을 타서인지 여자는 날 좋아했지만 난 여자를 좋아하지 않았다.

제일 버티기 힘들 때는 여자가 앉아서 오랜 시간 TV를 볼 때였다. 원래대로라면 이런 고통도 느낄 수 없어야 하는데. 난 아직 완벽하게 의자로 탈바꿈한 게 아니었다. 어떻게든 여자를 이용해 석희를 꼭 찾아야겠다는 생각만 들었다. 하지만 사람의 마음을 움직이는 건 생각보다 오래 걸렸다. 인간이었을 때는 의자들이 자기편으로 끌어들이려 틈만 나면 성가시게 굴었지만 동족이 되고 나자 내게 관심이 뚝 떨어졌다. 놈들은 또 어디론가 몰려가 새로운 의자가 될 우울한 인간 숙주를 물색 중일 것이다. 그 인간 숙주는 자살하면서 나 같은 의자 인간을 탄생시킨다. 악마새끼들 같으니.

나는 여자가 잠들어 있을 때마다 석희를 찾으라고 주문을 외웠고, 그렇게 반년쯤 흘렀을 때(시계를 보고 꾸준히 학습한 결과다), 여자는 미용실에서 염색을 하고 카페에서 누군가를 기다렸다. 이윽고 들어온 사람은 정말 석희였다. 여자가 무슨 수로 석희를 찾아낸 것인지 알 수 없었지만 그를 보자마자 무슨 일이 생겨도 쫓아가야겠다는 생각을 했다. 살이 많이 찌고 안경 대신 렌즈를 끼고 있어서 알아보기 힘들었지만 석희는 예전보다 신수가 훤해지고 자신감이 넘쳐 보였다. 대화 내용을 들어보니 결혼을 해서 자식도 있고 프로그래머로 꽤 성공한 듯 보였다. 오빠가 죽었다는 사실조차 모르는 듯 목소리가 밝았다.

한참을 여자와 얘기하던 석희가 갑자기 나를 쳐다보며
이상하다는 듯 물었다.

"선배, 그 의자가 그 정도로 맘에 들어요?"

"응. 왜? 네가 알려줘서 가져온 거잖아."

"아니… 그냥 신기해서요. 누굴 만날 때도 가지고 다닐
정돈가 싶어서."

"뭐라고?"

여자는 옆자리를 보았다. 내가 있었다. 여자는 물에
빠진 사람처럼 다급히 손을 허우적거리며 일어났다. 그
바람에 테이블과 의자 사이가 벌어졌고 쓰러진 찻잔에서
에스프레소가 쏟아졌다.

"이게 왜 여기…"

그 말에 석희의 표정이 굳어졌다.

"…선배가 들고 온 게 아니에요?"

"나, 난 아니야. 들고 온 적이 없어."

석희는 그때부터 날 멍하니 쳐다보았다.

"…오늘 무슨 용건으로 절 보자고 하신 거죠?"

"아, 그게… 나도 잘 모르겠어. 내가 전화로 뭐라고
얘기했더라."

"아니, 괜찮아요. 그냥 다음에 봬요."

당혹스러워하는 여자를 내버려두고 석희는 황급히 카페를
빠져나갔다. 나도 따라가고 싶었지만 아무리 용을 써도 잘
되지 않았다. 그게 석희의 마지막 모습이 될 줄 알았다면
어떻게든 달라붙었어야 했는데 내겐 그럴 능력이 없었다.

여자는 집으로 돌아와 거의 반나절 동안 소파에 앉아
생각에 잠겼다. 한 달 후에도 여자의 고민은 깊어만 갔다.
버리려고 할 땐 손에서 사라지고 외출할 땐 어김없이
따라오는 내가 얼마나 공포스러웠을까. 그런데 그건
나의 의지가 아니었다. 나도 그 점이 궁금해서 서두에서
말하지 않았던가. 그 여자의 삶을 알려면 다각도의 연구가
필요하다고. 평범한 의자를 자살 의자로 둔갑시키고 사람
옆에 꼭 달라붙게 만드는 건 의자가 아니라 인간이라고.
인간이 의자를 원하면 의자도 인간을 원하게 된다.

보름 뒤 여자는 나를 버리고 이사 가려고 했지만 나는
이삿짐 트럭에 실렸고 저만치 보이는 새 집을 구경했다.
짐을 나르다 날 본 여자는 까무러칠 듯 놀랐고 곧 자신의
운명을 받아들인 듯 체념하는 얼굴이 되었다.

그곳은 아주 평화로운 섬이었다. 평수는 축소되긴 했지만
혼자 살기엔 더할 나위 없이 매력적인 단독주택이었다.
여자는 몇 달치 월세를 한꺼번에 지불하고 그 집을
대여했다. 아침엔 바다 속 태양이 떠오르는 걸 함께
지켜보고 식사 시간엔 여자 혼자 밥 먹는 모습을
지켜보았다. 인터넷과 텔레비전이 연결되어 있었지만
여자는 그런 데 전혀 관심이 없었다. 지금까지 모은 돈을
탈탈 털어 이 집을 빌린 이유는 오로지 여기서 죽기
위해서였다. 나 때문만은 아닐 거라고 짐작했다. 여자에겐
이직을 할 수 있다는 가느다란 희망이 전부였고 그마저
실패하면 죽을 생각이었다. 전남편과 무슨 일이 있었는지는
모르지만 여자는 하루하루 한 가지씩을 잃어가는 사람처럼
보였다. 이쯤 되니 전후 관계가 헷갈렸다. 의자를 만난 게
먼저일까, 저들의 자살 결심이 먼저일까.

어느 날 하루 종일 창밖을 보고 있던 여자가 문득 나를
돌아보며 물었다.
"넌 원래 나무였을 거야, 그치?"
나는 잔뜩 졸린 눈으로 여자를 응시했다.
"그래서 구식이지. 올드해. 요즘은 인체공학적인 의자가 잘

팔리잖아. 이제 세상은 널 원하지 않아."

여자는 그러면서 자신의 몸을 바라보았다.

"왜… 내 옆에 붙어 있는 거야?"

여자는 방 안의 정적을 못 견디겠다는 듯 불안정한
눈빛으로 더듬더듬 말을 붙여나갔다. 자신의 목소리가
사라지면 온몸이 산화되어 공기 중에 흩어지기라도 하듯.

"너 정체가 뭐야?"

"말을 못할 뿐이지, 살아 있는 거지?"

"석희도 이걸 알고서 나한테… 그래, 아마 맞을 거야."

"실은 석희한테 빚진 게 좀 있거든. 십수 년 만에 연락이
와서 생뚱맞게 의자가 필요하지 않느냐기에 처음엔
거절할까 했는데 어차피 의자야 마음에 안 들면 버리면
되니까 단순하게 생각했어."

"내 인생을 갑자기 쉽게 봤나 봐. 단순하게 흘러간 적이
없는데."

여자는 방바닥을 멀거니 내려다보더니 그것이 지옥으로
가는 계단인 양 한 걸음 한 걸음 신중하게 내디뎠다. 방과
베란다의 경계에 선 여자는 베란다 타일을 밟을 듯 말듯
한쪽 발을 허공에 두었다.

"내가 어떻게 했으면 좋겠어?"

"죽을까?"

"좀 더 기다릴까?"

"네가 날 따라다니면 난 아무것도 할 수 없어."

"아무것도 할 수 없다고!"

여자는 해가 질 때까지 그 자리에서 마구 소리쳤다. 나중엔
지쳐서 목소리가 나오지 않았다. 그래봤자 아무도 듣지
못했다.

새벽에 거실에서 울다 잠든 여자와 밤하늘을 지켜보았다.
여자는 일주일 뒤, 다른 의자에 앉아 인터넷 구인
사이트에서 이력서를 작성했다. 그 옛날 자기소개서를 쓰던
내가 떠올랐다. 지금 생각해보니 그때 난 인간의 흉내만
내고 있었다. 저 여자의 얼굴처럼 절박하지 않았다. 난 그저
인두겁을 쓴 인간의 그늘이었다. 지금은 저 여자의, 그때는
오빠의 그늘. 오빠가 화를 내면 나도 우울해지고 오빠의
감정을 그대로 떠안았다. 그럼 내가 오빠 곁에 붙어 있었던
것도 다 오빠가 원해서였을까.

파란 술병들이 테이블에 가지런히 놓여 있었다. 여자는
술에 취해도 집 안을 난장으로 만들지 않았다. 언제
죽더라도 삶의 원칙은 고수하고 싶은 듯했다. 다르게
말하면 여자는 아직 죽고 싶지 않은 것이다. 나는 처음으로

여자가 안쓰러웠다. 여자가 면접을 보는 날만큼은 따라가지
말자고 다짐했다. 그 결심은 결국 지킬 수 없었지만.

*

나는 신고를 받은 경찰이 오기 전까지 불 꺼진 면접실에
혼자 남겨져 있었다. 고층 빌딩 너머로 스산한 바람이
불었다. 옥상까지는 얼마나 가야 할까. 누군가가 날
데려가기 전에 나 스스로 떠나고 싶었다. 이 인생을 기분
좋은 절망으로 끝내버리고 싶었다. 내 몸은 그런 상상으로
가득했다. 어떻게 하지. 어떻게 하면 될까. 내가 스스로
움직일 수 있었던 건 언제였지. 아, 그때 문득 과거의 어떤
장면이 떠올랐다. 의자들이 거실에 북적였던 날, 나는
거울 속에서 의자가 된 나를 발견했었다. 오빠는 의자가
움직이는 걸 눈으로 보고도 믿지 못한 게 틀림없다. 그때 뭘
생각했었지? 내가 의자라는 걸 인식한 순간에 나는 움직일
수 있었다. 지금 나는 어떠한가. 내가 의자라고 믿고 있나.
아니면 아직도 의자에 갇혀 있다고 믿는 건가. 어제까진
후자였지만 지금은 아니었다. 나는 한 인간의 자살을 도운
도구로 변모했다. 그래, 난 의자다. 의자가 되었다. 계단을

오른 기억도 없이 어느새 옥상 난간에 올라가 있었다. 이제 저 깊은 빌딩숲 아래로 떨어지면 나는 완전히 사라진다. 나는 까마득히 먼 길바닥을 내려다보았다. 한산한 거리에 행인 몇 명이 스쳐가고 있었다. 바람이 시원했다. 피부 속으로 이렇게 깊게 스며들 수 있다니 감격스러웠다. 나는 결심이 서자마자 하늘 속으로 훌쩍 뛰어들었다. 자연이 내린 사형이었다.

의자는 사형되어야 한다. 고로 나는 죽어야 한다.

그가 기울어졌다

1

두 개의 찻잔이 책상 위에서 흔들렸다. 책상 또한 진동했고
그와 접한 방바닥까지 파동이 전해져 내렸다. 방바닥을
디딘 내 두 발 저만치 아래에는 두 남녀가 침대에서
숙면을 취하고 있었고, 남자 옆에 있는 협탁 위의 시계가
자정을 가리키고 있었다. 지진이 갓 멈췄을 때야 두 발을
천천히 떼어 침대로 가 앉았다. 소포로 배달된 상자가 옆에
놓여 있었다. 내용물의 개봉 여부와는 별개로 발신인의
이름에서부터 놀라고 있었기 때문에 침대에 앉고서도

한참을 상자만 내려다보았다. 날이 밝아올 무렵에야 책상의
물기를 닦아내고 홀로 마신 찻잔 두 개를 개수대에 넣었다.
이곳에 처음 이사 왔을 때 내가 사온 커플 찻잔이었다.

'어디서 샀어?'

'시장에서. 생각보다 시간이 많이 걸리진 않더라.'

'그래, 예쁜 걸로 잘 골랐네.'

'같이 살게 된 첫날인데 소감이 그것뿐이야?'

'그래, 좋다. 완전!'

다음 날 아랫집에 물어봤을 때 그런 일이 없었다고 한 걸
보면 분명 어제 일이 지진은 아니었던 듯했다. 그렇다면 내
방 안에서만 지진이 발생했단 소리일까. 물론 이따금 이
마을에서 여진을 경험한 적이 있기에 이사 온 지 1년 남짓한
아랫집 여자의 말을 다 믿을 수는 없었다(그녀가 들려주는
남편 얘기 또한 그랬다). 우편함 앞에서 우연히 마주쳐서
물어보았을 뿐인데 여자는 왜 이제야 아는 척을 하냐는 듯
별의별 얘기를 전부 끄집어내며 반가워했다.

그렇게 긴긴 시간 아랫집에 머문 적은 처음이어서, 장장
네 시간이나 그 집 공기를 들이마시다 저녁 7시쯤 집으로
돌아왔을 때는 그야말로 녹초가 되어 있었다. 그녀가 없는
공간에서 겨우 한숨을 돌리고 그대로 침대에 쓰러졌다. 한

가지 질문이 만 가지 사담으로 이어질 줄은 꿈에도 몰랐고, 소포의 발신인과 헤어진 뒤 사람들과의 접촉을 기피해온 탓에 아랫집에 앉아서도 여자의 얼굴을 제대로 쳐다보지 못할 만큼 긴장한 채였다. 그래서인지 그녀가 전한 모든 이야기를 귓속에 가득 담고 돌아왔음에도 어느 하나 인상에 남는 구절이 없었다. 다음번에 또다시 그녀와 대화할 일이 생긴다면 지금보다는 좀 더 부드러운 반응을 보일 수 있지 않을까 싶어, 다분히 녹취자의 입장으로 들었던 것뿐이다. 그녀가 이 사실을 어떻게 받아들일지는 모르겠지만 적어도 지금이라면 남편과의 불화를 연고도 없는 생판 남한테 속 시원하게 얘기했다는 사실만으로도 무척 흡족해하고 있을지 모른다. 그래, 그녀의 비밀이 내게 버려졌다.

시트에 파묻었던 몸을 돌려 천장을 바라보았다. 여리고 수줍게 생긴 것과 달리 무척 화통했던 그녀의 표정과 몸짓을 떠올린다. 생김새로 보면 오히려 내 쪽이 수다스럽게 보일 테지만 나는 줄곧 그녀의 얘기를 듣기만 했다.
내 시선은 침대 아래쪽을 향했다. 상자는 여전히 어제와 같은 위치에 놓여 있었다. 이 방의 시간도 문을 열고

나간 순간부터 더 이상 흘러가지 않으려고 버텼던 듯
그대로였다.

아까 점심때 구석으로 치워놓은 탁자를 끌어와 상자를 그
위에 내려놓았다. 버리지 않는 이상 언제까지고 내용물을
보지 않을 수는 없었다. 그나저나 상자 위치가 조금도
바뀌지 않았다면 어제의 나는 어디서 잠을 잔 것일까. 아마
잠을 자지 않은 것인지도 모른다.

신혼부부의 사생활 얘기를 듣느라 뻐근해진 눈두덩을 실컷
문지르고 나서 앞에 보이는 상자에 다시금 주목했다. 두
손을 내밀어 보통의 국배판 크기만 한 상자의 테이프를
뜯었다. 반으로 접힌 쇼핑백 속에 연애 초기에 그에게
빌리려고 했는데 둘 다 잊어버렸는지 어쨌는지 받지 못했던
오버사이즈 티셔츠가 들어 있었다. 일없이 티셔츠를 꺼내
몸에 한 번 맞춰본 뒤 다시 내려놓았다. 그때 장난을 치다가
향수를 쏟는 바람에 냄새가 지독할 정도로 배었는데 지금은
아무런 냄새도 나지 않는다. …당연하다. 당연한 일이다.
그렇게 생각하려 했지만 심장은 누군가에게 불시에 공격을
당한 듯 빠르게 뛰고 있었다.

'버리려고?'

'싸게 팔아서 샀는데, 작아서 못 입겠어.'

'나 빌려줘.'

'그냥 너 해.'

'빌려줘. 돌려줄 때 또 만나면 좋잖아.'

'참나.'

아랫집 여자와 나눈 몇 시간의 대화가 힘들었는지 어느 틈엔가 잠이 들어버렸고 새벽 3시쯤엔 감은 눈 속의 허공을 무대로 수천 가지 꿈을 양산해내고 있었다.

그 시각 아랫집에서는 내 잠을 방해할 준비를 마친 상태였다. 알 수 없는 기계의 진동음이 벽을 타고 올라와 덜커덩덜커덩, 침대에 파동을 전하기 시작했고, 꿈속의 나는 결국 연기를 중단한 채 무대를 내려올 수밖에 없었다. 처음에는 밤을 휘감은 천장이 눈앞에 보이는 전부여서 왜 잠에서 깬 것인지 영문을 몰라 눈만 껌뻑거리고 있었다. 아랫집에서 무슨 일이 생긴 것이 틀림없다는 확신이 섰을 때는 기계 소리가 규칙적으로 순환되는 중이었다. 아무리 들어보아도 그 소리의 주범은 세탁기였다. 나는 2년 전부터 오래된 산부인과 폐건물을 개축해 만든 허름한 열다섯 평짜리 원룸에 살고 있었고, 아랫집 부부와는 1여 년 전부터 이웃사촌으로(명분만 그러하다) 지내왔기 때문에 쉽게 단정할 수 있는 소리였지만 한편으로는 그런 연유에서 이해할

수 없기도 했다. 새벽에야 잠이 드는 내가 장담하건대
아랫집에선 이제껏 단 한 번도 새벽에 세탁기를 돌린 적이
없기 때문이다.

얼마 전까지만 해도 대부분의 생활을 혼자가 아닌 누군가와
함께했었다. 아랫집 부부도 그 사실을 알고 있던 터라 두
커플이 어느 날 우연히 만나면 긴말하지 않아도 동질적인
분위기가 형성되곤 했다. 성격과 취향 차이를 내세우며 그
자리에서 서로의 흉을 보기도 하고 마구 웃기도 하면서
말이다. 하지만 지금은 상황이 반전되었고, 아랫집 부부가
아닌 다른 누구와 마주친다 해도 인사는커녕 그냥 지나치는
일이 다반사였다. 그 어디에도 마음 둘 곳이 없었다.
궁극적으로 결혼을 원한 것도 아니었고 그렇다고 둘 다
같은 미래 속에 있던 것도 아니었다. 그런 고민들이 우리
사이에 떡 하니 자리 잡아 더 이상 서로를 볼 수조차 없도록
부추겼다. 하지만 서로를 좋아하는 건 결단코 분명한
사실이었고, 오래된 커플이 으레 그러하듯 귀찮은 일을
만들지 않기 위해 쉽게 헤어지겠다는 마음을 먹을 수가
없었다.

"빨래?"

새벽녘의 세탁기 사건을 얘기한 건 이튿날 오전
10시경이었다. 아랫집 여자의 멀뚱한 눈을 보는 순간 퍼뜩
알아차리고 아니에요, 라며 돌아섰다. 어제 새벽의 그 진동
역시 내가 만들어낸 허상이었나. 그런 생각에 몰두하며
혼자 서 있는 여자에게서 멀어져 한 걸음씩 걷기 시작했다.
중간쯤 갔을 때였다. 희뿌연 안개가 앞길을 가로막았다.
걸음을 멈추고 난간 너머를 바라보았다.

이 아파트의 겨울 복도는 어딘가 신령스러운 데가 있었다.
산등성이에서부터 피어난 안개가 작고 구불구불한 마을
위를 한참 비행하다 마지막으로 죽음을 맞는 곳. 농경지가
대부분을 차지하는 시골 마을이 바로 옆에 있어 높게 솟은
건물이라고는 이곳밖에 없었다.

언제 다가왔는지 안개를 맞은 아랫집 여자가 재밌어하는
얼굴로 코를 훌쩍였다.

"여기 살면서 제일 좋을 때가 바로 지금 같은 때죠."

나도 여자의 말에 공감했다. 번화가에서 담배 연기를
정통으로 맞는 것보다야 안개를 맞는 편이 훨씬 나으니까.
문득 전에 남자 친구가 몰래 창문을 열고 담배를 피우다
안개를 맞닥뜨린 게 생각이 났다. 안개의 위엄에 담배 연기

따위는 자취를 감출 거라 예상했는데, 그것은 남자 친구의
삐죽 솟은 머리처럼 볼썽사납게 안개 속을 마구 헤집고
다녔다. 우린 그날도 싸웠다.

"…안개를 대신할 수 있는 게 뭘까요."

난간에 기댄 채 뜬금없이 그렇게 물었는데 여자는
기다렸다는 듯 대답했다.

"안개를 대신하는 것? 사람의 입김?"

"아…"

그래, 그게 있었지. 사람의 입김. 바로 눈앞에서 나와 여자의
입김이 펄펄 새어나오는 데도 과거 따위에 사로잡혀
알아차리지 못했다. 내 머릿속은 언제까지 그의 시커먼
담배 연기로 꽉 차 있을까. 나직이 한숨을 쉬며 돌아섰는데
이젠 모든 것이 안개 그 자체였다. 안개와 입김이 한데 섞여
서로 방향을 달리한 채 공기 중을 떠돌고 있었다. 나는 그
모습이 무서우면서도 낭만적으로 보였다. 여자와 마주
보고 대화를 할 때면 서로의 입김이 수없이 닿았다. 안개는
수천 명의 입김이 한데 모인 듯 어지럽고 왁자해 보였다.
사랑하는 사람들, 사랑하려 하는 사람들, 헤어진 사람들,
헤어지려 하는 사람들이 모든 결말을 향해 달려오고 있는
듯 보였다.

한동안 낭만을 즐기다 집으로 돌아왔는데 곧바로 또 한
차례 지진이 있었다. 이번에는 중심을 잡지 못해 침대로
쓰러졌고 엎드린 자세 그대로 지나간 추억에 억눌려
있었다. 그날부터 지진은 본격적인 형태를 띠기 시작했다.
물론 아랫집에 있을 때는 그런 일이 일어나지 않았다.
적어도 그때까지는.

며칠 뒤 편지 세 통이 도착했다. 책상에 두고 바로
아랫집으로 달려갔기 때문에 그동안 내 방에서 무슨
일이 벌어졌는지는 전혀 알지 못한다. 사실 알아낼 만한
여력도 없었다. 아랫집 여자에게 생긴 어떤 극적인 변화
때문이었다. 지진이 손에 잡힐 수 있을 만큼 형태를 띠기
시작했다면 여자의 머릿속은 나에 대한 맹신들로 차오르고
있었다. 한마디로 사사로운 본인의 인생을 들려주면서
지금의 남편에게서 받지 못한 소중한 무언가를 나를 통해
깨닫게 되었고, 더 깊게는 나로부터 구원받고 있다는
생각에까지 미친 것이다. 아랫집 여자는 시도 때도 없이
나를 그들의 집으로 불러들였고, 내가 주인의 얘기를 잘
들어주기만 하는 수신형 곰 인형인 양 그들의 결혼생활을
빠짐없이 들려주었다. 우리의 얼굴은 피곤과 나태로 벌겋게

물들었고, 우리가 나눈 이상한 대화들은 소녀들처럼 쉼
없이 계속되었다.

그날은 그 집 남편의 부재로 밤 9시까지 대화가 이어졌다.
어쩌면 일부러 귀가 시간을 늦췄는지도 모르겠다.
아랫집에서 뒤늦은 저녁을 먹은 뒤 집으로 돌아온 나는
잠시 망설이다 책상 위에 놓인 편지에 눈을 두었다. 세 통의
편지가 조금의 변화도 없이 제자리에 놓여 있었다.
"역시…"
역시나인가. 오랜 세월 누적된 에너지가 방출되어 지각이
흔들리는 사전적 정의로서의 지진 현상이 아니라, 내
속에서 만들어낸 환상이라는 가설이. 나는 TV를 켜놓고
편지를 읽기 시작했다. 그다지 진지하게 읽고 싶지 않았다.
이제 막 시작했는지 예능 프로그램 사회자가 시끄러운
말투로 오프닝 인사를 전했고 발신인 역시 따분한 인사로
편지를 시작했다.
'이상하지… 그냥 네가 생각날 때마다 택배를 보내고
싶었어. 내용물은 즉흥적인 거라 앞으로도 뭘 집어넣을지
잘 모르겠어. 하하. 크게 신경 쓰진 말아줘. 나 스스로 널
잊는 방법을 고안해낸 거니까. 혹시 모르지. 네가 지겹다고

느낄 즈음엔 오지 않을지도. 아니, 상자 속에 아무것도 없을지도 몰라. 만약 그렇게 된다면 내가 널 잊었다, 그렇게 생각해줘…'

미련 없이 손에 있던 편지지를 아무데나 던졌다. 편지지는 진공 상태에서 느릿느릿 솟아오르더니 한차례 진동했고, 이내 그가 되었다. 나는 그 자리에서 꿈쩍할 수 없었다. 그는 만화책 두 권을 한쪽 어깨에 끼고 침대 위에 앉아 영원히 해결할 수 없는 딜레마인 양 나를 허망하게 바라보았다.

'이 만화 재밌어?'

'재미없어.'

'넌 다 재미없어, 왜?'

'무슨 말이야.'

'뭐든 물어보면 재미없단 말뿐이잖아.'

'그렇게 꼬투리 잡을 게 없어? 세탁기나 돌려. 오늘 당번 너잖아.'

'이 새벽에 무슨 세탁기야.'

'아랫집은 아까 외출하던데 뭘. 내일 아침에 셔츠 입고 나가야 돼. 면접 생겼어.'

아침에 일어나 보니 집에 물이 새는 것 같았다. 장마가 끝난 지는 몇 달이 훌쩍 넘었다. 바닥이 이렇게 흥건한데 아랫집에서 가만있는 게 이해가 되지 않았다. 외출해서 돌아오는 길에 여자를 만나 물어보았더니 천장에 물이 새는 일은 없다고 했다. 나는 알겠다고 하고 돌아섰다. 이제는 인정해야 했다. 여자에게 묻는 건 아무런 의미가 없다는 것을. 나 자신에게 물을 수 없어 자꾸만 여자를 찾았던 것뿐 나는 분명 알면서도 모른 척했던 것이다.

회사에서 시나리오 콘티 작업을 하던 중에, 수영을 할 줄 몰라 바다 한가운데 덩그러니 떠 있었던 우리의 여름 바캉스 한 장면이 떠올랐다. 집으로 돌아왔을 때는 천장에서 물이 떨어져 책상 위를 온통 적시고 있었고, 침대 시트도 새로 갈아야 할 만큼 젖어 있었다. 나는 분명 동요하고 있었다. 얼마 안 가 그에게서 또다시 택배가 도착했지만 일주일이 지나도록 열어보지 않았다. 그건 틀림없이 독 사과였다.

2

아랫집 남자가 호졸근한 몰골로 찾아온 것은 택배가
도착한 지 일주일하고도 사흘이 지나서였다. 잠결인데도
그의 얼굴을 보자마자 아랫집 여자가 걱정이 됐다. 어찌 된
영문인지 그날 이후로는 복도에서조차 얼굴을 마주친 적이
없었다. 그녀를 잊고 살았다니 명백한 하드디스크 오류다.
옛 애인이란 블루스크린이 그녀에게 가는 길을 가로막고
있었던 걸까.
"어쩐 일이세요? 이렇게 늦게."
나는 티 쪼가리 한 장만 걸친 채 눈을 끄먹대며 물었다.
그는 미안한 듯 아랫입술을 깨물더니 결례라는 걸 알지만
이것만은 꼭 말해야 한다는 듯 입을 떼었다.
"아내가 사라졌어요."
연극의 첫 대사 같은 그 문장을 한 귀로 흘려듣고 있었다.
입고 있는 티셔츠가 늘어질 대로 늘어져 있었지만 그런
창피함 따위는 명함도 못 내밀 만큼 졸음은 만삭이었다.
"언제…?"
그렇게 되묻던 두 눈이 그가 들고 있는 청바지로 향했다.
아랫집 여자가 남편이 싫어서 결혼 후엔 입어본 적이

없다면서 내게 빌려갔던 청바지다.

"아, 이거 혹시 은효 씨 건가요?"

오랜만에 이름이 불려서인지 거의 자동적으로 고개를
끄덕였다.

"아내가 2주 전에 잠시 여행을 다녀오겠다고 했는데 그
이후로 아무리 연락해도 받지 않아요. 그래서 은효 씨한테
찾아온 거예요. 많이 친했잖아요, 둘이."

많이? 조금은 친했나? 아니, 아예 모르는 사람이라 해도
섭섭하지 않을 정도다. 퇴근하고 돌아왔을 때 내가
자신의 집에 앉아 있었던 적이 많아서 착각을 하고 있는
모양이지만, 그렇다고 아니라고, 우리는 서로의 생일도
모르는 남이라고 딱 잘라 얘기할 수는 없었다.

"아, 네… 근데 그 청바지는"

"세탁기 안에 들어가 있었어요."

그럼 그동안 빨래를 하지 않았단 얘긴가? 아랫집 남자가
내미는 청바지를 받자마자 모래가 주르륵 흘러내렸다. 아마
지금쯤 남자의 집 안과 아파트 복도엔 듬성듬성 모래밭이
형성돼 있을지도 모른다. 도대체 어디서 이렇게 많은
모래를 청바지 속에 넣어온 거지?

바다.

"바다에 갔다 왔나 봐요."

"바다요? 아내는 바다를 싫어하는데요."

'바다가 좋아요. 머릿속에 집어넣기 벅찰 만큼 힘든 일이
있을 때 그곳에 뛰어들면 모든 게 끝나는 기분이에요.'
여자의 말과 남자의 말이 동시에 공기 중에 흩뿌려져 나를
기분 나쁘게 휘감았다.

"그럼 여행을 놀이터로 갔을까요? 바다를 싫어한다는 거
확실해요? 아는 척하긴 싫지만 제가 들은 바론 바다를
좋아한다고 했어요."

남자는 혼란스러운 표정을 지으며 그럴 리가 없다고
대꾸했다. 아내가 뭘 좋아하는지 하나라도 자신 있게
말할 수 있으세요? 라고 곧바로 응수하고 싶었지만
이야기의 시작과 끝을 모르는 남자에게 아무리 얘기해봤자
무의미하다고 판단했다. 나는 청바지를 받아들고 남자를
돌려보냈다. 손을 조금만 움직여도 청바지에서 모래알이
떨어져 내렸다. 어쩌면 이건 여자의 힌트일지도 모른다.
자신을 찾으러 와주길 바라는 마음에서 남긴 힌트. 하지만
남자는 둘만의 추억이 있을지도 모르는 그 바다로 가지
않을 것이다. 그런 낙막한 예감이 들었다.

바지 속 모래알을 쓸어 담은 김에 밀린 청소와 빨래를 했다.
그 어느 때보다 열심이었다. 본인 때문에 여자가 떠났다는
걸 모르는 남자에게 화가 나기도 했고 남자 하나 못 잊어서
환상나부랭이를 만들어내는 나 자신이 밉기도 했다.

오후 6시경, 빨래 냄새가 찌든 손으로 운전대를 잡았다.
저녁거리를 사기 위해서였다. 집에서 20분 거리에
편의점이 있었다.

아랫집 부부의 결혼생활을 내 멋대로 상상하고 추측하다
보니 어느새 큰길 옆으로 편의점 로고가 나타났다. 길가에
차를 세우고 그쪽으로 걸어가는데 어떤 남자가 계산대 위로
군것질거리를 잔뜩 올려놓는 게 보였다. 우울한 뒷모습만
봐도 아랫집 남자라는 걸 알 수 있었다. 나는 안으로
들어가는 대신 전면 창에 서서 남자의 모습을 바라보았다.
갑자기 그의 존재가 불편해졌다. 왜일까. 나는 여자를
찾으려는 열정이 전혀 없는 사람인데 도와달라고 할까
봐서? 아니면 그들과 관련된 모든 이야기가 머릿속에서
활개를 치고 있어서? 모르겠다. 도대체 그녀는 내게 어떤
존재였을까. 친구? 심심할 때 흥밋거리를 제공해주던 사람?
아님 0?

그가 차를 타고 떠나는 모습을 확인하고 편의점에

들어섰다. 필요한 것에서부터 필요하지 않은 것까지 죄다
구입했다. 한동안은 먹는 걸로 신경 쓰고 싶지 않았다.

아파트로 돌아와 힐끔 이층 계단을 올려다보았는데 아랫집
남자가 비닐봉지를 양손에 들고 현관 앞에 서 있었다.
남자는 그새 나를 발견하고는 반기는 얼굴로 계단을
걸어 내려왔다. 맥주 같이 마실래요? 그의 흥을 본 게
미안해서였는지 나도 모르게 허락하고 말았다. 그가 뭘
샀는지 전혀 궁금하지 않은데 아랫집 남자는 내가 비닐봉지
속을 살피고 있다고 느꼈는지 주절주절 얘기를 늘어놓았다.
"아까 편의점에 들렀는데 아내가 한 일주일 전엔가 거기
들렀다고 하네요. 그날이 제 생일이었거든요. 아마도 선물
포장지를 산 것 같아요."
"저 잠깐, 집에 좀. 이거 두고 내려갈게요. 먼저 들어가
계세요."
남자를 보내고 천천히 계단을 올랐다. 3층 복도를 지나
현관 앞에 다다르자 자동적으로 택배 생각이 났다. 열쇠를
꽂으면서도 머릿속은 온통 택배 상자들로 채워져 있었다.
개봉하지 않은 미지의 택배. 테이프가 틈새 없이 둘러쳐진
상자들이 내 방에 차곡차곡 쌓여간다. 자신의 정체성도

그가 기울어졌다   197

알지 못한 채 세월은 덧없이 흘러가고 내용물은 본래의
감을 잃은 듯 퇴색된다. 나는 그런 악취 속을 헤매고 있었다.

"…왜 안 들어가요?"

현관 문고리를 쥐고 공상에 빠져 있는데 뒤에서 불쑥
목소리가 들렸다. 돌아보니 아랫집 남자였다.

"뭐예요?"

"아, 병따개가 없어서."

나는 멋쩍게 웃는 남자를 한 번 흘겨보곤 문을 당기며
들어갔다. 창문을 열어놓고 간 탓에 집 안에 냉기가 꽉
차 있었다. 한 걸음씩 내딛을수록 몸이 점점 굳어지는
기분이었다. 추워서가 아니라 상자를 뜯었는데 안이 텅
비어 있다면 그땐 어떻게 해야 할지 몰라서였다.

"와, 여기 정말 춥네요. 불은 때고 살아요?"

무거운 비닐봉지를 탁자에 내려놓던 나는 발끈하며
돌아섰다. 남자의 천연덕스러운 태도가 아까부터 영 맘에
들지 않았다.

"아내가 돌아오길 바라는 사람 맞아요?"

"네? 무슨 그런…"

"남편이 아내가 가출했을 때 보편적으로 하는 행동들
대충대충 흉내만 내고 나중에 아내가 돌아오면 네가 없는

동안 널 찾기 위해 이만큼이나 수고했다, 뭐 이렇게 생색낼 거 아니에요?"

'요즘 썩 사이가 좋지 않아요. 남편 일이 바빠지긴 했지만 퇴근해서 내가 인사해도 받아주지 않고 침대로 가버려요. 말다툼까진 아니지만 어느 날 진지하게 남편의 무관심을 토로했는데 들은 체 만 체하면서 밥을 달라더군요.'

아랫집 남자는 아내가 자신에게 마이너스가 될 만큼 무리한 일을 저지르지 않을 거라는 사실을 잘 알고 있었다. 그래서 여자를 찾는 일에 수고를 들이지 않는 것이다. 주제넘은 생각일까.

대충 상황을 정리하고 아랫집으로 가서 맥주를 마셨다. 근데 정말 맥주밖에 마시지 않았다. 조금 전까지만 해도 아랫집 여자에 대해 물어볼 게 많았는데 남자의 태도를 보니 묻고 싶지 않아졌다. 남자 역시 급한 일이 있는 사람처럼 한 번에 잔을 비우고는 청바지에 대해 물어보았고, 나는 지금 빨랫줄에 걸려 있다고 일갈하듯 답했다. 대화는 그걸로 끝이었다. 아랫집 여자와의 대화가 그리울 만큼 짧았다.

그로부터 일주일이 지났다. 아랫집 여자는 여전히
행방불명이었다. 내가 보기에 남편의 마음속에서 이미
오래전에 행방불명된 여자였다. 남자는 아내에게서 편지가
왔다며 굳이 내게 보여주었다. 내용은 대부분 공백이었고
글자 수를 채운 건 한 줄도 채 되지 않았다. 이제 그만하려고
해. 근데 당신한테 미안하게 생각하지 않아. 아랫집 남자는
내게 시선을 돌리고는 아무렇지 않은 척, 이제 어떡하죠?
라고 물어보았다. 그때까지만 해도 남자는 여자가
돌아오리라고 생각했다. 며칠 뒤 두 통의 편지가 추가로
배달되었다. 남자는 택배 기사에게 한사코 받지 않겠다고
고집을 부리다 결국 건네받고는 휴지로 가득한 쓰레기통에
쑤셔 넣었다. 또 얼마 후엔가 세 번째 편지가 왔다며 나를
아랫집으로 불러냈다. 집 안은 여전히 엉망진창이었다. 몇
주는 밀린 듯 보이는 설거지거리와 쓰레기들이 주방 식탁과
개수대는 물론이고 냉장고 안, 방바닥과 의자 위에도
팽개쳐 있었다. 아랫집 여자 없이 그가 할 수 있는 집안일은
없어 보였다. 침대 쿠션 위에 뒤집어진 재떨이를 보고
경악한 나는 편지 내용 따위는 눈에 들어오지도 않았다.
남자는 다급하게 죄송해요, 갑자기 부른다고 치우지를
못해서, 라고 변명했지만 그조차도 가식으로 느껴졌다.

결국 남자의 손에서 편지 두 통을 기분 나쁘게 낚아채서
집으로 돌아왔다.

'당신을 만나서 8년간 이야기를 나눈 것보다 한 달간 은효
씨랑 얘기한 게 더 많아. 내가 당신에게 이야기하고 싶었던
모든 것들이 당신에게 가 닿지 않고 내 머릿속에서만
시작되고 끝이 났어. 그런데 어떻게 나보고 돌아오라는
말을 할 수가 있어? 이제 더는 연락하지 마. 이혼 서류는 곧
보낼 테니.'

나는 편지를 접어 택배 상자 옆에 고이 놓아두었다.

휴대전화는 거의 꺼둔 채 발신인 불명으로 편지를 보내는
여자의 마음을 조금은 알 것 같았다. 답장을 받고 싶지 않은
것이다.

그로부터 몇 달이 흘렀다. 마을 어귀에서부터 바람에 실려
날아온 낙엽들이 창밖으로 흩날리고 있었다. 그 즈음 나는
지진을 온몸으로 실감하고 있었다. 그와 모든 걸 함께했던
방에는 이제 단 몇 초도 앉아 있을 수 없을 정도로 강진이
일었다. 온 사방에서 그의 그림자가 나타나 나와 한 몸이
되어 움직였다. 밥도 그와 함께 먹고 용변도 그와 함께 보고
샤워도 그와 함께했다. 아직 열지 않은 택배 상자 옆을

지날 때마다 나를 노려보는 듯한 음산함이 느껴졌다. 이걸
언제까지 참을 수 있을지 알 수 없었다.

한동안 소식이 뜸했던 아랫집 남자가 나를 부른 건 저녁이
되어서였다. 내키진 않았지만 간절한 남자의 목소리에 그만
인류애가 발동했다.

아랫집에 도착해 초인종을 눌렀는데 응답이 없었다. 다시
보니 문이 열려 있었다. 나는 조심스레 안으로 들어갔다.
아랫집 남자로 보이는 추레한 이가 거실을 돌아다니고
있었다. 남자는 나를 보더니 창문을 꼭꼭 닫았는데도
찬바람이 심하게 분다는 둥, 하루 종일 아내 생각을 지울
수가 없다는 둥 횡설수설하기 시작했다. 몰골은 마지막으로
봤을 때와는 비교도 안 되게 엉망이었다. 혹시나 해서
창문을 확인했는데 바람이 들어올 틈새조차 두꺼운 비닐에
의해 막힌 상태였다. 나는 깜짝 놀라 남자를 돌아다보았다.
그래, 맞다. 그도 나처럼 과거의 추억 속으로 들어온 것이다.
바람이 불지 않는데 그의 가슴속에서는 바람이 불고 있다.
세상이 흔들리지 않는데 내 안에서는 모든 것이 흔들린다.
나는 그를 세상에 마지막으로 남은 지구인처럼 바라보았다.
그도 나를 멍하니 쳐다보았다. 아내에게 전혀 미련 없는 듯
말했던 그도 실은 아내가 그리웠던 것일까.

"그리우면 그립다고 해요."

"무, 무슨… 말씀이세요. 전 아내가 돌아오든 말든 상관하지 않아요. 벌써 몇 개월짼데. 괘씸할 뿐이지."

이런 상황에도 자존심에 목을 매는 그의 모습이 이제는 안쓰러웠다.

"당신을 떠나기 얼마 전인가, 당신이 바람피우는 것 같다고 했어요. 물론 지금의 당신이야 발뺌하겠지만 전 그분의 직감을 믿어요."

"바람이라뇨. 말도 안 돼요."

"언젠가 새벽까지 당신이 들어오지 않는다며 우리 집에 찾아온 적이 있어요. 연락도 안 되고 걱정만 잔뜩 하고 있기에 제 전화로 대신 걸었는데 바로 받더군요. 그때 아내분의 표정이 어땠을 거 같아요?"

"그건…."

더는 못 참겠다는 듯 남자가 머리를 감싸 쥐고 주저앉았다. 한동안 두려운 듯 온몸을 와들거리더니 다시 일어나 바람을 피해 도망 다녔다. 내가 보기엔 좁은 공간을 빙글빙글 돌기만 할 뿐이었지만. 남자는 결국 곁에 걸친 셔츠를 움켜쥔 채 구석에 몸을 숨기고 말했다.

"당신이 말한 게 이거였군요. 그럼 아내가 생각날 때마다 이런 게 나타나나요? 없앨 수는 없어요?"

"요지를 피하고 있네요."

"그게 아니에요. 정말 바람이 분다니까요."

"당신의 추억 속에선 바람이 부나 보네요. 아이러니하게도."

"맞아요. 이곳으로 오기 전에 살던 곳이 언덕이어서 아내와
데이트할 때 바람이 많이 불었어요."

자기 본위적인 남자가 만들어낸 환상풍은 한 시간 뒤
멎었다. 겨우 정신을 차린 그는 차를 가져오겠다며
선반을 뒤적거렸고 연이어 물 붓는 소리, 끓는점을 알리는
커피포트 소리, 잔 두 개를 꺼내다 맞부딪히는 소리까지
분주하게 들려왔다. 남자가 찻잔 두 개를 테이블에
내려놓은 건 한참 뒤였다.

"어떤 여자였죠. 지금도 만나요?"

"무례하네요. 하지만 분명히 말씀드리겠습니다. 저는 다른
여자를 만난 적이 없습니다."

"그럼 아내에게 왜 그렇게 무관심하셨어요? 왜 그런 오해를
하게끔 행동했죠?"

"잠깐 권태기가 왔던 것뿐이에요. 전화도 받고 싶지 않고
대화도 하기 싫어지더군요. 마구 따지다가도 제가 뭐라고
하면 금세 백기를 드는 아내가 재미없기도 하고 조금

귀찮아졌어요."

그런 얘기를 하던 중에 남자의 얼굴이 사색이 되었다. 이전
것은 폭풍전야였던 모양이다. 그의 말에 따르면 바람이
소용돌이로 변해 집 안의 모든 물건을 헤집어놓고 있다고
했다.

그때였다. 느닷없이 지진이 느껴지기 시작했다. 전에
겪어본 적 없는 강도였다. 내 방이 아닌 곳에서 지진이라니,
납득이 되지 않아 나도 남자처럼 허둥대기 시작했다.
하지만 이 집은 내가 사는 집과 같은 구조이고 비슷한
가구들로 채워져 있다. 내 머릿속 과거의 환상이 충분히
착각할 만한 공간이었다. 지진의 여파로 옷걸이가 넘어지고
스탠드가 떨어져 부서졌다. 벽과 바닥 시트에는 차근차근
균열이 일었다. 남자와 나는 각자의 세계에서 더 이상
버티지 못하고 침대 아래로 피신했다. 사방에서 돌풍이
일고 주방 기구들이 짤랑짤랑 흔들리는 소리가 머리통을
울려댔다.
'은효야, 너 대체 왜 그러는데? 계속 이런 식으로 싸우다간
같이 못 살아.'
'지금… 헤어지자는 소리야?'

'이렇게 싸우는 건 현실이 아니야. 이건 우리의 판타지야. 진짜 현실은 앞으로 제대로 된 수입도 없이 생활해야 하는 우리라고! 근데 이대로 살 수 있겠어? 비현실적인 사랑싸움이나 하면서?'

어떤 게 현실인지 구분하지 못할 만큼 끔찍하게 생생했다. 무서워서 나도 모르게 남자를 꼭 붙잡았다. 남자는 바람 소리 때문에 내 목소리가 들리지 않는다고 하더니 귀를 틀어막고 눈을 감아버렸다. 우리는 도망가는 일에도 능숙하지 못했다. 문 하나만 열면 옛 사랑과의 추억을 피할 수 있는데 미련하게 버티고만 있었다.

"아내가 그랬어요. 나 같은 남자와 사는 여자는 살해당한 거나 다름없다고요. 그 말을 처음 들었을 땐 너무 충격이었죠. 그렇게 다투고 나서 아내가 여행을 간다고 했어요. 저도 화가 나서 어디든 좋으니 가버리라고 외쳤죠."

"왜 진작 그 얘기를 안 한 거예요? 당신 진짜…"

이기적이야. 이 말을 끝내는 것에는 아무런 의미가 없어 보였다. 이미 남자에겐 내 말이 들리지 않았으니까.

얼마 뒤 지진이 멎고 바람이 잦아들었을 즈음에는 그와 함께 울고 있었다. 자신을 압박하며 휘몰아치던 무언가가 삽시간에 사라지자 우리는 급격히 외로워졌고 또 슬퍼졌다.

어느 순간엔 네 명이 함께 울고 있는 듯했다. 우리는 눈물을
닦고 또 닦았다. 나중에는 눈물이 말라서 피부가 푸석해진
게 느껴졌고 그때서야 아주 맑고 깨끗한 공기를 들이마신
듯 마음이 평온해졌다. 난장판이 된 방 안과는 대조적인
모습이었다. 남자가 부은 두 눈을 내리깔고 뒤늦게
고백했다.

"이제 알겠어요. 아내가 저를 얼마나 챙겨줬었는지. 근데
돌이킬 수가 없어요. 그럴 자신이 없어요."

남자는 내가 현관에서 완전히 멀어질 때까지 고개를 푹
숙인 채 움직이지 않았다. 집으로 돌아와 편한 마음으로
택배 상자를 열었는데 편지는 들어 있지 않았다. 아니,
아무것도 들어 있지 않았다. 텅 빈 상자였다. 그가 나를
잊었다는 의미였다.

다음 날 아침 웬일인지 일찍 눈이 떠졌다. 그동안 배달된
택배 상자들을 겹쳐들고 1층 복도로 내려갔는데 머리가
까치집이 된 남자가 난간에 기대어 아침 해가 기우는
풍경을 바라보고 있었다. 남자의 입김이 그날의 안개처럼
허공으로 흩어졌다. 그리고 그곳에 남아 있던 여자의
입김과 맞닿았다.

한동안 남자 옆에 서서 태양을 바라보았다. 지난밤 여울처럼 절박해 보였던 남자의 눈빛은 이제 안정감과 따스함을 품고 있었다. 나는 남자에게서 눈을 돌려 다시금 태양을 쳐다보았다. 순간 남자 친구의 얼굴이 어렴풋하게 떠올랐다. 그는 천천히 기울어졌다. 서산 아래로, 천천히 기울어졌다. 그리고 다시 떠오르지 않았다.

우울의 중점

네가 물속에 있길 원하면 난 물이 될 것이고
네가 뭍에 있길 원하면 나는 세상이 될 것이다.

1

윤의

눈을 감았다 뜨면 선명한 하늘이 보이고 옆을 돌아보면 짙푸른 잔디밭이 있다. 숲속의 잔디밭은 내가 볼 수 없는 곳까지 드넓게 뻗어나가 강의 하류와 나란히 흐른다. 무거운 돌덩이를 저 강물 속으로 던진다면 얼마 안 가 수심 20미터에 닿게 될 것이다. 그 깊은 곳에는 내가 몇 년 전에 던져버린 물건들도 잠겨 있다.

선선한 바람이 불어왔다. 속눈썹 끝, 양볼, 콧속, 도도록한 입술이 차례대로 바람에 묻힌다. 바람은 매 순간 자라는 듯 한참을 내 곁에 머물러 있었고 폐를 씻어주는 숲의 깨끗한 공기는 이미 온몸으로 흐르고 있었다. 잔디밭에 부는 바람은 심폐소생술과도 같아서 금세 평화와 안식이 찾아온다.

폐활량이 좋은 편이 아니어서 매번 이 공기를 마실 때마다 운동을 많이 해야겠다고 다짐하곤 한다. 숲 바람은 저 웅숭깊이 자리한 강물과 나무의 컬래버 작품이라, 감상자에겐 그걸 온전히 체감할 감성과 체력이 필요한 것이다. 물론 그 결심을 제대로 지킨 적은 없다. 운동을 하고 싶을 때 언제든 어머니가 문예창작과 교수로 재직 중인 대학교 체육관을 이용해도 되지만 한 번도 가본 적이 없었다. 흉터가 깊게 남은 내 오른팔은 남들에게 구경거리로 전락할 게 뻔했다. 초등학교 때 아무 걱정 없이 테니스나 농구, 수영 같은 운동을 배우던 내 모습은 이제 가상의 기억으로 느껴진다.

이 잔디밭은 내게 생애 첫 절망을 안겨준 장소다. 그 절망은 오후 3시쯤 벌어졌고 피해자인 내게 특정 시간으로 분류된 지 오래다. 만약 여기서 복수를 한다면 사망 시간도 우연적으로 오후 3시가 될 것이고 강물 속에 시계가 있다면 그 역시 오후 3시에 멈춰 있을지 모른다. 내 심혼은 오후 3시의 잔디밭에 갇혀버렸으니까.

그런 끔찍한 옛 기억을 떠올리게 하는 이곳에서 난 지금 뭘 하고 있는 걸까. 사람들이 내 얘길 듣는다면 당장 정신과에 가보라고 떠밀 테지만, 내가 이곳에 오는 이유는 그 절망을 안겨준 사람을 다시 만나고 싶어서다.

나는 태생적으로 멀티태스킹에 약하다. 하나에 집중하면 다른 걸 하지 못한다. 영화를 보면서 팝콘을 먹는다거나, 일을 하면서 문자 메시지를 본다는 건 있을 수 없는 일이다. 공교롭게도 그날은 행복과 불행이 동시간대에 존재했고 내 중추신경은 충돌을 일으켰다. 그 충격의 여파는 현재까지도 이어지고 있다. 나는 여전히 그 애를 잊지 못하고 있으니까. 해가 바뀔수록 그 애의 뇌 속 점유율은 높아졌고 지금은 어떤 단순한 생각을 하는 것조차 뇌신경의 척력을 써야 가능하다. 사람들과 얘기를 나눌 때도 지금처럼 불쑥불쑥 그 애가 튀어나온다. 심한 강박증이라고 해야 할까. 아니 떠올리고 싶지 않아도 자동으로 떠올려지는 일종의 '생각 통증'이다. 어떨 때는 그 애가 내 머릿속에서 '생각' 그

자체가 된 것처럼 느껴지기도 한다. 매일매일 그 애를
죽이고 싶고 매일매일 그 애를 만나고 싶고 매일매일 그
애와 얘기를 나누고 싶다. 소윤과 함께 있는 지금도.
"좋네요, 여기."
옆에 앉아 경치를 구경하던 소윤이 불쑥 말했다. 바람이 불
때마다 미끈한 단발머리가 하프처럼 물결쳤고 햇빛으로
가득한 하얀 셔츠와 연청바지는 눈이 부셨다.
"괜찮으면, 저기 강 따라서 좀 걷고 싶은데요."
고개를 끄덕이자 소윤은 일어나 바지를 툭툭 털고는
손으로 차양을 만들어 걷기 시작했다. 그 모습을 아주
잠깐 보고 있었을 뿐인데 소윤의 몸은 벌써 저만치 멀어져
숲의 작은 동물처럼 줄어들었다. 무슨 마법 같았다. 다시
돌아왔는데도 크기가 그대로면 어쩌지. 한순간 정말 말도
안 되는 불안을 느끼며 나무 그늘 아래 펼쳐놓은 돗자리에
다시 드러누웠다. 이 비현실적인 불안은 그 애로부터 온
것일까. 아마 그렇겠지. 그 애의 파격적인 세계에선 충분히
가능한 일이니까.

이 숲은 그 사건이 있기 전 그 애와 처음 발견했고 내
인생의 시그니처 장소가 되었다. 그 애를 생각한 만큼 자주

찾아왔기 때문에 이곳에서의 추억을 일일이 언급하려면
책 열 권은 너끈히 써야 할 것이다. 나와 잠깐이라도
사귀었던 사람들은 모두 이곳을 알고 있거나 이 잔디밭을
밟아봤으니까.

"너 수강 정정 안 했어? 오늘까진데?"

"뭐?"

그 순간 바람이 훅 불더니 바로 옆에서 정안의 목소리가
들려왔다. 그가 내 팔을 찌르던 손의 촉감도 그대로였다.
나는 흐트러진 머리를 쓸어 올릴 정신도 없이 2003년의
정안을 쳐다보았다. 대학교 때 사귀었던 정안은 거짓말을
못할 것 같은 순수한 얼굴로 자주 그렇게 놀리곤 했다.
아버지가 폐암으로 돌아가신 탓인지 흡연자는 꼴도 보기
싫어했다. 나는 원래 담배를 피우지 않았기 때문에 사귀는
데 그 점이 플러스가 되었다.

정안을 사진 동아리 방에서 처음 봤을 때는 이성적 감정이
전혀 일지 않았다. 작고 통통한 체구에 부스스한 짧은 펌이
잘 어울려서 만화 캐릭터 같다고 생각했을 뿐이다. 우린
MT에서 단체 줄넘기를 하다 친해졌고 금세 정이 들었다.
사귄 지 100일 기념으로 놀이공원에 갔는데 빙글빙글
돌아가는 컵 모양의 놀이기구를 타고 나서 하루 종일

토했던 기억이 있다. 평소에도, 나와 만날 때도, 헐렁한 티셔츠에 트레이닝팬츠 같은 편한 차림을 선호했다. 가끔 이곳에 버스를 타고 와서(너무 멀어서 둘 다 졸다가 종점까지 간 적도 많다) 캐치볼이나 배드민턴을 쳤는데, 그때 강물에 떨어뜨린 셔틀콕이 열 개는 될 것이다. 몇 개는 건졌고 몇 개는 멀리 흘러가버렸다. 나는 지금도 정안이 일부러 강물 방향으로 친 것이라고 생각하고 있다. 정안은 그런 모험을 좋아했다.

사귄 지 1년쯤 됐을 때 정안이 갑자기 헤어지자고 통보했다. 아무런 힌트도 주지 않았다. 밥을 먹고 영화를 본 뒤 정안의 집에 데려다주려는데 이제 안 그래도 된다면서 잘 살아, 라고 했다. 내가 이유를 묻자 영원히 사귈 순 없잖아, 라고 얼토당토않은 변명을 늘어놓았다. 아파트 놀이터 그네에 앉아 두 시간 가까이 설득해봤지만 결국 다음 날 헤어졌다. 그는 휴학계를 내고 잠적했다. 몇 년 뒤 우연히 카페에서 일하는 걸 보고 반가워서 인사를 건넸는데 정안은 날 한 번 쳐다보는가 싶더니 바로 외면하고 다른 손님을 응대했다. 당황한 나는 커피를 두고 나와버렸다. 내가 잘못 본 건가 싶었지만 그 얼굴은 틀림없이 정안이었다. 사귈 때 내색하지 않았을 뿐, 내게 불만이 많았던 걸까.

끼아아아악…!

괴상한 새소리였다. 등 뒤의 나무를 돌아보니 일곱 번째 나뭇가지에 크고 검은 새가 앉아 있었다. 기다란 날개 끝은 네 번째 나뭇가지에까지 가 닿았다. 그동안 여러 배색의 새들을 목격했지만 그렇게 부위 하나하나가 완벽하게 검은 새는 처음이었다. 조류의 창시자가 밝은 색조를 부여하려 했지만 저 스스로가 완강하게 거부하고 검은 칠을 한 것처럼. 농담이 아니라 저 새가 활갯짓을 하는 순간 이곳은 곧바로 검은 숲이 될 것 같았다. 새는 빠르게 여러 방향으로 시선을 꽂다가 마지막에 내 눈을 뚫어져라 응시했다. 깊이를 알 수 없는 그 검은 눈은 어딘가 모르게 섬뜩했다. 난 다시 돗자리로 돌아왔다. 왜였을까. 그 눈을 보는 순간 그 애가 떠올랐다.

손목시계를 흘금 보니 소윤이 떠난 지 5분도 채 되지 않았다. 그 새의 존재감 때문인지 뒷목이 서늘했다. 그래, 소윤이 돌아올 때까지 잠깐 낮잠을 자두는 것도 나쁘지 않을 것이다. 나는 다시 드러누웠다. 움직일 때마다 돗자리 밑에 깔린 풀이 와사삭댔다. 그 백색소음에 홀려 천천히 눈을 감았다.

*

내 이름은 서윤의다. 1983년생, 올해 서른아홉 살. 외동으로
자랐고 키는 180센티미터, 몸무게는 68킬로그램이다.
태어난 시각은 밤 9시경. 시인인 어머니가 1990년에 출간한
첫 번째 시집 《평소대로의 삶》을 보면 그걸 증명하는
구절이 있다. '무저갱의 진통이 사라지자 아홉 개의 밤이
켜지기 시작했다.' 나중에 물어보니 출산하고 이틀 뒤에 쓴
작품이라고 했다. 어머니는 이 시로 신춘문예 시 부문에
당선되어 데뷔했다.
어머니는 평소 대화에서도 신기한 표현을 많이 썼다.
잠을 죽음이라 말한다든가, 인간을 벌레, 우주를 재즈라고
말하는 것 등이다. 아무튼 나는 1983년 9월 16일 오후 9시에
태어났다. 다른 아이들도 그 순간 많이 태어났으리라.

대여섯 살 때쯤, 책 먼지 알레르기로 첫 병치레를 했다.
문학도인 어머니의 성향 탓에 거실은 TV 대신 책장으로
빼곡했고 연도별로 사둔 신춘문예부터 《혼불》,《토지》 같은
대하소설, 등장인물의 이름이 길고 어려운 러시아 문학,
《삼국지》나 《손자병법》 같은 고서들도 많았다. 그것들은

책장에 갇힌 세월만큼 해묵은 먼지와 한 몸이 되어 있었고 나는 그 옆을 아장거릴 때마다 콧속이 가려워서 재채기를 연거푸 해댔다. 그 외에는 《드래곤볼》 마지막 편 얘기에 열 올리던 친구한테 홍역을 옮는다거나 목캔디를 잘못 삼켜서 몇 초 정도 죽을 뻔했던 것, 내기 축구를 하다 발목을 접질려 깁스를 한 정도였다. 딱히 엄청난 사고나 질병으로 생사를 오가는 일은 없었다. 딱 한 번 큰 사고로 이어질 뻔한 적은 있었지만 말이다.

1993년 가을, 나는 빗줄기가 쏟아지는 경부 고속도로 한가운데 있었다. 추석이라 경남 산청에 다녀오던 길이었는데 다소 빠듯한 일정을 소화하느라 운전을 하는 아버지는 물론이고 조수석의 어머니, 뒷좌석의 나까지 전부 피곤한 상태였다. 그런데 어느 순간 앞서 가던 트럭이 빗길에 미끄러지면서 방향을 잃었다. 그때 아버지가 초인적인 기지를 발휘해 트럭을 피하지 못했다면 우리 가족은 그 자리에서 즉사했을 것이다. 바로 뒤에서 달려오던 차는 미처 피하지 못하고 추돌해버렸으니까. 정신을 차려보니 차창엔 여전히 빗물이 쏟아지고 있었고 그 차는 찌그러진 채 전복되어 있었다. 나도 모르게 고개를 더 이상 꺾을 수 없을 때까지 망연히 그 광경을 쳐다보았다.

그러다 뒷좌석에 타고 있던 여자애와 눈이 마주쳤다. 아니 정확히 마주쳤는지 착각인지는 알 수 없다.

그 후로 며칠 동안 악몽에 시달렸다. 그 가족이 어떻게 됐는지는 기사 한 줄 나지 않았다. 고속도로에서는 흔한 교통사고였다. 그 여자애의 운명은 이미 정해진 것이었고 내가 죄책감을 느낄 이유는 전혀 없었다. 하지만 난 괴로워했다. 그 순간을 오로지 나만 목격했기 때문이다. 온통 검은 배경인 무대 위에 똑같은 흰 옷을 입은 그 여자애와 내가 마주 보고 서 있다. 그 여자애의 옷은 시간이 갈수록 점점 붉게 물들고, 나는 그 여자애의 비극 속에 꼼짝없이 갇힌다. 그건 영원히 헤어 나올 수 없는 불멸의 고리다. 그게 내가 태어나 처음 겪은 트라우마였다. 어떤 이의 이름도 알지 못한 채 운명을 알아버린 기분은 더없이 끔찍했다.

그 사고 이후로는 아무런 문제가 없었다. 부모님은 평탄한 삶을 살아왔고 내게 자상했으며 화를 내야 하는 순간에도 화를 내는 법이 없었다. 어디서 그런 참을성이 나오는 것인지는 모르겠지만 그 유전자가 내 몸에도 하나의 나노 칩처럼 이식돼 있다는 걸 초등학교 때 처음 깨달았다. 그게 좋은 점인지 아닌지 깨닫는 데는 오래 걸리지 않았다.
흔한 남자애들 개싸움에도 끼지 않았고 선생님이 애들
앞에서 나를 꾸중해도 전혀 속상하지 않았다. 정말 아끼던
프라모델을 집에 놀러온 친구가 떨어뜨렸을 때도 나는 화를
내지 않았다. 미안해진 친구가 울음을 터트려서 오히려
내가 당황스러웠다.

어머니의 차분한 성정을 닮아서인지는 모르겠지만 내겐
시간이 빠르다고 느껴지지 않았다. 드뷔시의 〈달빛〉처럼
느릿느릿 흘러갔다. 사람들의 말과 행동도 마찬가지였다.
어쩌면 그래서 몸에서 화를 내는 속도가 느려진 것인지도
모른다. 그만큼 내 세계가 넓고 견고했다는 의미일 것이다.
그건 확실히 어머니의 영향이 컸다. 학교에서 돌아와
낮잠을 자고 있으면 옆에 와서 조용히 시집을 읽었고
깨고 나면 오늘 학교에서 어땠는지, 점심은 뭘 먹었는지,
선생님이 칠판에 뭘 썼는지, 운동화는 뭘 신고 갔는지,
친구들의 눈빛은 어땠는지 등등 세밀한 부분까지 전부
듣고 싶어 했다. 처음엔 귀찮아서 대충 때웠지만 어머니는
강요하지 않았다. 한번은 친구와의 관계가 서먹해진 걸
털어놨더니 속이 후련해졌다. 대화에 적극적으로 변한 건
그때부터였다. 매일같이 비슷한 하루를 보내고 있었음에도

어머니에게 털어놓고 나면 꼭 그게 특별한 것처럼 느껴졌다. 당시엔 몰랐던 어떤 한 부분을 되새기기도 하고 일상의 순간순간이 머릿속에 예쁜 사진처럼 남기도 했다. 그때 그런 기억들을 그냥 흘려보냈다면 그 사건 이후로 나는 견디지 못했을 것이다. 모든 기억을 덮고 그 사건만이 내 삶의 전부라고 생각했을 테니까.

하지만 그럼에도 그 일을 겪고 6년 정도는 어머니가 놀랄 정도로 비관적인 아이로 성장했다. 이 세상은 뭐지? 어차피 다 없어질 거 왜 생긴 걸까. 장난이라도 치는 건가? 그래, 세상은 장난인 거네. 아무것도 아닌 장난. 그렇게 생각하니 전부 다 아무렇지 않은 것으로 보이기 시작했다. 그렇다고 성격이 망가지거나 다혈질이 된 건 아니었다. 화를 내지 않는 건 여전했지만 그 침묵은 화보다 더 무서운 감정 억제였고 허무와 비관이 차분히 뒤섞여 있었다. 그런 어두운 내면은 대학교 2학년 때까지 이어졌다.

다행히도 어느 봄날 난 다시 사랑에 빠질 수 있었다. 어떤 계기가 있었던 건 아니다. 그저 시간이 많이 흐른 것뿐이었다. 사랑이 끝나면 일상도 되돌아왔다. 그 애를 기계적으로 떠올리는 일상으로.

"윤의 씨?"

눈을 뜨니 소윤이 나를 내려다보고 있었다. 햇빛 때문에
눈이 부셨다. 나는 몸을 일으켰다. 소윤이 내 옆에 가볍게
앉았다.

"구경 좀 했어요?"

"어딜 가도 잔디밭이고 강물이에요. 처음엔 좋았는데."

"그럼 갈까요?"

"아뇨. 운전했더니 좀 피곤해요. 잠깐 눈 좀 붙여야겠어요.
한 시간 뒤에 깨워줘요."

소윤이 옆으로 누워 잠을 청했고 나는 반사적으로 뒤를
돌아보았다. 경사 때문에 잔디밭에 앉아서도 숲길에 세워둔
소윤의 차가 잘 보였다. 내가 운전을 못하는 이유에 대해서
소윤은 묻지 않았다. 묻지 않는 이유가 궁금했지만 나 역시
묻지 않았다. 소윤은 자신을 드러내는 걸 좋아하지 않았고
비밀스러운 구석이 많은 여자였다. 사귀고 일주일쯤 지났을
때 생일은 언제인지, 기념일엔 뭘 하고 싶은지 이것저것
물어본 적이 있는데, 생일은 물론이고 기념일도 굳이
챙겨주지 않아도 된다면서 언급 자체를 피했다. 부자여서
그런 사소한 선물은 성에 차지 않나 싶어 내심 초라한
기분이 들었지만 한편으론 다행이라 여겼다. 나도 그 사건

이후로 생일이 불편하고 싫어졌으니까.

간간이 강물에서 불어오는 바람이 청랭했다. 그 바람
냄새는 세월이 흘러도 한결같았다. 가만히 앉아 바람을
느끼다 보면 그동안 이곳에서 만난 사람들의 체취가
코끝에서 일렁이곤 한다. 나는 무연히 강물을 쳐다보다
일어섰다. 강물을 좀 더 가까이서 보고 싶었다.
수북이 솟은 잡풀 옆에 서서 강물을 내려다보고 있는데
뒤에서 누군가 날 불렀다. 나는 돌아보지 않았다. 어차피 그
사람이 옆에 와서 말을 걸 거라는 걸 알았다. 이윽고 코끝에
달콤쌉쌀한 커피향이 맡아졌다. 그제야 옆을 보니 효인이
따뜻한 커피가 든 텀블러를 들고 있었다. 효인을 보자
주변이 삽시간에 어두워졌다.

"안 추워?"

효인은 2013년쯤 회사에서 만난 여자였다. 원래는
법조인이 되고 싶어서 1년간 경기도의 한 고시원에
있었는데 일면식도 없던 옆방 여자가 자살하는 바람에 다시
서울로 돌아왔다고 했다. 우린 회사 탕비실에서 얘기를
많이 나누었는데 대화 주제는 상사 험담 아니면 각자의
인생사였다. 나는 정신과 약을 달고 산다는 효인에게 알게

모르게 동질감을 느꼈고, 효인도 팔이 좀 불편한 나를
안타깝게 여겼다. 우린 거의 매일 야근을 했고 일거리가
많으면 서로 도와주기도 했다(나는 당연히 업무 속도가 느린
편이었고, 효인도 아직 신입이라 회계 프로그램을 다루는 게 영
서툴렀다). 그날도 야근을 하던 중에 내가 이곳으로 오자고
한 것이다. 나는 덜덜 떠는 효인을 내 코트 속으로 들어오게
했다. 겨울밤이었다.

"어두워서 강물이 어디 있는지도 모르겠는데 왜 여기
오자고 한 거야? 그것도 얼어 있잖아."

"낮에 오면 이 적막을 못 느껴. 이 시간에 누구랑 같이 온 건
나도 처음이야. 늘 혼자 왔었거든."

"차도 없이 걸어서?"

효인은 이해가 안 간다는 듯 고개를 저었다.

"여기 오는 이유가 뭔데?"

"글쎄."

…어쩌면 그 애가 있을까 봐, 라고 말하진 못했다. 주로
낮에 찾아왔지만 밤이나 새벽, 시간대 상관없이 그 애가
떠오르면 무작정 찾아왔다. 어떨 때는 나 자신이 유령
같았다. 그 사건으로 이미 죽었는데 그걸 알지 못한 채 남아
있는 듯했다. 그래서 회사를 다니고 사람들을 만나고 취미

생활을 하고 평범하게 지내다가도 정신을 차려보면 이
잔디밭에 있는 나를 발견하는 것이다. 결국 내가 있을 곳은
여기라고 누군가가 못 박은 것처럼.

"택시가 잡힐지 모르겠다."

"데려다줄게. 가자."

걸어가는 내내 흐릿한 두 방향의 입김이 달빛이 쏘다니는
숲길을 에워쌌다. 그 숲엔 나무 한 그루도 없었다. 발소리와
숨소리만이 가득했다. 효인은 회색 코트에 어그부츠를 신고
있어서 문득 혼자 걷고 있나 싶은 순간도 있었다. 눈두덩에
차가운 감촉이 느껴졌을 때야 어? 하는 효인의 목소리를
들을 수 있었다. 하늘을 보니 하얀 점들이 무수히 쏟아지고
있었다. 눈앞에도 난분분한 눈가루들이 가득했다. 그해의
첫눈이자 우리의 첫눈이었다. 그걸 보던 효인이 갑자기
코를 훌쩍였다.

"울어?"

"아니, 추우니까 콧물 나서."

그렇게 말했지만 효인은 눈 내리는 풍경을 보고 울컥한
듯했다. 차를 타고 오면서도 그는 말 한마디 하지 않았다.
그날은 효인의 아파트에 가서 TV를 보다 잠들었다. 다음
날 회사에 지각했다. 그런데 효인은 결근했다. 감기라도

걸렸나 해서 찾아갔는데 집에 없었다. 일전에 군대에 간 남동생에게 문제가 생겼다는 얘기를 들은 게 생각났다. 아무리 그래도 연락도 없이. 근데 정말 그게 끝이었다. 두 달 전 장례식장에서 효인을 우연히 보았다. 급작스러운 사촌 형의 부고를 듣고 장례식장에 도착했는데 고인 명단에 효인의 이름이 떠 있었다. 나는 멍하니 조문 행렬 뒤로 보이는 영전을 바라보았다. 왜 나를 떠났는지는 이제 영영 알 수 없게 되었다.

"왜 안 깨웠어요. 벌써 두 시간이나 지났는데."
소윤의 목소리였다. 그는 잠이 덜 깬 얼굴로 흐트러진 머리를 정리했다.
"아, 벌써 그렇게… 배 안 고파요? 뭐 좀 사올까요?"
"괜찮아요."
그러고 보니 소윤이 뭘 먹는 걸 본 적이 없었다. 물어보면 천성적으로 식욕이 별로 없다고 했다. 내가 걱정하면 그래도 건강 체질이라며 웃었다. 소윤은 무릎을 모으고 앉아 흐리멍덩한 눈길로 강 저편을 응망했다.
만약 그게 가능하다면 난 몇 년 뒤 이 여자와 결혼하게 될 것이다. 누가 봐도 괜찮은 여자니까. 그리고 난 이 여자를 사랑하고 있으니까. 물론 그 말을 입 밖으로 꺼낸 적은 없다. 연애할 때마다 따라오는 징크스 때문이다. 사귄 지 1년쯤 되면 나는 어김없이 그들과 이별해야 했다.

"사진 찍을까요?"

소윤이 휴대전화를 내밀고 내 어깨에 기대었다. 한 프레임 안에 들어온 우리가 잘 어울려 보인다는 생각이 들었을 때 경쾌한 셔터 음이 들렸다.

"근데 여기, 누구와 처음 왔었어요?"

소윤이 불쑥 그렇게 물었고 나는 대답을 머뭇거렸다. 소윤은 자신의 연애사를 먼저 밝히며 지금까지 한 사람만 오래 사귀었다고 고백했다. 상당히 의외였다. 취미로 사격과 승마를 하고 잡지에 나옴직한 세련된 단독주택에 사는 여자가 지금까지 딱 한 명만 사귀었다니.

"전… 세 번 연애해봤어요."

잠깐 스쳐간 만남도 물론 많았지만 난 지금껏 세 명의 여자를 만났고 세 번의 사랑을 했다. 앞서 말한 정안, 효인, 마지막은 초등학교 때 만난 첫사랑이었다. 그 기억이 너무나도 강렬해서 사랑하는 여자를 보고 있으면 언뜻언뜻 그 애가 스치곤 했다. 여자들은 그걸 감지하는 센서가 있는지 내가 그런 표정을 지으면 어김없이 눈빛이

예리해졌다. 그리고 어느 날 갑자기 나를 떠났다. 그건
분명히 내 탓이 맞다. 그래서 이번만큼은 절대 그런 허무한
결말을 맞이하고 싶지 않았다. 1년이 지나도 사랑하고
싶었다. 제발 그렇게 되기를, 지금 이 순간에도 바랐다.

"궁금하네요. 세 사람 다. 특히 첫사랑이."

"…"

소윤은 그렇게 말하더니 에코백에서 이어폰을 꺼내 한쪽을
건넸다. 그걸 받아드는 내 머릿속은 이미 수십 년의 기억을
무리하게 타넘고 있었다. 같이 들어요, 라는 그 말이 최면을
거는 주문처럼 아스라이 들려왔다.

2

윤의

조우.

나는 이 이름을 평생 잊을 수 없다. 본명은 혜정이었지만
그는 내게 조우라고 불러달라고 했다. 그 어떤 이유도
밝히지 않고. 그래서 나는 집에서 부르는 애칭 정도로
생각했다. 초등학생이 이름을 다르게 불러달라는 것에 그리

깊은 의미가 있다고는 생각하지 않았으니까.

최근에 날 만난 사람들은 믿기 힘들겠지만 초등학교 6학년이었던 나는 언제나 웃음이 넘쳤고 행복감에 젖어 있었다. 그 동네에서 마당이 제일 넓은 주택에서 살았고, 누가 화를 내면 어떻게 사람이 목에 핏대를 세우며 화를 낼 수 있지? 라고 신기해할 정도였다. 그런 내게 고민이란 건 세상에 존재하지 않는 물질 같은 것이었다. 6학년 첫 학기가 시작되는 그날, 그 애를 학교 복도에서 마주치지만 않았어도 내 고민은 영영 존재하지 않았을지 모른다. 그때 내가 느낀 첫 감정은… 숭고함이었다. 눈을 감아도 사라지지 않는 영적인 존재를 마주한 기분이었으니까. 그리고 그 순간부터 내 인생의 첫 고민이 시작되었으니까. 어떻게 하면 너와 친해질 수 있을까?

조우는 늘 일찍 등교했고 늘 교실 한구석에 앉았다. 담임 선생님의 자율적인 교육 성향 탓에 자리 배정을 따로 하지 않아 우리가 앉는 자리는 매일 달라졌다. 맨 끝 자리가 아무래도 인기가 많아 애들과 서로 엉덩이를 밀어내며 장난을 치곤 했는데, 조우는 그런 경쟁엔 전혀 흥미 없다는 듯 항상 1분단 첫 번째 줄에 앉았다. 그 자리는 선생님

책상 바로 앞이고 여름엔 햇빛이 너무 세고 겨울엔 너무 추워서 아이들이 제일 꺼리는 자리였다. 어쩌면 조우는 처음부터 알고 있었는지 모른다. 아무런 경쟁도 하지 않고 매일 똑같은 자리에 앉는 방법을. 다큐멘터리를 보다 보면 이런 장면이 자주 등장한다. 사거리 인파가 하루에 걸쳐 시시각각 변하는 모습을 10배 속 관찰 카메라로 찍는데, 주인공은 한자리에 고정되어 서 있는 장면 말이다. 조우는 그 다큐멘터리 속 주인공 같았다. 아이들이 아무리 떠들어도 조우는 올곧이 책상만 내려다보았고, 나 말고는 아무도 조우에게 관심이 없었다. 어깨까지 내려오는 층 없는 검은 머리칼은 공중을 떠다니는 갖가지 소음을 전부 흡수해 고요로 변환한 뒤 한 덩어리로 응축하는 것처럼 보였다.

조우의 태도에 약간 변화가 생긴 건 날씨가 더워지기 시작하던 6월이 되어서였다. 달력에 체크도 해두었기 때문에 날짜도 기억한다. 6월 10일. 언제나 책상에 앉아 정면만 바라보던 조우가 그날부터 아주 가끔씩 뒤를 돌아보기 시작했다. 하루에 세 번 정도. 수업 시간에 한 번, 쉬는 시간에 두어 번. 그건 나만 알아볼 수 있는 신호였다.

조우는 고개만 돌린 채 눈동자를 이리저리 굴리며 떠들고 노는 아이들을 꽤나 주의 깊게 살폈다. 한번은 쉬는 시간에 눈이 마주쳐서 황급히 시선을 거둔 적도 있지만, 들켰을까 걱정하는 나를 놀리기라도 하듯 조우는 다시 정면을 향해 앉아 있었다. 멍하니 그 모습을 보고 있는데 갑자기 애들이 축구하러 가자며 다짜고짜 날 일으켜 세워 끌고 가기 시작했다. 그 와중에도 조우를 보기 위해 몸을 버둥거렸다. 한 다섯 번째 돌아봤을 때였나, 조우의 자리가 비어 있었다. 처음 있는 일이었다. 제일 먼저 등교하고 제일 늦게까지 남아 있기 때문에 아무도 조우가 어느 방향에서 오는지, 또 방과 후에는 어디로 향하는지 아는 사람이 없었다. 물론 그걸 알고 싶은 사람도 나밖에 없었다.

축구를 하는 내내 궁금해서 견딜 수가 없었다. 골키퍼였던 나는 일부러 공에 부딪혀 아픈 척하며 빠져나왔고, 조우가 있을 만한 곳을 찾아다니기 시작했다. 본관 2층 층계참에서 3층으로 뛰어 올라가고 있는데 갑자기 앞에서 계단을 오르던 애가 고개를 돌려 날 쳐다보았다. 다름 아닌 조우였다. 다른 아이들이 우리 사이를 비집고 계단을 오르락내리락하고 있었는데도 순간 단둘이 있다는 착각에 빠졌다. 뛰어올 때도 멀쩡했던 가슴이 갑자기 터질 듯이

뛰기 시작했고, 너무 긴장했는지 콜라를 단숨에 삼킨
것처럼 상부가 묵직하게 아프기까지 했다. 날 향해 계단을
걸어 내려오는 조우의 모습이 점점 비현실로 다가왔고,
내가 정말 그 애에게 반했다는 걸 다시금 실감했다.

"혹시… 날 따라왔니?"

계단에서 엉거주춤 서서 조우를 쳐다보는데 몸이
저릿저릿하고 얼굴이 화끈거렸다. 음이 소거된 TV를 보는
것처럼 조우의 목소리가 전혀 들리지 않았다. 조우는 내
앞에서 입술을 몇 번 움직이고는 그대로 내려가 버렸다.
그날은 베갯잇이 터지도록 베개를 침대에 던지고 또
던졌다. 태어나서 나 자신에게 그렇게 실망해본 적이
없었다.

조우는 그날 이후로도 습관처럼 한 번씩 뒤를 돌아보았다.
한 가지 달라진 게 있다면 그 대상이 온전히 나로
바뀌었다는 것이다. 조우는 이제 다른 아이들 대신 나만
쳐다보았다. 그건 짝사랑을 해본 사람이라면 누구나 꿈꾸는
상황이었다. 몰래 숨어서 엿보는 느낌이 아니라 내가
지금 네 얼굴을 보고 있어, 너도 보이니? 이런 감정 교류에
가까웠다. 세상에 누가 좋아하는 사람의 그런 눈빛을

부담스럽게 생각할 수 있을까. 그래서 그 사건을 생각하면
도무지 납득이 되지 않는다. 당시 나는 조우가 보낸 어떤
시그널을 잘못 이해한 걸까. 혹 그 애가 보낸 모든 시그널이
거짓이었을까.

조우의 반응에 자신감이 붙은 나는 친구로서 좀 더
다가가고 싶었다. 고작 용기를 내어 먼저 말을 걸거나
인사를 건네는 정도로 소소한 일들이었지만 그것만으로도
행복했다. 조우가 적극적인 반응을 보인다거나
웃어준다거나 하는 일은 없었지만 텀이 길지 않은 짧은
대답은 내가 싫은 건 아니라는 긍정적인 시그널로 보였다.
그러다 가을 운동회 날, 조우가 처음으로 말을 걸어왔다.
원래 뛰려던 애가 배탈이 나는 바람에 조우는 얼떨결에
400미터 달리기 대타로 나와 있었고, 나는 환호하며 조우를
응원했다. 처음엔 마음속으로, 경기가 시작되고 나서는
주변을 의식하지 않고 목이 터져라 조우를 외쳤다. 다들
반 대표선수를 응원하고 있었기 때문에 내 사랑이 들킬
일은 없었다. 그러나 안타깝게도 조우는 100미터도 채
돌지 못하고 숨이 차서 경기를 포기했다. 다들 실망한 듯
돌아섰지만 나는 걱정이 되어 양호실로 달려갔다. 달리기

한 번에 얼굴이 새파랗게 질린 조우는 나를 보자마자

이렇게 물었다.

"…응원을 왜 하는 거야?"

"응?"

조우는 정말 모르겠다는 얼굴이었고, 나는 어떻게든 대답을

찾으려고 머릿속에 남은 사전적 정의를 그러모았다.

"무슨 의미로 하는 거지?"

"그냥 잘하라는 의미로. 상대방에게 힘을 주기 위해서."

"그럼 왜 도와주지 않아?"

"개인전이니까. 혼자 달리는 경기잖아."

"도와줄 게 아니면 그건 의미가 없어."

순간 말문이 막혔다. 조금 서운하기도 했다.

"…그럼 넌 가만히 있는 게 좋아? …알았어. 다음부턴 그렇게

할게."

한껏 토라진 투로 말하자 조우는 안면을 잔뜩 구기며 날 더

이상하게 쳐다보았다. 평소 사고방식이 보통 애들과 조금

다르다는 생각이 들긴 했지만 가끔은 많이 당혹스러웠다.

지능이 비정상적으로 높아서 극단적인 사고를 많이 하나

싶을 정도였다.

평범하다고 말하긴 어렵지만 우린 알게 모르게 더 친해지고

있었다. 둘이 붙어 있는 시간이 점점 더 많아졌고 날이
갈수록 앉는 자리도 가까워졌다. 물론 내가 매일 앞자리로
이동한 것이다. 조우는 그 뒤로도 자리는 옮기지 않았다.
그래도 그 애와 한두 마디라도 나누는 게 그저 기뻤다.
한번은 4교시 체육시간이 끝나고 점심을 먹으러 가려는데
운동장 스탠드에 혼자 앉아 있는 조우를 발견했다.
곧바로 걸음을 멈추었다. 조우는 양쪽 귀를 틀어막고 꼭
음악이라도 듣는 듯 어떤 흐름을 느끼고 있었다. 그걸 보는
순간, 몸이 절로 움직였다. 무의식이 내 몸을 끌어당긴 듯
발이 그곳으로 향했다.

걸어가는 동안 발걸음이 너무 가벼웠던 게 기억난다.
사그라지지 않는 한낮의 햇빛과 나긋나긋 주변을 휘날리던
온기, 영원히 밑으로 떨어지지 않고 횡단하는 구름. 그
모든 게 빠르게 내 무의식 뒤편으로 흘러갔다. 안 좋은
감정들을 모두 싣고서 떠나가는 범선처럼. 어느 순간
눈앞엔 조우의 얼굴만이 보였고, 행복한 감정만 남은 나는
조우를 보자마자 피식 웃음이 새어나왔다. 신기하게도
조우 역시 날 보고 처음으로 웃었다. 물론 조우는 내 운동화
한쪽이 벗겨진 줄도 모르고 걸어왔다는 게 웃겨서 웃은
거였지만(신발 구겨 신지 말라고 했던 엄마의 말을 듣지 않은

게 그날 처음으로 후회가 됐다). 조우는 귀에서 손을 떼고 내 쪽으로 몸을 돌렸다. 나는 물었다.

"여기서 뭐 해?"

"그냥. 이러고 있으면 지구가 자전하는 소리가 들리거든."

조우는 말도 안 되는 얘기를 덤덤하게 하며 다시 귀를 틀어막았다. 혹시나 싶어 나도 따라해 보았지만 아무 소리도 들리지 않았다.

"왜?"

잠시 뒤 조우가 대뜸 그렇게 물었다.

"응?"

"왜 나한테 걸어온 거야? 지금 우리 둘뿐이잖아."

"그렇…지. 둘뿐이지. 근데 그게 왜?"

"사람이 둘만 있다는 건 감정을 공유한다는 거잖아. 말하지 않아도."

어딘가 모르게 멋있는 말이어서 나는 고개를 주억거렸다.

"난 둘만 있는 거 별로 안 좋아해."

"응?"

"혼자 있는 게 좋아."

조우는 혼자 있는 게 좋다는 말을 곧잘 했다. 그 말을 할 때마다 조우 옆에 있는 내 모습이 한 컬러씩 옅어지는

기분이 들어 슬퍼졌다. 그래서 가끔은 아무 일이 없는데도
조우 얼굴을 보면 불안해지곤 했다. 조우가 나와 있는
순간을 특별히 여겼으면 했지만 그건 생각처럼 쉽지
않았다.

"비행기⋯."

그때 갑자기 조우가 하늘을 가리키며 말했다. 나는 고개를
들어 구름 사이로 천천히 움직이는 비행기를 바라다보았다.

"아, 그거 알아?"

조우는 몽환경에 빠진 사람처럼 비행기에 시선을 고정하고
있었지만 나는 개의치 않고 말을 이었다.

"비행기는 태평양을 지날 때 한 번에 안 가고 경유하거나
우회한대. 왜냐하면 너무 넓어서 실종되면 찾을 수가
없거든. 무섭지?"

나는 좋아하는 여자애 앞에서 허세를 떨며 디스커버리
채널을 보고 수집한 지식을 뽐냈다. 조우는 못 이긴 척
돌아보며 말했다.

"그게 왜 무서워? 실종된 사람들이 어디로 갔는지 아무도
모르잖아. 우리가 모르는 이상적인 세계로 간 걸 수도 있고.
희망적으로 생각하면 그만이지."

의외의 반응이 돌아왔다. 나는 당황했다.

"모르니까 무서운 거 아니야?"

"끝을 아니까 무서운 거지. 모르는 건 전혀 무섭지 않아."

분위기를 바꿔보고자 했던 내 노력은 허사가 되었다. 더

어색해진 공기에 겸연쩍어진 나는 발끝을 바라보았다.

그제야 아직도 운동화 한쪽을 찾아오지 않았다는 걸

깨달았다. 일어나서 가져올까 망설이고 있는데 조우가 대뜸

이렇게 물었다.

"너 나 좋아하지?"

"응?"

"좋아하잖아. 많이."

너무 놀라서 얼굴이 빨개졌지만 기분이 나쁘진 않았다.

아니, 조우가 그걸 알고 있었다니 기뻤다. 내가 얼마나 티를

냈으면 알았을까 싶기도 했지만, 기쁜 건 변함없었다.

"난 어떨 거 같아?"

"...응?"

"내가 널 좋아한다고 하면? 기분이 어때?"

"좋지, 당연히."

"싫다고 하면...?"

나는 숨을 크게 삼켰다. 그 순간 날 바라보던 조우의 눈빛은

금방이라도 내 눈 속으로 걸어 들어올 것처럼 비장했다.

조우가 날 싫어한다니, 그건 아무리 생각해도 너무
무서웠다.

"내가 말한 게 그거야. 상상력을 죽여버릴 만큼 불행으로
단단하게 매듭지어진 끝. 그건 도저히 어떻게 할 수 없거든"
지금 생각해도 그건 도저히 초등학교 6학년의 입에서 나올
만한 얘기가 아니었다. 우리가 언어 경계선에 서서 서로
다른 언어 수준으로 말을 섞는 듯했다. 내겐 너무 어려운
얘기라 제대로 이해하지도 못했지만 그때 계단에 앉은
우리를 압도하던 조우의 표정과 말투를 똑똑히 기억한다.
손가락, 팔, 어깨, 목, 온몸의 혈관 속으로 들어가 단단히
내려앉은 그 무던한 슬픔을.

"그런 끝이 존재해? 넌 언제 경험했는데?"
멍청하게도 그런 질문을 던졌다. 내가 그 말을 한 건
엄청난 실수였다. 살면서 제일 후회되는 순간이 바로 그
순간일 정도로. 이유는 모르지만 조우의 표정이 무정스레
변했으니까. 조우는 숨을 쉬고 있나 불안할 정도로 자세를
고정한 채 줄곧 한 방향만 보고 있었다. 화급해진 내가 다시
말을 걸었을 때는 이미 일어나 어딘가로 걸어가고 있었다.

일주일 뒤에도 조우는 내게 반응하지 않았다. 나는 점점

초조해졌다. 결국 다음 날 집에 가는 조우를 미행하기
시작했다. 그날 철봉에 매달려 조우를 기다리던 중에
하늘색 캡에 녹물이 묻어서 아주 지저분한 꼴로 그 애의
집에 갔던 게 아직도 기억이 난다. 조우는 내가 따라오고
있다는 걸 전혀 몰랐다. 스토커처럼 미행하고 싶은 마음은
없었지만 이대로 조우와의 관계를 끝내고 싶지 않았다.
조우는 학교 뒷문을 나와 좀 걷다가 왼편으로 꺾었고
육교를 올라갔다 내려와 반대편 길로 걸어갔다. 옷가게,
소방서, 오락실, 은행, 시장, 온갖 용도의 잡화점과 건물을
지날 때까지 한참을 걷던 조우는 3층 노래방 건물 앞에서
멈추더니 건물과 건물 사이에 좁게 난 틈새로 들어갔다.
눈앞에 대롱거리는 전깃줄과 돌덩이, 하수구 냄새, 젖은
상자, 캔이나 과자 봉지 같은 게 계속 발에 걸려서 그냥
돌아갈까 싶었지만 꾹 참고 거기를 통과했다. 직사광선이
그대로 내리꽂히는 주택 골목으로 조우가 걸어가고 있었다.
흰색 지퍼가 열린 빨간색 백팩이 어깨에서 떨어질 듯 말듯
위태롭게 걸려 있었다. 입 벌린 빨간 괴물이 계속 나를
놀리는 듯한 기분이 들었다. 따라오면 어쩔 건데? 너흰
달라. 이루어질 수 없어, 절대.
그런 생각을 하고 있는데 조우가 오른편 골목으로

사라졌다. 황급히 옆집 벽에 숨어서 쳐다보니 끝에 있는 까만 대문 집으로 들어가는 조우가 보였다. 그곳이 조우의 집이었다.

이제 어떡하지. 닫힌 대문 앞에서 벨을 누를까 말까 한참을 고민했다. 차가운 철문에 눈을 갖다 대고 조심스레 안을 살폈는데 지층에 달린 창문에서 누가 노래를 부르기 시작했다. 박자 감각이 없어 음치에 가까운 목소리였다. 아마 조우였을 것이다(그 노래의 제목이 지금도 궁금하다). 창살 때문에 안은 제대로 보기가 힘들었다. 어떻게든 조우를 보고 싶은데.

그렇게 생각한 순간이었다. 엿보던 내 눈앞으로 한쪽 눈동자가 불쑥 나타났다. 나는 화들짝 놀라 소리를 질렀다. 대문 안쪽에서 조우가 무표정한 얼굴로 서 있었다. 나는 조우를 보자마자 남의 집 담을 넘다 걸린 것처럼 고개를 푹 숙였다.

"미안… 나도 모르게 따라왔어."

"지금은 그런 말 하지 마."

나는 고개를 들었다.

"나중에도 사과할 마음이 들면 그때 사과하라고."

어리둥절한 상태로 서 있는데 조우가 대문 걸쇠를 풀었다.

"들어올 거야?"

막상 들어오라고 하자 좀 무서워졌다. 대문턱을 뛰어넘어 조우의 뒤통수만 보고 걸어가는데 조우가 걸어가는 방향이 뭔가 이상해서 걸음을 멈추었다. 조우는 뒤돌아보지 않고 지층 계단으로 겅중겅중 걸어 내려갔다. 이층이 아니라 여기서 산다고? 창고에서?

문을 열자마자 지독한 냄새가 코를 찔렀다. 조우는 내 반응은 아랑곳 않고 개수대로 걸어가 설거지를 마저 했다. 나는 잡동사니가 산재한 비좁은 공간을 난감한 얼굴로 한 번 둘러본 뒤, 아무렇게나 널려 있는 옷가지를 이미 옷으로 가득한 빨래 건조대 위에 올려놓고 빈자리를 찾아 앉았다. 소파나 침대도 없이 이렇게 딱딱한 바닥에서 지내는 건가? 온통 신기한 것투성이인 집이었다.

"왜 쫓아온 거야?"

딸그락거리는 소리 위로 조우의 무거운 음성이 내려앉았다.

"그때 이후로 네가 날 못 본 척하니까…."

솔직하게 털어놓았지만 조우는 반응이 없었다. 설거지는 이제 헹굼 단계였다. 7부 멜빵바지에 흰색 양말을 신고 분홍색 고무장갑을 낀 조우의 모습이 어딘가 우스꽝스럽고 어색해 보였지만 그 모습조차 귀엽다는 생각이 들었다.

조우가 미스터리한 말을 꺼낸 건 그때였다.

"…난 네가 되고 싶어."

너무 당당해서 거의 청혼처럼 들릴 지경이었다.

"응?"

"네가 되고 싶다고."

"…왜?"

조우가 뭐라고 덧붙였지만 개수대에 틀어놓은 물소리 때문에 잘 들리지 않았다. 방이 좁으니 작은 생활소음 하나에도 청각이 예민해졌다. 설거지를 끝낸 조우는 안방에서 그 빨간 괴물을 다시 꺼내오더니 나가자고 했다. 할머니가 올 때가 됐다고 하면서. 그럼 인사를 하면 될 텐데 싶었지만 순순히 조우를 따라나섰다.

"조금 전에 한 말, 무슨 뜻이야?"

골목길을 걸어가는데 벌써 노을이 짙었다. 결국 버스정류장에 도착할 때까지 조우의 대답은 들을 수 없었다. 조우가 그날 왜 나를 순순히 집에 들인 건지, 뭘 보여주려고 한 건지, 그 뒷말이 뭐였는지는 지금도 알지 못한다. 한 가지 마음에 걸리는 건 그 말이 조우의 입에서 나왔던 말들 중에서 가장 진심으로 들렸다는 것이다.

그렇게 우리는 예전보다 더 친밀한 사이가 되었고 그해 9월 16일이 되었다. 결론부터 말하자면 열세 번째 생일이었던 그날 오후 4시쯤 나는 종합병원 응급실에 실려 와 열 시간 동안 대수술을 받았다. 언론에 보도된 사건 경위는 산짐승의 습격이었다.

그날 나는 조우와 만났다. 운명인지 악연인지 조우 역시 그날이 생일이었고 서로의 생일을 축하하기 위해 기차 여행을 가기로 했다. 그런데 목적지로 가던 도중 갑자기 조우가 내려버렸다. 김밥을 먹고 있던 나는 사이다를 한 번 들이켜고 허겁지겁 가방을 빼서 열차에서 내렸다.

그곳은 낯선 동네였고 내가 사는 환경과 많이 달랐다. 한참 걷다 보니 하늘이 넓어지면서 폐기찻길과 하천이 보였고 그 뒤편으로 풀숲이 울창했다. 아무 계획도 없었던 우린 그 숲으로 들어갔다. 주변 산과 들을 구경하며 한참을 걷다 보니 드넓은 잔디밭이 펼쳐졌다. 걷느라 지친 나는 신난 얼굴로 달려가 퍼질러 앉았고 가방에서 카세트플레이어를 꺼내 라디오에서 녹음한 테이프를 재생했다. 잔잔한 반주음이 녹음본 특유의 둔탁함을 안고 흐르기 시작했다.

"이 노래 기억나? 쉬는 시간에 들려줬잖아."

내 옆에 조용히 앉은 조우는 한쪽 입꼬리만 올린 채 고개를 끄덕였다. 그리고 잠시 노래를 음미하듯 눈을 내리깔았다. 표정은 사뭇 비장하고 어두워 보였다. 한낮의 햇빛이 우리를 향해 내리쬐는데 조우는 빛이 전혀 들지 않는 곳에 있는 사람처럼 보였다. 그런 조우의 옆모습을 나는 몇 번이나 힐끔거렸다. 문득 앞으로 흘러내린 옆머리를 귀 뒤로 넘겨주고 싶은 충동에 손을 조심스레 갖다 대었는데 그 순간 조우가 이쪽을 돌아보았다. 나는 깜짝 놀라 다른 곳을 보는 척 고개를 돌렸다.

"윤의야."

"응?"

"내가 에이즈에 걸려서 살날이 얼마 안 남았음 어쩔 거야."

"에이즈? 무슨 영화 얘기야?"

"그냥 가정."

"음… 몰라? 치료 방법을 생각하겠지?"

"만약 그 치료 방법이 나쁜 거면?"

"치료 방법이 나쁠 수도 있어?"

"가정이라고 했잖아."

"…"

"나쁜 방법이어도 그렇게 하면 내가 살 수 있어."

별거 아닌 질문이었는데 나는 쉽게 대답하지 못했다.

그래도 조우를 살리고 싶다는 마음이 조금 더 앞서서 그럼 좋은 거네, 라고 답했다. 순간이지만 조우의 표정이 아주 조금 밝아진 듯 보였다. 그 눈엔 확신의 빛이 서려 있었다.

"윤의야."

"응?"

"울면 안 돼."

"뭐라고?"

"울지 마. 소리도 지르지 마."

무슨 영문인지 몰라 눈만 끔뻑거리고 있는데 조우가 갑자기 달려들어 내 오른팔을 꽉 움켜잡았다. 그리고 지금도 믿기 어렵지만 단 한 번도 망설이지 않고 내 팔을 단숨에 물어뜯었다. 피가 내 얼굴과 몸에 튀었고 잔디밭에도 튀었다. 처음엔 충격 때문에 고통도 느낄 수 없었다. 의식이 흐려지는 와중에 앞을 보니 피범벅이 된 조우는 그걸 삼키고 있었다. 그런데 내 눈엔 어딘가 서툴러 보였다. 자꾸만 멈칫하며 그 행위를 멈췄고 표정은 갈수록 붉으락푸르락해졌다. 다 삼키고 나서는 나를 허망하게 쳐다보기도 했다. 그러다 정신이 들었는지 내 피가 묻은 입술을 옷소매로 닦으며 더 깊은 숲속으로 도망쳤다. 그때 산책하던 주민이 나를 발견하지 않았다면 나는 그 자리에서 죽었을 것이다.

며칠 뒤 병상에서 만화책을 보고 있는데 복도에서
울음소리가 들려왔다. 몰래 지켜보니 엄마가 회진을 돌던
의사의 가운을 부여잡은 채 울고 있었다. 자연히 눈길이
깁스를 한 오른팔로 향했다. 이제 이 팔로는 평생 무거운 건
들 수 없다고 했다. 상처가 깊고 근전도상 손상이 심해서
주먹을 쥐는 것도 힘들 거라고 했다. 이제 중학교에 가야
하는데 거기서 공부하는 데 무리는 없겠냐고 엄마는
지옥을 헤매는 얼굴로 말했다. 의사는 오른손잡이인가요?
라고 묻더니 그럼 왼손으로 도구 잡는 법을 배우는 게
좋겠네요, 아무래도 전완근의 힘을 장시간 유지하는
게 쉽지 않을 테니까, 라고 대답했다. 엄마는 그 얘기를
듣자마자 또 울기 시작했다. 엄마가 저렇게 우는 모습을
본 적이 없어서 패륜아 같지만 연기를 하나 싶을 정도였다.
철없는 초등학생이라 엄마의 고통을 이해하기 어려웠다.
왜 당사자인 나보다 더 힘들어 할까. 다친 것도 나고 아픈
것도 나고 팔을 못 쓰는 것도 나인데. 그때는 실감이 나지
않아서 언젠가는 쓸 수 있게 되겠지, 재활운동 그런 것도
있으니까, 그리고 난 아직 어리잖아, 세포 재생 같은 것도

잘될 거야, 막연히 그렇게 생각했다. 만약 그때 서른아홉인 지금까지도 팔을 제대로 쓰지 못한다는 사실을 알았다면 그 자리에서 엄마의 목소리는 들리지도 않을 만큼 크게 목 놓아 울었을 것이다(물론 단기실어증 때문에 울음이 터지는 데 시간이 걸렸겠지만). 그러니 나중에 안 게 차라리 다행이었다.

그토록 가고 싶어 했던 초등학교는 결국 졸업식이 다가올 때까지 가지 못했고 중학교 입학식에도 불참했다. 그날은 병실에서 상처 부위의 고름을 제거하느라 간호사를 향해 소리를 지르고 있었기 때문이다. 그때 처음으로 그 애에게 복수하고 싶었다. 처음에는 너무 당혹스러워서 실감이 나지 않았는데 치료를 받기 시작하면서부터는 그 애가 한없이 미워졌고 고통이 깊어질수록 원망도 커졌다.

중학교 입학식이 있고 일주일 뒤, 나는 반년 만에 처음으로 외출했다. 그동안 묻고 싶은 게 너무 많아서 빨리 친구를 만나 얘기를 듣고 싶었다. 걔 어디 있어? 언제 마지막으로 봤어? 친구들은 조우가 내가 다친 그날부터 학교에 나오지 않았다며 실종된 게 아니겠느냐고 했다.

조우는 한순간 그렇게 떠났다. 내 몸에 메모지처럼 붙여놓았던 자신의 기억들을 모조리 떼어가 버렸다. 한때는 숨 쉬는 소리로도 그 애인지 아닌지 알아맞힐 수 있을 것 같았는데 이젠 추억도 가물거리고 마음엔 희미한 스티커 자국밖에 남지 않았다.

집으로 몇 번이나 찾아가 봤지만 이미 다른 사람이 살고 있었다. 학원 근처부터 방과 후에 같이 뛰어다녔던 강당, 주말마다 같이 자전거를 타던 공원, 뭔가 멋있는 걸 배우고 싶다며 나를 데리고 간 합기도장, 바다에 온 느낌이라며 바깥에서 구경하다 결국 구토를 했던 횟집 골목까지 들쑤셨지만 그 애의 머리카락 한 올조차 볼 수 없었다. 그렇게 하루 종일 그 애의 흔적을 찾아다니다 다시 학교로 돌아왔을 때였다. 뒷문에서 누군가 기웃거리고 있었다. 뒷모습이 영락없이 조우였다. 걸어가는 동안 심장이 쿵쾅거리다 못해 멎을 것 같아서 속도가 꿈처럼 현저하게 느려졌다. 마음은 이미 조우를 붙잡았는데 몸은 그러지 못했다. 도착하기도 전에 조우가 날 먼저 발견해서 어디론가 달려가 버렸다. 뒤늦게 쫓아갔지만 그 애는 사라진 뒤였다. 조우는 마지막으로 봤을 때보다 살이 더 빠지고 온몸에 상처투성이였다. 대체 무슨 일이 있었던 걸까.

그날 이후 조우를 찾으려고 부모님의 인맥까지 동원해서
수소문했지만 이미 전학을 간 뒤였다. 나도 비슷한 시기에
다른 동네로 이사를 갔다. 그 뒤로 조우를 본 건 대학을
졸업할 때쯤이었다. 우연히 지나던 길에서 지하철 계단을
걸어 내려가는 조우를 발견하고 쫓아갔지만 인파가 붐비는
퇴근 시간이라 놓치고 말았다. 조우는 갈색 염색 머리에
헤링본 재킷을 입고 있었고 학생보다는 회사원처럼 보였다.
그날처럼 우울해 보였다. 그게 내가 본 조우의 마지막
모습이다.

"저 강 끝엔 뭐가 있을까요."
소윤의 손끝이 묘묘한 수평선을 가리켰다. 반쪽짜리
이어폰에선 언젠가부터 바흐의 곡이 조그맣게 흘러나오고
있었고, 내 머릿속에선 이미 세상의 모든 풍경이 장중한
첼로의 선율로 입혀지는 중이었다. 그걸 방해하는 순간
모든 것이 산산조각 날 것 같았다. 우리는 한 사람인 양
겹쳐져 클래식 음악에 파묻혔다.
곧바로 이런저런 씁쓸한 생각들이 차올랐다. 드문드문
내가 처한 현실도 되살아났다. 현재 거주 중인 아파트에서
온전히 내 힘으로 일군 건 하나도 없다는 것, 전세금부터

가구, 작은 생필품까지 전부 부모님이 부담하셨다는 것.
불과 1년 전까지만 해도 임상 보조 일(이제는 누구보다 친해진
동갑내기 간호사가 소개해준)을 했었지만 지금은 오른팔
통증이 심해져서 일을 할 수 없는 상황인 것. 그나마 번
돈은 전부 비싼 보험료와 생활비, 항불안제를 포함한 약값,
후유증 통원치료비에 쓰였다는 것(물론 장애인 카드 혜택이
있긴 하지만 외출이나 쇼핑을 거의 안 해서 써먹은 적이 별로 없었다).
'윤의야! 엄마야… 뭐가 기억나?'
첼로 소리가 아련히 줄어들 즈음, 26년 전 엄마의 목소리가
합성처럼 파고들었다. 그날 병원에서 처음 눈을 떴던
순간이 하늘을 스크린으로 선명히 떠올랐다.
'아무것도 기억 안 나요.'
나는 의사, 간호사, 엄마 그 누구에게도 모든 기억이
생생하다고 말하지 않았다. 숲에 갔는데 갑자기 뭔가가
나를 덮쳤다고 했고 아마도 동물이었던 것 같다, 라고만
덧붙였다. 다들 그 말을 믿어주었다. 믿을 수밖에 없었다.
그럼 달리 뭐였겠는가.

"이거 처음 해보는데, 재밌네요."
어느샌가 자리를 벗어난 소윤이 강물에 돌을 던지고

있었다. 물이 파문을 일으키며 제법 앞으로 나아갔다. 강물 색이 진해지고 주변의 명암이 짙어진 걸 보니 시간이 꽤 지난 듯했다.

"이제 슬슬 돌아갈까요?"

그 말에 소윤이 돌아보았다. 역광을 받은 그의 얼굴이 문득 낯설어 보였다. 주섬주섬 자리를 정리하고 있는데 불쑥 손이 튀어나와 내 손목을 붙잡았다. 나는 소윤을 쳐다보았다.

"이 팔은 어떻게 다친 거예요?"

그 말에 나도 모르게 입안의 생살을 뜯었다. 그날 병원으로 실려 갔을 때 혀를 깨물어서 입안이 피로 가득했는데, 그때부터 곤란한 일이 생기면 반사적으로 입안을 깨무는 버릇이 생겼다.

"나중에 말하면 안 될까요?"

그렇게 말하는데 입안에서 피 맛이 느껴졌다. 소윤은 작게 한숨을 쉬었다. 안색은 이미 어두워져 있었다.

"사실 계속 묻고 싶었는데 참았어요. 나한테 숨기는 거 있죠?"

징크스. 나는 마지못해 두루뭉술하게 털어놓았다.

"…어릴 때 산짐승한테 물렸어요. 심하게. 그래서 수술도

했었지만 보다시피 제 기능을 못하죠. 연필도 오래 잡기
어려우니까."

"산짐승…."

소윤은 아래를 보며 읊조렸다.

"네, 운이 나빴어요. 이제 돌아가죠."

소윤이 되물었다.

"정말, 산짐승이었나요?"

하던 걸 멈추고 소윤을 쳐다보았다. 목구멍에 총알이라도
박힌 듯 목소리가 나오지 않았다.

"아, 미안해요. 그냥 궁금해서…."

"…아니요. 괜찮아요. 어서 가요."

나는 아무렇지 않은 척 짐을 챙겨 차가 있는 곳까지 걷기
시작했다. 근데 소윤이 따라온다는 느낌이 들지 않았다.
돌아보니 소윤이 제자리에 서서 날 바라보고 있었다.

"아무래도, 그만하는 게 좋겠어요."

"…네?"

"윤의 씨는 숨기는 게 너무 많아요."

"그런 게 아니에요, 소윤 씨!"

"미안해요."

소윤이 나를 지나쳐 차가 세워진 곳으로 걸어갔다. 쫓아가

몇 번이나 손을 잡았다. 소윤은 연신 미안하다는 말만
되풀이하며 내 손을 밀어냈다.

그렇게 마지막으로 잡았을 때였나. 돌아보는 소윤의 눈을
보는 순간 나도 모르게 손을 놓아버렸다. 더 이상 붙잡고
싶지 않았다. 소윤은 무거운 얼굴로 한 번 쳐다보더니 등을
돌려 다시 걸어갔다. 나는 그 자리에서 꼼짝 않고 서 있었다.
다시 이런 일이 생기면 정말 끝장이라고 생각했는데,
그건 내 착각이었다. 꼭 이별을 기다렸다는 듯 마음이
후련해졌으니까. 조우를 잊지 못하면서 누군가를 마음에
둔다는 건 무의미한 짓이었는데, 왜 그걸 진작 깨닫지
못했을까. 조우는 지금 이 세상에 없을지도 모른다. 아니,
아예 존재하지 않았을지도 모른다. 내 팔을 이렇게 만든 건
정말 산짐승이었는지도 모른다. 사건의 충격으로 허상을
봤을지도 모른다. 아무튼 그럴지도 모른다. 그렇지만 그게
뭐가 됐든 이제껏 놓지 못하고 붙잡고 있던 현실에서
벗어나니 몸과 마음이 한결 가볍고 편안해졌다. 아니,
현실을 인정하고 내려놓으니 새로운 눈이 뜨였다. 정말
오래간만이었다. 이렇게 세상이 달라 보인 건. 조우를
둘러싼 모든 과거 기록이 뒤엉키고 눈앞이 핑핑 돌고
있었지만 세상 아무와도 엮여 있지 않은 지금 이 순간이

더없이 좋았다. 죽어도 될 만큼.

강물 근처에 서서 아까 소윤이 가리켰던 강 끝을 멍하니
바라보고 있는데 뒤에서 차 시동 걸리는 소리가 들려왔다.
이윽고 바퀴가 숲길을 굴러가는 소리도 들렸다. 나는
돌아보지 않고 마지막 남은 감정을 꾹꾹 삼켰다. 강 끝으로
세 마리의 까만 새가 날아올랐다. 내 발이 강 쪽으로
움직인 건 언제부터였을까. 정신을 차려보니 허리까지
물이 차 있었다. 지금이 겨울인가 착각이 일 정도로
뼛속까지 시린 물이 온몸 구석구석을 파고들었다. 이가
딱딱거리며 부딪혔고 호흡은 점점 거칠어졌다. 어떻게 그게
가능했는지 아직도 의문이지만 발밑에 아무것도 없다는
걸 인지한 순간에도 나는 죽어라고 물살을 휘젓는 대신
강물에 오롯이 몸을 내맡겼다. 자연은 저항 없는 먹잇감을
그대로 포획했고, 얼마 안 가 내 몸은 세상 밑으로 빠르게
잠겨들었다. 순식간에 눈앞이 깜깜해졌다. 눅신하고 포근한
물길에 완전히 의식을 점령당한 나는 이대로 몸이 녹아
강물이 됐으면, 하고 바랐다.
그때였다. 뒤에서 누군가 나를 껴안는 손길이 느껴졌다.
그리고 무작정 뒤로 끌고 가기 시작했다. 나는 저항하며

몸을 버둥거렸지만 그 사람은 전혀 아랑곳하지 않았다. 끌려가는 동안 물살을 헤치는 소리와 거친 숨소리밖에 들리지 않았다. 결국 뭍으로 완전히 끌려 나와서야 그 사람의 얼굴을 확인할 수 있었다.

소윤…?

소윤의 힘으로 나를 끄집어냈다는 것도 믿어지지 않았지만 더 믿기 힘든 건 처음 보는 소윤의 태도였다.

"넌 죽는 게 그렇게 쉬워?!"

갑자기 소윤이 고함을 내질렀다. 강바람 때문에 뒤늦게 오한이 찾아온 나는 입술이 떨려 제대로 대답할 수조차 없었다.

"무… 뭐?"

"왜 여길 택했지? 26년 전 나 때문에?"

소윤은 계속 비분하여 얘기했다. 이건 환상인가. 아님 무슨 빙의 현상인가. 소윤은 퍼드러져 앉아 있는 내 앞에 심판자처럼 우뚝 서 있었다.

"나는 살려고 인간까지 뜯어먹고 사는데 넌 왜 죽고 싶은 거지?"

평소에 알던 소윤의 말투가 아니었다. 속눈썹 끝에 맺힌 물방울이 자꾸 그의 모습을 가려 모든 게 환영처럼 느껴졌다.

"왜 죽고 싶으냐고 묻잖아!"

"도대체 뭐… 뭐 하는 거야…"

"너 때문에 난 죽지도 못했는데 넌 죽겠다고? 그렇게
불합리한 게 어디 있어!"

목에서 역한 게 올라왔다. 나는 캑캑거리며 물을 여러 번
뱉어냈다. 소윤이 한숨을 쉬며 내 앞에 앉더니 내 턱을 잡고
자신을 똑바로 쳐다보게 했다.

"서윤의… 결국 이렇게 실토하게 만들어놓고 못 알아보는
거야?"

소윤의 얼굴은 검은 펜으로 마구 덧칠한 것처럼 인식하기
힘들었다. 이 사람은 대체 누구….

"자, 이걸 봐."

소윤, 아니 낯선 소윤은 자신의 휴대전화를 내밀었다.
얼결에 화면을 보니 사진 폴더가 열려 있었다. 젖은
손으로 한 장씩 천천히 넘기는 동안 얼굴 근육이 점점
뻣뻣해지는 게 느껴졌다. 조금 전 소윤과 찍은 사진을
포함해 내가 지금껏 사귄 여자들과 같이 찍은 사진들이
수백 장 보관되어 있었다. 영화관에서 찍은 사진, 카페에서
찍은 사진, 놀이동산에서 찍은 사진, 이 잔디밭에서 찍은

사진, 바다 여행 가서 찍은 사진 등등. 이게 왜 소윤의
휴대전화에….

"이걸 왜 소윤 씨가… 아니 대체 어떻게…?"

소윤이 덤덤하게 말했다.

"…그게 다 나였으니까."

도무지 무슨 소린지 알 수가 없었다. 나는 자실한 채 고개를
갸웃거렸다.

"이 잔디밭도 처음이 아니야. 내가 초등학교 다닐 때 너랑
처음 왔었거든."

그 말을 듣는 순간이었다. 갑자기 눈앞이 캄캄해지더니
예전에 엄마에게 그날 학교에서 있었던 일을 말하다
뜬금없이 조우의 외모를 묘사했던 게 기억이 났다. 그
아이를 처음 봤을 때 너무 아름다워서 사람이 아닌
줄 알았다고, 사랑이 뭔지도 모르는 눈으로 그 순간을
회상했고, 엄마는 그 아이가 너한텐 천국이구나, 라고
맞장구를 쳐주었다.

나는 그 사람을 다시 보았다. 새카맣게 덧칠된 부분이
서서히 벗겨지기 시작했다.

…조우?

3

조우

텅 빈 실내수영장에 혼자 서 있다. 잔잔한 수면은 나의
존재를 희석시킬 만큼 고요하고 성스럽다. 수면 위로
찬연하게 빛나는 윤슬. 한동안 그것을 바라본다. 나와 내
시선, 그 외에 모든 것이 사라지고 희끄무레한 환상이 그
위를 엷게 뒤덮는다.
한쪽 끝에서 물결이 너울거리기 시작한다. 소리 없이
흐느끼듯, 아주 미세한 꿈틀거림이. 그것은 곧 반대쪽
타일바닥으로 밀려들어와 흘러넘치고, 거칠고 투명한
물보라는 타일 벽과 부딪혀 쉴 새 없이 하얗게 부서진다.
나는 그 푸른 순간에 매료되어 있다. 공간과 내 몸이 점점 더
하나의 차원으로 감겨 들어가고, 그럴수록 그것은 더 높이,
더 맹렬히 솟구친다. 그 파편을 맞은 왼편의 스텐 사다리가
빛과 물에 휘어져 아득히 녹아내린다. 정면에 서 있는 나는
그것을 희한하리만치 아스라한 눈길로 목도하고 있다.
거침없는 물보라는 어느덧 천장 끝까지 치솟아 세상을
향해 무결함을 마구 흩뿌리고, 나는 그 광경이 너무나도
처연하고 고결하여 온몸에 한기가 스밀 지경이다. 그

절망이 고통스럽다. 너무나도 고통스럽다. 뒷골이 당기고
온몸의 뼈가 으스러질 것 같다. 호흡할 때마다 가슴
정중앙이 터져버릴 듯 층층이 벅차오른다. 심원한 경련이
관절과 뼈, 근육, 혈관 사이사이로 넘실댄다. 거친 물너울이
어느덧 눈앞에서 무너진다. 어떻게든 몸을 가눌 수 없어
나는 내내 비스듬히 서 있다.

높은 파도의 춤사위에 잠시 정신을 잃었던 것 같다. 힘들게
눈을 떠보니 원형 타일로 된 천장 판을 끝없이 이어붙인
실내수영장 특유의 천장이 보였다. 얼마 안 가 주변이
명료한 색감을 끼얹은 듯 현실적으로 변했고 마음이
아릴 정도로 처염하고 결백했던 수영장 색채가 한순간에
증발했다.
나는 지금 어디에 있는 거지? 물에 떠 있나?
그렇게 생각한 순간, 몸 아래 아무것도 존재하지 않는
심연의 공포가 찾아왔다. 몸을 일으킬 힘이 없는 나는
이제 곧 끝없이 가라앉는다. 그리고 그곳에서 영원히 헤어
나오지 못한다. 나는 온몸으로 그것을 거부하며 버둥거렸고
팔과 다리로 수면을 마구 때리기 시작했다. 물이 사방으로
튀는 소리가 시끄럽게 귓전을 때렸다. 온몸의 피부가

갈라질 듯 팽창하고 안구와 팔다리엔 참을 수 없는
열통이 밀려왔다. 절대 비명을 지르지 않기로 오늘도
굳게 마음먹었건만 언제나 그렇듯 그 순간이 오면 도저히
제어할 수가 없다. 나는 목구멍에 철근이 박힌 듯 쉬지 않고
쇳소리를 질러댔다.

더는 아무런 소리도 나오지 않을 즈음, 하얗던 눈앞이
조금씩 보이기 시작했다. 온몸 구석구석으로는 여전히
오한과 작열감이 남아 있었지만 터질 듯한 안압이 낮아지고
발작도 멎었다. 하지만 물 밖으로 나가 바닥을 디디려면
아직도 체력이 많이 필요했다. 체력 보충이라고 해봐야
그저 힘없이 입술을 늘어뜨린 채 천장을 바라보는 것이
전부지만.
그래, 내 몸은 여전히 수면 한가운데 떠 있다. 익사체처럼.

이 넓은 수영장에 오로지, 새근거리는 내 숨결과 물소리만
들렸다. 보드라운 물결이 턱에 닿아 찰랑이는 게 매
순간 느껴졌다. 귓속으로 파고들어 귓바퀴를 간질이는
물의 치근덕거림도 좋았다. 이따금 저 멀리 이층 계단과
창문에서 햇살이 한 움큼씩 떨어졌다. 불어온 방향을 알 수

없는 한적한 바람도 소독약 냄새와 함께 콧속에 머물렀다.
천장에서 내려다보면 내 몸은 투명한 수귀의 입에 반쯤
집어삼켜진 꼴로 보일 것이다. 정말 그럴지도 모른다.
아니, 내 인생은 이미 오래전부터 어딘가 반쯤 삼켜진 채
낙하하고 있었다.
천장이 울리듯 진동이 울렸다. 그 소리는 색색의
벤치 사이에 놓아둔 백팩 안에서 들려왔다. 내 몸이
회복되었다는 신호였다.

샤워장으로 걸어가다 말고 수영장을 휘 돌아보았다. 불과
한 시간 전 수영장 한가운데 서 있던 나와 눈이 마주쳤다.
수심이 높아 바닥에 발을 디디니 가슴께까지 물이
차올랐다. 우리, 그러니까 새로운 나와 과거의 나는 서로의
눈을 바라보며 무언의 메시지를 주고받았다. 그리고 서서히
물속을 침범해 들어갔다. 이윽고 우리만이 감내할 수 있는
창연하고도 매혹적인 수중 세계가 펼쳐졌다. 나는 아주
느리게 호흡하며 몸을 바닥까지 끌어내렸다. 그러고는
과거의 나를 끌어안으며 태아처럼 몸을 둥글게 웅크린
채 눈을 질끈 감았고 얼마 안 가 방금 전과 같은 환상이
기웃거리기 시작했다. 그 환상은 완전히 새로운 '나'를

노련하고 우아하게 빚어내려고 애썼다. 물속에서의 고통을
다 잊을 만큼 완벽해야 한다. 그래야 다시 살아갈 의지를
얻는다.

그래야, 다시 너를 볼 수 있다.

그게 다다.

샤워 후 옷을 갈아입고 수영장을 빠져나왔다. 서늘한
바깥공기가 처음 콧속으로 들어왔을 때, 잠시 건물 외벽에
기대어 호흡을 가다듬었다. 묵직하게 차가운 기운이 벽
너머로 고스란히 느껴졌다. 여전히 호흡은 정상으로
돌아오지 않았고 숨을 내쉴 때마다 가슴 쪽이 뻐근했다.
수술 후 퇴원하는 중증 환자의 몸 상태처럼 불완전하게.
잠시 쉴 겸 쪼그리고 앉아 바닥에 내려놓은 백팩에서
휴대전화를 꺼냈다. 그리고 아직 지우지 않은 번호로
전화를 걸었다. 연결되자마자 한숨 소리가 거칠게
흘러나왔다.

"무슨 일이야…"

"…"

"난 분명 얘기했어. 누나 전화 달갑지 않다고."

"…그냥. 한번 볼까 해서. 너 떠나고 나서…"

"요즘 바빠."

남동생은 내 말을 끊는 데 주저하지 않았다. 화를 꾹 참고
있는 게 전해졌다.

"그렇겠지."

"…더 할 말 없으면 끊을게."

한동안 휴대전화 액정을 쳐다보다 일어섰다. 쌀쌀한 바람이
불어왔다. 온몸이 덜덜거렸다. 일부러 가져온 겨울 코트를
입고 계단을 내려와 왼편 주차장으로 걸어갔다. 이 의식이
끝나고 나면 유독 추위를 많이 느낀다.

가다가 무심코 경비실 쪽을 쳐다봤는데 공휴일에 나와
수영장 문을 열어줬던 경비원이 이상하다는 듯 내 쪽을
빤히 쳐다보았다. 한 시간 전만 해도 수고비를 건네며
웃던 사이인데 말이다. 아저씨의 기억력이 좋은 건지 나쁜
건지는 알 수 없지만 내게는 퍽 도움이 되는 듯싶다.

차에 올라타 시동을 걸었다. 어째서인지 몸도 평상시보다
찌뿌둥하고 기분이 좋지 않았다. 한 시간 전에 보았던 그
여자의 겁에 질린 얼굴이 자꾸만 시야를 가려 머릿속이
멍했다.

안전벨트를 매고 상단의 디지털시계를 확인한 뒤 출발했다.
수영장 입구를 지나며 경비원과 또 한 번 눈이 마주쳤다.

그는 여전히 의뭉스럽다는 듯 쳐다보았다.

*

나는 디어텔로스(Dear Telos)다. 쉽게 말하면 인간의 수명에
관여하는 노화 세포인 텔로미어가 일반인의 10분의 1로
짧게 태어난 돌연변이 인간종이다. 수명은 단 1년밖에 되지
않고 나이를 먹기 위해선 인간의 신체 부위를 먹어야 한다.
나는 디어텔로스인 아버지의 유전자를 그대로 물려받았다.
보통 부모 중 한 사람이 디어텔로스인 경우 자녀도
디어텔로스로 태어날 확률이 높은데 도율은 굉장히 운이
좋은 케이스였다.
우리 종족의 탄생과 역사에 대해선 남아 있는 정보가 별로
없었다. 종의 특성상 해마다 감소 추세였고 지금은 전
세계에 백 명 남짓 남아 있다는 정도만 알고 있을 뿐이다.
그들과 직접 대화를 나눠본 적은 없지만 아빠 얘기로는
대부분 인간과 괴물의 정체성을 두고 고민하다 자살로 삶을
마감했고 나머지는 정체가 발각돼 몰살되거나, 나이를 먹는
과정에서 사망했다고 했다. 현 생존자들은 아마 나처럼
눈에 띄지 않게 극도로 조심하면서 살아가고 있을 것이다.

실제로 만나본 적이 없다는 건 디어텔로스인 내가 봐도
구분이 어렵다는 얘기니까.

수명이 짧다 보니 나이를 먹는 게 보통의 인간보다 몇 배는
더 힘들다. 보통의 인간이 다른 인간의 신체 부위를 먹을
일은 없을 테니까. 1년에 한 번뿐이니 단순히 건전지를
충전하는 방식과 같다고 말하고 싶지만 그 정도로 우리
일이 수월했다면 대부분의 디어텔로스가 생명 연장에
실패하는 일은 없었을 것이다. 나도 처음엔 그 사실을 모른
채 유아기를 보냈고 초등학교 5학년 때까지도 전혀 알지
못했다. 아홉 살 때부터 평범하던 운명이 바뀌었으니까.
생일이 되었는데 갑자기 엄마 아빠가 오더니 눈을 안대로
가렸다. 그리고 역겨운 맛이 나는 음식을 먹으라고
강권했다. 나는 한입 먹자마자 게워내기 바빴고, 아빠는
내 입을 틀어막고 고개를 뒤로 젖히게 해 꾸역꾸역 그걸
삼키게 만들었다. 내가 생일을 극도로 싫어하게 된 건 그런
이유에서다. 뭔지도 모르는 그 끔찍한 걸 먹어야 목숨을
연명할 수 있다는 것과, 우리가 하는 짓이 인간의 본질에
반한다는 사실을 그때는 알지 못했다.
1950년대 이전까지 디어텔로스는 지금보다 훨씬

비윤리적인 방식으로 나이를 먹었다. 노인이든 아이든 닥치는 대로 사람을 납치해 물어뜯은 뒤 달아났고, 언론에 일명 '괴물 마약 사건'이라는 제목으로 몇 번이나 몽타주가 노출되어 그날 바로 붙잡혀 사살된 적도 있었다. 그 사건 이후로 그런 일은 더 이상 발생하지 않았다. 그런 비윤리성이 우리 종족의 생존에 불리하다는 걸 깨달았기 때문이다. 디어텔로스는 이후 보통의 인간들처럼 살기 위해 방법을 강구했고 본연에 내재된 예민성과 폭력성을 누그러뜨리기 시작했다. 그들 틈에 섞여 정체를 들키지 않고 살아가는 것이 우리 종족을 안전하게 보존할 수 있는 유일한 길이라는 걸 알게 된 것이다. 우리는 정체를 숨기고 살아가면서 조용히 나이 먹는 법을 터득했다. 나 역시.

내가 윤의를 만난 그해는 디어텔로스의 체내 복제력이 발현되는 시기였다. 그전엔 그저 씹어 먹기만 하면 됐는데 보통 인간의 2차 성징 시기인 열한 살부터는 외형까지 대상자로 변하기 시작했다. 즉 우리가 인간을 먹으면 대상자의 생체 응답에 따라 몇 시간 안에 그 인간의 모습이 되는 것이다. 단 수중에서만 가능하다. 우리는 이 시간을 초몰입의 시간이라 부른다. 한 시간 동안 본체계로 정신이

이동하는 초몰입에 빠지면 숨을 쉬지 않아도 30분을
충분히 버틸 수 있다.

그런 이유로 아빠는 집에 거의 없었다. 내가 아빠의 얼굴을
보는 날은 그 끔찍한 생일날뿐이었고, 그때 나눈 대화가
아빠가 어떤 사람인지 알 수 있는 전부였다. 그래서 외모
변화도 알아차리지 못했다. 집에는 아빠 사진이 하나도
없었으니까. 엄마도 아빠가 외교관이라 해외에 나가 있다고
대충 둘러대기만 했다. 나중에 내 외모가 변하고서야
아빠가 왜 그동안 집에 없었는지 알게 되었다.

나는 주로 욕조에서 그 의식을 치렀는데 최근에 갑자기
폐쇄공포증이 생겨 수영장으로 옮기게 되었다. 그러나
공간이 넓어져도 공포감은 달라지지 않았다. 환경이
아무리 변한들 나이를 먹을 때 오는 내면의 공포는 영원히
사그라질 수 없는 것이었다.

디어텔로스의 본래 외형을 기억하는 사람은 없다. 인간과
비슷할 수도, 아닐 수도 있다. 내가 태어났다는 건 엄마의
임신이 가능했다는 증거이므로 기본적으로 인간의
신체구조를 가지고 태어났을 것이라 짐작할 뿐이다.
그렇기에 디어텔로스의 감각 구조는 상당히 어렵고

복잡하게 얽혀 있다. 인간으로 따지면 80년의 삶을 단년의 삶으로 응축하는 것과 같기에 그 포화된 에너지는 매 순간 폭발과 수축을 반복하게 된다. 그래서 내면을 아무리 억눌러도 조절에 실패할 때가 많다. 가령 내가 숨을 쉬고 있다는 걸 인식하면 그 순간부터 온몸의 기와 감각이 호흡으로 몰린다. 하늘에서 떨어지는 비를 보면 내 몸은 어느샌가 젖어 있고 빗물을 마시지 않아도 입안은 이미 물비린내로 가득하다. 책을 펼치면 스토리나 관련된 지식, 정보들이 다는 아니어도 70퍼센트 정도는 가볍게 흡수된다. 음식도 마찬가지다. 인간에게 의식주가 필수라면 디어텔로스에겐 가장 무용한 것이 의식주다. 인간의 살을 먹어 연명하기 때문에 음식을 좋아한다는 건 있을 수 없는 일이다. 가끔 평범한 인간처럼 보여야 할 순간이 오면 어쩔 수 없이 먹을 때도 있지만 입에 넣자마자 바로 화장실로 가서 뱉어버린다.

사람을 보고 있으면 불길이 옮겨붙듯 그 사람의 성정과 감성, 무의식, 지나온 세월을 그대로 떠안게 된다. 타인의 슬픔을 느끼는 동시에 눈물이 떨어지고 타인의 고통을 보면 경련과 함께 오장육부가 뒤틀린다. 물론 그건 바람 같은 것이라 한번 옮겨 붙었다가도 그 사람이 사라지면 금세 같이 떠난다. 그 대상이 자연이라면 나는 그 자연을 떠나야만 온전히 벗어날 수 있다. 그런 과정을 수도 없이 거쳐 왔다.

매 순간 다른 인간들처럼 평범하게 사는 꿈을 꾼다. 본념이 괴물에 가까워 살육을 두려워하지 않는 디어텔로스도 존재한다고 들었지만 나는 그 반대 성향에 속했다. 하지만 동물의 습성을 따르는 편이 생존에 훨씬 유리했고 살육에 죄의식이 없는 포식자처럼 나이를 먹어야만 덜 고통스럽게 살 수 있었다.

어릴 때 엄마는 틈만 나면 내가 하는 일이 누구나 하는 평범한 일이라는 걸 상기시켰다. 지금 생각해보면 내가 나중에 그 일을 처음 겪을 때 거부감을 느끼지 않도록 단련을 시킨 것이었다. 내가 그 일에 쉽게 적응할 수 있도록. "조우야, 사람은 누구나 나이를 먹잖아? 근데 사람들은 나이를 먹을 때 그냥 먹는 게 아니야. 자신이 원하는 인간상이 있어. 다들 그 인간상이 되려고 갖은 애를 쓰면서 노력해. 만약 나중에 그 목표를 이뤘다면 얼마나 행복하겠어? 안 그래? 우리 조우도 그렇게 살면 되는 거야, 평생."

엄마의 세뇌는 성공했고, 어린 내 머릿속엔 그 일이 정말
아무것도 아닌 평범한 일이 되어버렸다. 아니, 오히려 멋진
일로 추켜졌다. 한 시간 안에 내가 되고 싶은 사람이 될 수
있다니 얼마나 멋진 일인가. 하지만 그런 마음가짐도 잠시,
이듬해 생일이 다가오기 시작하면 그걸 먹는다는 상상만
해도 내내 몸살을 앓았다. 내가 나이를 먹을 때마다 겪었던
공포는 맹수에게 온몸을 물어뜯겨 죽어가는 사람의 공포와
다르지 않았다. 엄마는 일부러 말을 아꼈지만 그건 분명
역겨운 고깃덩이였고 일반적인 음식이 아니었다. 내가 그걸
입에 대는 순간, 엄마의 이상적인 나이론은 세상 저편의
황량한 대지에 처박혀 공신력을 잃었다. 시발, 이딴 걸
먹으라니. 아니, 이딴 걸 먹어야 내가 살 수 있다니. 이건
현실이 아니었다.
괴로워한 건 가족도 마찬가지였다. 한번은 자는데 엄마가
내 목을 조른 적도 있었다. 더 어릴 때는 일부러 아무것도
먹이지 않은 적도 있었다. 하지만 내가 죽음에 가까워져
고통스러워하는 걸 본 순간 엄마는 마음을 바꾸었다.
그런 엄마를 원망할 순 없었다. 엄마는 누구보다 나를
사랑했으니까.
얼굴이 변한 뒤에도 몇 년은 가족과 함께 살았지만 점점

더 견디기 힘겨워졌다. 낯선 얼굴로 그들을 볼 때마다 나 자신이 역겹고 비참해졌다. 결국 아빠처럼 집을 나왔다. 어쩔 수 없는 결단이었다. 다음 생일이 올 때까지 아무렇지 않은 척 대상자의 집에서 생활할 수밖에 없었다. 달리 갈 곳이 없었으니까.

지금은 동면 주사를 써서 형편이 나아졌지만 그전까지는 대상자를 창고나 집에 감금하고 1년 뒤에 풀어줘야 했다. 죽이는 건 시체 처리 과정, 발각될 위험성, 살인에 대한 거부감 때문에 마지막 단계로 미뤘다. 나는 사람을 죽이고 싶지 않았다. 간혹 대상자와 합치를 보지 못해 도저히 답이 없는 상황이거나 도주한 경우엔 어쩔 수 없이 죽이기도 했지만 그건 정말 결단이 필요한 일이었다. 차라리 좀비처럼 사고할 수 없는 통제 불능 상태였다면 얼마나 좋았을까. 나는 모든 게 불명확한 중간 지점에서 끝없이 헤매고 있었다. 과거도 미래도 아닌 어떤 지점, 아이도 어른도 아닌 어떤 지점, 산 것도 죽은 것도 아닌 어떤 지점. 인간도 비인간도 아닌 어떤 지점. 목적지도 없었다. 아무것도 원하지 않았다. 윤의를 만났을 땐 그런 우울감이 최고조에 이를 때였다.

초등학교 3학년 때까지 엄마는 나를 말 그대로 '먹여' 살렸다. 엄마가 견딘 그 끔찍한 시간들은 나 따위가 감히 헤아릴 수 없는 것이었다. 내가 4학년이 되었을 때 엄마는 나를 앉혀놓고 아빠의 비밀을 전부 털어놓았다. 그리고 마지막엔 이렇게 공언했다.

이제 시간이 된 것 같다, 조우야.

평범한 가정은 아닐 거라고 어렴풋이 느끼고는 있었지만 그건 어린 내가 감당하기엔 너무나 잔혹한 현실이었다. 한참을 울던 나는 엄마에게 그러겠다고 대답했다. 집을 뛰쳐나가 내 멋대로 살고 싶은 마음도 있었지만 그때 내 눈엔 엄마가 너무 가여웠다.

당장 다음 날부터 대상자를 찾으러 나섰다. 한번은 성공할 뻔했지만 그 언니의 엄마가 나타나는 바람에 포기하고 돌아섰다. 또 한번은 어떤 사람을 미행하다가 따귀를 맞았다. 그날도 펑펑 울면서 그동안 부모님 덕에 편하게 나이를 먹었다는 사실을 깨달았다.

내게 딱 맞는 대상자를 찾기란 생각보다 쉽지 않았다. 지하철역에서 몇 시간을 죽치고 있거나 놀이공원, 학교 근처를 배회하기도 했다. 내 또래의 아이들이 지나가는 모습만 봐도 몸을 움찔거리며 긴장해야 했다. 굳이 또래를

찾을 이유는 없었지만 내겐 그 점이 가장 중요했다. 그들과
비슷한 모습으로 나이를 먹고 싶었으니까.

2년이 흘렀을 때 나는 학교에 다니고 있었다. 작년 대상자가
다니던 학교였다. 정체가 발각되지 않기 위해 교우 관계나
학교생활과 관련한 여러 사항들을 숙지하고 들어갔지만
가만히 있기만 해도 숨 막히는 공간이었다. 그때 도율은
4학년이었다. 나와는 달리 엄마와 아파트에서 살았고
평범하게 학교를 다니고 있었다. 나는 그런 도율이 마냥
부러웠다. 당시 내가 살던 곳은 기초 수급을 받으며 손녀와
단둘이 살아가는 노인의 집이었고 월세 15만 원을 내야
하는 반지하 원룸이었다. 중년 부부가 사는 주택에 세 들어
있었던 그 집은 더럽고 냄새도 지독했다. 방문객은커녕
자식조차 찾아오지 않아 할머니는 고독으로 몸서리쳤다.
하지만 손녀에게 온정이 넘치는 할머니였다. 좁은 거실에선
할머니가 호두를 까는 부업을 했는데 나도 종종 돕곤 했다.
가끔 할머니가 만들어주던 오렌지주스는 꿀맛이었다.
6학년 첫 등교 날은 기분이 좋지 않았다. 생일을 생각만
해도 죽고 싶었다. 다른 애들처럼 공부를 하고 친구를
사귀고 싶었지만 스스로가 외부인이라 여겨졌다. 그런

압박감 속에서 수업이 머릿속에 들어올 리 없었다.
아이들은 전부 멀게 느껴졌다. 그래서였을까. 그때 내가
찾은 대상자는 어쩌면 희생물에 가까웠다. 이상적으로
나이를 먹고 싶다는 마음과 복수심이 혼재했으니까. 나는
이렇게 살고 있는데, 너희는 참 해맑구나.

우린 그날도 이 숲에 있었다. 그가 내 세 번째 대상자였다.
윤의는 내게는 없는 모든 걸 가지고 있었다. 선생님의
전폭적인 지지와 사랑, 언제든 그가 영순위인 친구들,
훌륭한 부모, 안정적인 가정, 밝은 미래까지. 그런 그가
나를 좋아한다니 기적이었다. 그는 나에 대한 경계심이
전무했다. 내가 어떤 얘길 하든 경청했다. 그 빛나는 눈을
보고 처음으로 인간이 아름답다는 생각을 했다.
그날 학교 뒷문에서 만날 때부터 윤의의 손에 뭔가 들려
있었지만 그게 내 생일 선물일 거라고는 전혀 생각지
못했다. 나중에 그게 선물이었다는 걸 알고 깜짝 놀랐다.
생일 선물은 그 끔찍한 덩어리 외에는 단 한 번도 받아본
적이 없었으니까. 우린 그곳에 앉아 날씨가 좋다느니, 언제
놀이공원에 가자느니 하는 일상적인 얘기를 나눴다. 내
머릿속은 온통 윤의의 팔을 뜯어먹어야 한다는 강박으로

가득 차 있었지만.

내가 그를, 윤의를 좋아했느냐고 묻는다면 아무리 오랜
시간을 줘도 답을 할 수 없다. 정말 알 수가 없기 때문이다.
그날부터 지금까지의 내 행동에 대해서도 마찬가지다.
나는 왜 그날 그 애를 습격했을 때 당황했을까. 왜 그 애를
지금까지 찾아다닌 걸까. 아니, 왜 그 애를 위해 내 인생을
바친 걸까. 그때는 미안한 감정이 없었다. 사회적 동물이
나이를 먹기 위해 사회적 동물을 먹은 것뿐이었다. 그건
자연의 순리였고 거스를 수 없는 본능이었다. 정신적인
고통과 육체적인 고통이 동시에 일어난 거지, 내가
가해자고 그 애가 피해자인 게 아니었다. 코에 치약을
바르면 숨 쉬기도 힘들고 따갑다는 걸 그 애는 몰랐다. 피와
살 비린내를 맡지 않기 위해서 내가 얼마나 참아야 했는지
그 애는 몰랐다. 그걸 억지로 씹어 삼킬 때의 역한 고통도
몰랐다. 아무리 나이를 먹어도 나는 어른이 될 수 없었다.
내가 사람인지 아닌지조차 헷갈렸으니까. 하지만 그 애는
달랐다. 생일이 되면 집에 친구들을 불러놓고 엄마가
차려준 생일상 앞에서 파티를 하면 그만이었다. 촛불을
끄고 케이크를 먹는 기쁨을 누리기만 하면 됐다. 매년
그렇게 해왔을 테니까.

윤의 곁을 맴돌기 시작한 건 아이러니하게도 모든 목적을
완수한 이후부터였다. 윤의가 된 나는 더 이상 살고 싶지
않아 엄마와 남동생이 거주하는 아파트에 처박혀 있었다.
눈귀를 닫고 잠만 잤는데 마지막으로 본 윤의의 모습이
계속 꿈에 보였다. 며칠 뒤에 윤의가 살아 있다는 것과
수술을 받았다는 사실을 엄마에게 들었다. 병원에 찾아가고
싶었지만 엄마가 극구 만류했다. 윤의의 곁을 떠날 수밖에
없다는 현실이 슬퍼서 몇날 며칠 울었다. 그건 죄책감이
아니었다. 타고난 내 운명대로 나이를 먹은 것이니 전혀
미안할 일이 아니었다. 그저 윤의와 헤어지는 게 싫을
뿐이었다. 윤의는 나의 이데아였고 난 그가 되고 싶었다.
그러나 그의 모습이 되었음에도 전혀 행복하지 않았다. 그
애처럼 행복해질 줄 알았는데.
다음 해, 그다음 해에도 나이를 먹었지만 이미 목적을
상실한 상태에서는 그저 살을 뜯는 포식자일 뿐이었다.
윤의 없이 나이를 먹는다는 건 내게 더 이상 의미가
없어졌다. 윤의의 주변 인물들을 관찰하기 시작한 건
그때부터다. 윤의 곁에 머물 방법은 그것밖에 없다고
믿었다.

정안을 만난 건 내가 윤의의 아파트 맞은편에 거주하는 어떤 남자로 살고 있을 때였다. 주민들 중 혼자 사는 사람을 찾았는데 공교롭게도 딱 한 집밖에 없었다. 달리 선택권이 없었다. 남자는 방에 틀어박혀 게임만 했는지 처음 들어갔을 때부터 집안 꼴이 엉망이었다. 치우는 데 일주일은 걸린 듯하다. 그렇게 겨울이 지났고 아파트 화단에 꽃이 피기 시작했다. 대학생이던 윤의는 매일 같은 시간에 집을 나와 지하철을 탔다. 어느 날은 학교 도서관에 들어간 지 세 시간이 지나서야 다시 모습을 드러냈다. 그리고 본관과 별관을 잇는 복도를 한참 걸어가더니 어느 동아리 방으로 들어갔다. 사진 동아리였다. 그 사실을 알고 캠퍼스 벤치에 앉아 대상자를 탐색하던 나는 혼자 걷고 있는 정안에게 눈길을 던졌다. 정안은 그런 동아리 활동에 전혀 관심 없는 학생이었고 소극적이고 경계심이 많았다. 난 최대한 친근하게 다가갔다고 생각했는데, 정안은 나를 수상쩍게 여겨 결국은 경찰까지 불렀다. 그의 직감은 옳았지만 직접적인 피해 사실이 없어 나는 훈방 조치로 풀려났다. 성가신 인물이었지만 다른 대상자를 찾기에는 시간이 부족했다. 이대로 포기할 수 없었다. 친해지는 게 어렵다면 강제성을 동반해야 했다. 어느 날 과외를 하고

돌아오는 정안을 급습했다. 이제까지 중 가장 힘겹게
나이를 먹은 날이었다. 약간의 몸싸움이 있었던 터라 다음
날은 일어나기도 힘들었다. 내가 살고 싶은 만큼 그도 살고
싶었으리라.

정안의 얼굴을 한 채 처음 동아리 방에 들어갔을 때 윤의는
흘깃 눈길을 한 번 보내고는 다시 읽던 책을 읽었다. 그
순간, 목구멍 저 밑에서부터 참을 수 없이 울컥한 감정이
솟구쳤다. 그동안 쌓인 억분? 슬픔? 질투? 당장 윤의를
붙잡고 내가 어떻게 이 모습이 될 수 있었는지 마구 소리를
내지르고 싶었다. 그런데 그렇게 할 수 없었다. 나 자신이
너무 초라했다.

믿기 힘들지만 그는 또 한 번 나를 좋아하게 되었고 어느
날 동아리 방에 단둘이 남게 됐을 때 내게 고백했다. 그때
기분은, 미적지근했다. 기쁜 건지 당혹스러운 건지 알 수가
없었다. 어떻게 나를 몰라보고 또다시 좋아할 수 있을까.
그가 이 모든 걸 알게 된다면 어떤 반응을 보일까. 그런
의구심이 계속 꼬리를 흔들었다. 하지만 그와 손을 잡고
걸을 때면 그런 마음이 금세 사라졌다.

다음 생일이 다가왔을 때 계획대로 이별을 고했다.
이번에는 그를 떠나 잠시 쉬고 싶은 마음이었다. 일부러

그와 아무 연고도 없는 사람들을 찾았고 몇 년 동안
그런 식으로 나이를 먹었다. 그래봤자 그의 집에서 얼마
떨어지지 않은 동네였다. 몇 번 그와 마주치기도 했다. 그의
옆을 지나가는 행인들 중에 내가 있던 적도 있었다.

30대 초반이 됐을 때 회사원인 효인을 만났다. 윤의는
관광버스로 섬 투어 중이었고 나도 승객 중 하나였다.
이건 맹세컨대 내가 그를 따라온 게 아니었다. 대상자의
예정된 일정이었다. 취소하면 그만이었지만 굳이 취소할
이유도 없었다. 여러 관광지를 둘러본 뒤 가이드가 자유
시간을 주었고, 나는 혼자 백사장을 걷기 시작했다. 윤의
생각은 되도록 하지 않기 위해서였다. 근데 저 멀리서
어떤 여자가 바다에 뛰어들고 있었다. 여자는 죽음과
가까워 보였다. 효인의 모습이 바다 속으로 사라질 때까지
나는 멀찌감치 서서 쳐다보고만 있었다. 마침 근처에서
훈련 중이던 프리다이버가 효인을 구조했지만 그는
전혀 고마워하는 기색이 없었다. 그는 이미 버려야 할
감정에 매몰되어 자신을 놔버린 상태였다. 쭈그리고 앉아
울고 있는 효인을 보니 가슴이 너무 아렸다. 물론 그건
말 그대로 디어텔로스의 신체 반응일 뿐 효인을 정말로

안타깝게 생각하는 게 아니었다. 효인은 내가 원하는
인간상이 아니었다. 윤의의 회사 동료라는 걸 알고 나서도
마찬가지였다. 그러나 필요에 의해 난 그가 되었다.

윤의는 만나는 모든 이들에게 그 잔디밭을 알려주었다.
나도 몇 번이나 윤의와 함께 그곳에 갔다. 처음에는
괴로웠지만 곧 익숙해졌다. 윤의와 마지막으로 본 것도
그곳에서였다. 그때 새벽에 숲길에 내리던 첫눈을 보고
감당하기 힘든 슬픔을 느꼈다. 며칠 뒤에 이별을 고해야
하는 나 자신의 비운을 생각하니 숨이 쉬어지지 않았다.
그때 윤의가 한 번만 더 말을 걸어왔다면 나는 주저앉아
평평 울었을 것이다. 역시 효인은 쉬운 대상자가 아니었다.
하루 빨리 다른 대상자가 되고 싶었다.

이듬해엔 다시 윤의를 떠나 휴식기를 가졌고 여러 삶을
살았다. 재활치료센터에서 소윤을 만난 건 몇 년이
흘러서였다. 그는 몸이 불편한 어머니를 면회 중이었는데
돌아갈 때쯤 근력 운동 중이던 윤의와 잠깐 얘기를
나누었다. 나는 그때부터 소윤을 따라가기 시작했다.
그는 차를 타고 집에 가서 운동복으로 갈아입은 뒤 비가

오는데도 우산 없이 집 근처 공원을 돌기 시작했다. 한참
음악을 들으며 달리던 그는 어느 인적 없는 곳에 멈추더니
벤치에 앉아 잠시 숨을 골랐다. 나는 먼발치에서 그를
지켜보았다. 어느 틈에 인기척을 느꼈는지 소윤이 고개를
들어 좌우를 살폈다. 우린 눈이 마주쳤다. 나는 당황한
척하며 벤치로 조심스레 걸어갔다.

"여기 사람 있는 거 처음 봐서 놀랐어요."

"그래요?"

소윤은 스트레스를 풀려고 실컷 달렸다며 한껏 웃었다.
운동화엔 진흙이 잔뜩 들러붙어 있었고 트레이닝복
하의에도 튀어 있었다. 땅이 척척했다. 나는 우산을 든 채
걷기만 해서 그나마 나았다.

"보통 이런 날은 운동도 쉬지 않아요?"

"전 비 오는 날 운동하는 거 좋아해요."

우린 동시에 일어섰고 근처 카페에서 커피를 마시며 손쉽게
친구가 되었다. 경계심 없는 그와 친해지는 데는 오랜
시간이 걸리지 않았다. 꼭 누군가처럼.

4

조우

큰길로 차를 몰았다. 교차로를 지나 타이어 간판이 있는
건물 옆을 유턴해서 우회전한 다음 그 집까지 쭉 직진만
하면 그 집까지 도착할 수 있다. 시외로 10분쯤 달리자
각양각색의 간판과 시퍼렇던 건물이 논밭으로 바뀌고 언덕
위 주택가 풍경이 펼쳐졌다. 그 집은 방해받고 싶지 않은
집주인의 성격을 그대로 보여주듯 부유한 동네의 끝자락에
지어졌다. 도율은 방향치라 내비게이션을 조금만 벗어나도
딸의 유치원을 못 찾을 정도지만(내가 그동안 지켜봤다는
걸 도율이 알면 큰일이다) 나는 그곳에 10년 이상 거주한
사람처럼 한 번 다녀간 장소도 잘 기억하는 편이다. 그래서
사는 데 더 억울한 면도 있다.
언덕 위에 봉긋 솟은 그 저택이 모습을 드러내자 알림음과
함께 문자가 왔다. 발신인을 보고 조금 놀랐다. 도율이 보낸
문자였다.
'오늘 생일이라서 전화한 거야? 난… 이번이 누나의 마지막
생일이었으면 좋겠어. 진심이야.'
나도 모르게 입안을 잘근 깨물었다. 내가 디어텔로스라는

사실을 밝혔을 때 의외로 도율은 덤덤했고 어떻게든
노력해보겠다며 의젓하게 말했었다. 하지만 성인이
되자마자 바로 연락을 끊었다. 지금까지도 엄마하고만
간간이 연락하고 지낼 뿐 다 같이 만난 적은 한 번도 없었다.
물론 내 감정 따위는 중요한 게 아니어서 서운할 틈도
없었다. 도율이 최선의 선택을 했다면 나도 받아들여야
했다.

집 안으로 들어가지 않고 시동을 끈 채 운전석에 푹
파묻혔다. 이 짓을 그렇게 해왔는데도 이 순간엔 매번
망설이게 된다.
창을 조금 내리니 가을치곤 제법 날카로운 공기가 얼굴
전면에 파고들었다. 금세 코끝이 차가워지고 추위의
농도가 진해진다. 멍한 눈으로 긴긴 한숨을 내뱉는다.
백미러 속 낯선 얼굴 위로 조금 전 환상이 뒤덮이고, 금세
의식이 모호해진다. 혹시 실패한 건 아닐까. 그 모든 게
사후세계에서 벌어진 일이면 어쩌지. 그럴 리는 없지만
그럴 리가 없다고 스스로 확답을 받아야 했다. 나는
백미러를 잠시 쳐다보다 차에서 내렸다.

두 시간 전, 문이 열리고 연보랏빛 실크 파자마를 입은
소윤이 잠에서 덜 깬 얼굴로 날 맞았다. 피부는 창백하고
푸석해 보였다. 나는 운동복 차림이었고 약속 시간보다
한 시간 일찍 도착했다. 물론 고의였다. 소윤은 얼굴을
매만지며 왜 이렇게 일찍 왔어요? 라고 했고, 나는 일이 좀
빨리 끝나서 바로 왔다고 둘러댔다. 그가 들어오라고 했고,
나는 거실 소파에 가 앉았다. 바람막이 왼편 주머니에는
마취제가, 오른편 주머니에는 치약과 붕대가 들어 있었다.
"샤워하고 올게요."
나는 소윤이 미안한 표정을 지으며 욕실로 들어가는 모습을
눈으로 좇았다. 무방비 상태일 때 급습하는 게 좋을까,
아니면 대화를 나누면서 할까. 매일 배달시키는 천연 과일
주스라도 한 잔 마시게 해줄까. 별의별 생각을 하면서
시뮬레이션을 몇 번이나 돌려보았다. 열 명도 착석이
가능한 대형 소파에 앉았다. 보드랍고 조밀한 패브릭
소재를 손바닥으로 몇 번 쓰다듬었다. 곧 내가 나이를 먹을
장소였다.
욕실 문이 열리고 소윤이 모습을 드러냈다. 그는 수건으로
몸을 감싼 채 걸어와서 스마트폰을 주방 바에 올려놓았다.
흑인 여자 가수가 부르는 고전 재즈풍의 음악이 흘러나오고

있었다.

"이 곡 좋죠? 어제 친구가 추천해줬는데."

간주가 나오고 트럼펫이 연주되기 시작했다. 나는 수건으로
머리를 닦던 그에게 다가가며 말했다.

"샤워 후에 마사지하는 거 좋아한댔죠? 내가 해줄까요?"

"아… 나야 좋죠."

소윤은 순간적으로 약간 의아하게 쳐다보았지만 금세
그럴 수도 있지, 하는 표정으로 바뀌었다. 나는 그에게
소파에 누워달라고 했고, 그는 순순히 소파에 엎드렸다.
평소 스파에 자주 간다는 소리는 들었었다. 소윤이 날
정말 친구로 본다고는 생각하지 않았다. 지금도 한낱
출장 온 마사지사 같아 보이니까. 운동을 오래해서 그의
팔 근육은 나무뿌리처럼 불거져 있었다. 나는 그의 팔을
들어 마사지를 하는 척하면서 마취 주사를 찔러 넣었다.
따끔했는지 소윤이 몸을 일으켰다.

"방금 뭐예요?"

내 손에 든 주사기를 쳐다보고는 눈이 휘둥그레졌다.

"뭐… 뭐 하는 거냐고, 지금!!"

굳이 대답할 필요가 없었다. 그는 곧바로 쓰러졌다.

본격적인 작업은 이제부터였다. 소윤을 정자세로 눕힌 뒤

치약을 꺼내 코밑에 묻히고 천천히 심호흡했다. 그리고
그의 팔을 들어 배 위에 올리고 내 이가 뚫을 수 있는 깊이를
가늠했다. 그리고 입으로 가져가 한 번에 물어뜯었다. 순간
소윤이 짧게 비명을 질렀지만 정신이 혼미해서인지 금세
다시 늘어졌다. 입안에 진한 피 맛이 느껴졌고 입가로는
핏물이 줄줄 흘러내렸다. 나는 살을 억지로 꾸역꾸역 씹어
삼키고 그의 팔에 기본적인 응급조치를 한 다음 붕대로
감았다.

*

그 집의 비번을 누르고 문을 열었다. 처음에 왔을 때와는
사뭇 다른 공기가 느껴졌다. 아니, 전혀 다른 세상 같아
보였다. 제일 먼저 보인 건 전면 창의 햇살이 환하게
비추는 거실이었다. 한 시간 전에 대상자를 물어뜯을 땐
전혀 보이지 않던 풍경이다. 거실은 호텔 라운지를 연상케
할 만큼 넓었고 천장은 공중그네를 탈 수 있을 정도로
높았다. 오른편 벽은 온통 서재로만 이루어져 있었고 조금
전 앉았던 하얀색 패브릭 소파가 그 앞에 놓여 있었다.
핏자국이 여기저기 흩어져 있었다. 반대편에는 이젤 위에

캔버스가 놓여 있었고, 그 옆에 상당히 무게감 있는 하얀색 그랜드피아노가 놓여 있었다. 아마 피아노를 치다가 싫증나면 곧바로 그림을 그릴 수 있게끔 놔둔 것 같았다. 대충 훑어봐도 이 집 주인은 시간이 많고 취미 생활에 공을 많이 들이는 값비싼 인간이라는 걸 알 수 있었다. 진짜 직업 따위는 알고 싶지 않았다. 알 필요가 없었다. 오늘부턴 내가 여기서 살 테니까.

살면서 이렇게 큰 집에 와본 건 처음이라 이런 공간에 서 있다는 것 자체가 공허하게 여겨졌다. 나는 아무 데도 앉지 못하고 화장실도 못 찾은 상태에서 현관문 앞에 그냥 멈춰 있었다. 중앙 미니정원으로 나갈 수 있는 전면 창 외에도 기다란 복도 곳곳에 작은 창문이 많아서 하루 종일 집에 박혀 있다 해도 시간 감각이 모호해질 일은 없을 것 같았다. 지금이 한낮이라는 걸 순백의 드레스처럼 펼쳐진 햇살이 말해주고 있었기 때문이다. 어지러워서 한껏 눈을 찌푸린 채 그 빛 속으로 발을 더벅더벅 움직였다. 내 발걸음과는 어울리지 않는 햇살이었다.

대리석이 박힌 욕실에서 머리를 말린 뒤 세 파트로 나눠진 드레스룸 중 제일 넓은 방으로 갔다. 맨 아래 수납

칸에 소윤이 한 번도 입지 않은 새 파자마가 있었다. 바스락거리는 비닐을 뜯어 남색 체크무늬 파자마로 갈아입었다. 슬리퍼를 신고 거실로 나오니 조금 전보다 햇빛을 반쯤 덜어낸 스툴이 고즈넉한 분위기를 품고 있었다. 거기에 앉아 캔버스를 응시했다. 문득 내 얼굴을 그리고 싶어졌다. 그림을 그리기에 완벽한 시간과 환경이었다. 바로 옆 피아노 위에 거울을 두고 얼굴 골격과 이목구비를 관찰했다. 얼굴형은 장방형에 가까운데 하관이 조금 두드러져 강하고 우아한 이미지를 풍긴다. 동공은 간장 종지를 들여다보듯 새까맣고 윤곽도 선명하다. 서재에서 가져온 연필을 쥐고 얼굴선을 마무리한 뒤 눈을 그리기 시작했다. 단정해 보이지만 낮은 콧잔등과 일자로 길게 늘어뜨린 얇은 입술도 그렸다. 이 얼굴이 사람을 먹었다는 게 믿기지 않았다.

30분 정도 걸려 스케치를 완성한 뒤 흰색 백팩을 열어 그동안 모아둔 그림들 사이에 끼워 넣었다.

물을 한 잔 마신 뒤 거실과 연결된 좁은 복도로 향했다. 손에 든 연노란색과 하얀색 약물이 걸을 때마다 햇빛에 반짝거렸다. 이건 엄마에게서 건네받은 것이다. 보통은

이렇게 엄마가 간호사로 근무 중인 병원에 가서 약물을
받아 온다. 아빠는 일부러 엄마에게 접근했다. 위급한
상황에 필요한 약물을 구하려면 엄마 같은 사람이 꼭
필요했으니까.

국내 고위험 약물 제1호. 인위적으로 사람 체온을 낮춰 동면
상태로 전환. 주사기에 넣고 15~20회 정도 흔들어 투여.
맥시멈은 6개월. 즉 1년이 필요한 경우 1회분 추가 투여
가능. 지남력 저하 등 부작용에 유의. 엄마의 설명은 이랬다.
바쁜 시간대에 찾아갔는지 엄마는 물건만 전해주고 떠났다.
위급 시에 사람을 숨길 수 있는 컨테이너 창고는 아직도
대여 중인지 물어보려 했지만 묻지 못했다. 내가 염려하지
않아도 강박관념을 애착인형처럼 달고 사는 사람이라 실수
없이 뭐든 척척 해낼 테지만 엄마도 이제는 예순이 넘어서
감각이 조금씩 둔해지고 있었다. 1998년 초반 아빠가
나이를 먹는 도중 사망한 뒤 엄마 혼자 우리 남매를 키웠다.
내가 성인이 된 이후로는 1년에 한 번 오늘 같은 날 만나는
것 외에 엄마 얼굴을 볼 일이 없었다. 만나봤자 좋은 소리
들을 일이 없으니까. 그들은 나를 위해 많은 걸 포기한 채
살고 있다.

복도 끝 막다른 벽에서 왼편으로 돌면 세탁기와 잡동사니가
있는 다용도실이 있었다. 각 방마다 습도와 온도 조절이
가능해 사람 하나를 보관하기에 더없이 적합한 집이었다.
하얀 문에다 열쇠를 집어넣어 돌리고 한 손으로 슥 밀었다.
끼익, 하며 문이 젖혀졌는데 내 시야에선 나란히 놓인 세
대의 세탁기 중 한 대밖에 보이지 않았다. 잠시 인기척을
확인하고 들어갔다. 정사각형의 다용도실 구석에 소윤이
축 늘어져 있었다. 이마와 볼 주변에 달라붙은 머리카락을
뗄 힘도 없이 뒷벽에 등을 기댄 채였다. 팔을 보니 지혈은
어느 정도 된 것 같았다. 요즘은 근육 손상을 최소화하는
방법을 터득해서 예전만큼 상처 부위가 깊지 않다. 소윤이
나를 알아본 듯 눈을 가늘게 뜨더니 이내 질색하는 표정이
되었다.
"대체 어떻게…."
나는 그의 아래턱을 벌려 진통제 한 알을 집어넣었다.
그리고 엄마에게서 건네받은 약물을 꺼냈다. 소윤이 나약한
힘으로 내 손을 저지했다.
"일부러 나한테… 접근했어?"
나는 빠른 손놀림으로 비닐을 뜯고 주사기에 약물을
집어넣었다. 이제 대화할 수 있는 시간은 두 가지 약물을

섞는 잠깐의 시간뿐이다.

"우리 운동하다 만났잖아. 기억 안 나?"

"날… 좋아한다고 했잖아. 그럼 우리 친구가 아니었어?"

난 그의 얼굴 가까이 내 얼굴을 갖다 대었다.

"지금 날 보고도 그런 소리가 나와? 나한테 친구가 있을까,
없을까?"

소윤은 마른침을 한 번 삼키더니 내게서 시선을 거두었다.

"건강이 안 좋다고만 했지. 그런 끔찍한 병이 있다는 말은 안
했잖아."

의외였다.

"…끔찍해?"

"두번 다시 보고 싶지 않을 만큼."

스톱워치를 확인한 뒤 그를 눕히고 주사를 놓았다. 소윤은
아주 짧게 눈을 희번덕거리더니 아무 일도 없었던 듯
평온하게 눈을 감았다. 1년 뒤에 얼떨떨한 정신으로
깨어나면 나를 기억할까. 부디 기억하지 말기를. 악몽으로
여기기를.

거실로 돌아오는 동안 복도 벽에 줄지어 걸어둔 소윤의
추억 사진들을 감상했다. 서른여덟 살, 집안 대대로

대기업을 주 고객으로 둔 건축업을 하고 있다. 몇 년 전
동거인이 있었지만 결혼 문턱까지 가서 헤어지고 지금은
비혼으로 살고 있다. 달리기를 좋아해 참가 기념으로 주는
마라톤 메달만 수십 개다. 달리면서 주변 모든 것이 한순간
사라지는 러너스 하이를 경험한 뒤로 완전히 중독되었다.
해외여행은 늘 혼자 간다. 여행 에세이를 출간한 적이
있을 정도로 글쓰기를 즐긴다. 아주 정적인 걸 좋아한다.
그에게 클래식과 재즈를 제외한 모든 음악은 소음일
뿐이어서 파티나 클럽도 즐기지 않는다. 복잡한 감정놀음을
싫어한다. 후회, 분노, 복수 같은 건 일체 관심 없다.
아버지의 외도를 목격하고도 어머니에게 말하지 않았다.
그러나 내가 이 여자에게 끌린 점은 따로 있었다. 날씨가
궂든 아니든, 개인적으로 무슨 일이 있든 없든 아무 생각
없이, 아무 미련 없이 달린다는 것. 그리고 달릴 때의 그
옆모습. 나는 그게 참 좋았다. 어쩌면 내가 원하는 이데아에
가장 근접한 인물이었다. 나도 그 여자처럼 달리고 싶었다.
매일매일 그렇게 아무 목적 없이 달리고 싶었다. 물론 가장
중요한 건 여자가 윤의를 알고 있다는 사실이었다.

해가 저무는 풍경이 내 동선을 따라왔다. 소파 위에

던져놓은 백팩에서 조금 전 그린 그림을 끄집어내 움켜쥐고 한동안 그곳에 서 있었다. 집주인의 체취가 진동하는 소파 위에서는 도저히 못 잘 것 같아 어스름이 보일 때쯤 바닥에 드러누웠다. 물론 여기도 소윤이 누운 흔적이 있었다. 포근하고 따뜻했다. 무언가와 교감한다는 게 이런 걸까. 생경하지만 묘했다.

그림을 가슴에 껴안고 눈을 감았다. 새벽을 지나 내일이 올 때까지 잠에서 깨지 않았으면 싶었다.

5

조우

"디어텔로스라니…? 대체 무슨 소릴…."

모든 얘기를 끝내고 윤의를 쳐다보았다. 윤의는 내내 믿을 수 없다는 표정을 지었고 터져 나오는 감정을 애써 억누르느라 미간에 주름이 졌고 가끔은 분노를 삭이듯 입술을 깨물었다. 우리가 강물에 흠뻑 젖은 채 서 있다는 사실도 모르는 듯했다.

몇 시간 전, 윤의를 태우고 차를 운전해 이곳 잔디밭에 왔다.

오늘은 그와 헤어지는 날이었고 계획대로 그럴듯한 핑계를
대며 빠져나왔다고 생각했다. 그런데 일이 꼬여버렸다.
차를 몰고 가다 뭔가 낌새가 이상해서 뒤를 돌아봤는데
잔디밭에 서 있던 윤의의 모습이 보이지 않았다. 황급히
차를 돌려 그를 찾았다. 그가 죽으면 나도 사라진다. 내
목숨은 그에게 달려 있다.

얼마 안 가 윤의를 발견한 나는 강물에 뛰어들어 축 늘어진
윤의의 상체를 붙들고 뭍으로 나왔다. 나오자마자 온몸에
힘이 빠져 주저앉았고 윤의는 쓰러져 옴짝달싹하지 않았다.
그 모습을 보자 갑자기 울컥 화가 치밀었고 나도 모르게
그동안 쌓인 울분을 토해내었다. 숨을 가늘게 몰아쉬던
윤의가 고개를 들어 날 의아하게 쳐다보았다. 그리고 곧
믿을 수 없다는 눈빛이 되었다. 그가 갑자기 내 이름을
불렀던 게 실제였을까. 여전히 혼란스러웠지만 어찌
되었든 내가 소윤이 아니라는 사실을 그에게 소명해야 할
차례였다. 나는 최선을 다해 모든 진실을 털어놓았다. 그가
이해해주길 바라는 마음은 조금도 없었다. 디어텔로스라는
인종은 그 어떤 책에도 등장하지 않으니까.

"지금… 그 말을 믿으란 거야…?"
물에 잠겼다 나온 윤의의 목소리는 탁성에 가까웠다.

"믿든 말든 그건 내 알 바가 아니야."

"뭐?"

"정말 오늘 죽을 거라면 내가 죽는 걸 먼저 지켜봐. 그럼 마음이 전혀 달라질 테니까."

"…네가 죽는 거?"

"그래. 그게 내가 디어텔로스라는 증거야."

윤의는 다리에 힘이 풀린 듯 허리를 숙여 무릎을 쥐었다.

"…그러니까, 자정이 됐을 때 네가 죽어가는 걸 구경하라?"

"그래."

윤의는 기가 막힌 듯 실소했다.

"그 말이 사실이라면… 왜 진작 죽지 않았지? 네 인생이 그렇게 처참하다면 다 포기하면 됐잖아. 왜 남의 인생을 탐내고 망치는 건데?"

그 질문엔 도저히 답할 수 없었다. 이게 다 너 때문이야, 라고 하는 순간 내 모든 삶이 부정되고 어린애 장난질로 매도될 테니까. 아니, 어린애 장난질이 아니라고도 단언할 수 없는 건가. 내 마음이 어떤지도 모른 채 여기까지 끌려왔으니.

"할 말이 없겠지. 네 말이 사실이라면 넌 그냥 타고난 괴물이라 그렇게 산 거지, 불행한 인간이어서가 아니니까."

"…"

그렇게 말하던 윤의의 시선이 자연스레 자신의 오른팔로 향했다.

"그래… 내 팔을 이렇게 만든 건 정말 짐승이었던 거네. 그 사건은 정말 짐승이 날 해쳤던 거야…. 내가 거짓말을 한 게 아니라…."

윤의는 뒤늦게 충격이 왔는지 비틀거리며 머리를 감싸 쥐었다.

"어떻게… 그런 짓을 하며 살 수 있지?"

수없이 예상했던 대사였다. 언젠가 이런 상황에 직면하게 되리란 걸 알았지만 상상했던 것보다 더 최악이었다.

"네가 무슨 말을 하든 상관없어. 내 눈앞에서 죽지만 마."

"왜…? 몇 번이고 지금처럼 구해주려고?"

윤의와 이런 대화를 나누는 게 현실로 체감되지 않았다. 윤의의 얼굴을 오래 들여다보면 볼수록 지금껏 나이를 먹은 게 헛된 게 아니라는 자각이 들 뿐이었다. 그는 여전히 나의 이데아였다. 한쪽 팔에 장애가 있어도, 내게 험한 말을 퍼부어도 그는 그때 그 초등학생 서윤의였다.

"넌 지금 자기연민에 빠져 엄청난 착각을 하고 있어. 넌 사람을 해쳤고 그 사람들 인생을 망친 식인종일 뿐이야.

다른 서사는 없어."

그가 정곡을 찔렀는데도 아무렇지 않았다.

"…알아. 다…"

"아니? 난 널 용서할 생각이 없어. 내 목숨 살린 거 뼈저리게 후회할 만큼 괴롭혀줄게. 우선 경찰서부터 가야겠지. 네 정체를 온 세상에 알려야 하니까."

"…그래, 네 마음대로 해. 어차피 난 오늘 나이를 먹을 생각이 없으니까."

윤의의 눈빛이 싸늘하다 못해 환멸스럽게 변했다.

"뭐라고?"

"난 오늘 나이를 먹을 생각이 없어. 너처럼 죽을 생각이었거든. 네가 물에 빠질 거라곤 예상 못해서 조금 차질이 생겼지만 그 마음은 변함없어."

무슨 마음에선지 그가 날 더 증오하게끔 말해버렸다. 그 순간 윤의는 저도 모르게 내 목덜미를 두 손으로 잡았다. 하지만 입술만 세게 깨물 뿐 더 이상 손아귀에 힘을 주지 않았다. 난 똑바로 윤의를 노려보았다. 윤의는 내 눈을 잠시 바라보다 체념한 듯 멀리 떨어졌다.

그가 어떤 행동을 하든 아무 상관이 없었다. 마음이 진정될 때까지 묵묵히 기다릴 생각이었다.

나를 등지고 선 그는 한동안 허공을 노려보았다. 그리고 분하고 억울한 마음을 담아 하늘에 대고 몇 번이나 소리쳤다. 그 후로는 초조한 듯 마른세수를 하거나 간간이 한숨을 지었고 마지막엔 무슨 중대한 결심이라도 하는 듯 눈을 질끈 감았다 떴다. 나는 덤덤히 그 모습을 지켜보았다. 결국 30분도 채 되지 않아 그가 다시 입을 열었다.

"진심이야? 오늘 죽겠다는 말."

대답 없이 윤의를 가만히 응시했다.

"진심이냐고!?"

"…그래."

"…절대 네 마음대로 되지 않을 거야."

나는 의아하게 쳐다보았다.

"무슨… 소리야?"

"넌 오늘… 나를 먹게 될 거니까."

그 말을 바로 알아듣지 못했다. 그러고 싶지 않았다.

"방금 뭐라고 했어?"

"26년 전에도 멋대로 사라지고 지금도 멋대로 죽겠다고? 내가 그걸 가만히 보고 있을 거 같아?"

"…너 지금 제정신 아니야."

"방금 전까지 강에 뛰어들었고 이미 너한테 먹힌 전적도 있어. 더 두려울 게 있겠어?"

"내가 죽으면 다 끝나. 피해자도 더 이상 없을 거라고. 근데
굳이 왜?"

"감옥에선 불가능해."

단숨에 힘이 빠졌다. 여전히 그는 내 말을 믿지 않고 있었다.

"아직도 내 말을 못 믿는 거야?"

"…."

"경찰은 망상증으로 알 거야. 증거도 없어. 지금까지 내가
어떻게 그 수많은 눈들을 피해 다닐 수 있었겠어?"

"그건 두고 보면 알겠지."

"윤의야, 내가 널 먹을 일은 절대 없어."

"아니. 나한테 조금이라도 미안한 감정이 남아 있다면 26년
만에 나타나서 자살하는 일은 없어야지. 안 그래?"

그의 아집은 여전했다. 자신이 납득할 만한 증거를
두 눈으로 확인할 때까지 절대 포기하지 않을 것이다.

예전부터 그런 무모한 면이 있었다. 나 같은 애를 좋아한 건
특이취향이라 쳐도 어딘가 수상쩍은 구석이 있으면 의심을
품고 멀어져야 하는데 그는 그렇게 하지 않았다. 오히려 더
다가붙었다. 그 당시 내 몰골은 누가 봐도 신뢰하기 힘든
모습이었는데. 그 미련함이 지금도 납득이 되지 않는다.

정말 머릿속에 내가 위험한 부류라는 경고가 뜬 적이 단 한 번도 없었을까. 처음에 내게 다가왔던 이유는 대체 뭘까. 아마 내가 평생 깨닫지 못할 그런 불가해한 인간의 감정이 신비로우면서도 덜컥 무서워졌다.

"뭐 해, 안 할 거야?"

그가 여전히 포기하지 않았다는 신호를 보내왔다. 나는 하는 수 없이 소매를 걷어 소윤의 흉터가 남은 팔을 보여주었다.

"이거 보여?"

윤의는 내 팔을 보고 놀란 듯했다. 그 흉터는 누가 봐도 자신의 흉터와 비슷했으니까.

"네 팔에 있는 흉터가 소윤이 된 내게도 있어. 이게 뭘 뜻하는 거 같아?"

"…글쎄."

"모른 척하지 마. 내가 거짓말하는 거라면 이런 특이한 흉터가 있을 리 없잖아."

"그걸로는 부족해. 그 엄청난 말을 다 믿기엔."

"너 정말…"

그래서 기어이 하겠다는 건가. 나도 더 이상은 그의 고집을 꺾고 싶지 않았다. 아니, 스스로 깨닫고 포기하길 바랐다.

나는 주머니에 있던 주사기를 꺼냈다. 내가 하는 일의
반의반이라도 보여주면 그도 두려움에 물러설 것이라
판단했다. 아니나 다를까, 역시 겁을 집어먹은 듯 눈을 크게
떴다.

"마취제야. 고통을 덜어주려고 이걸 써."

"그때는?"

"있었다면 썼겠지."

아직 주사를 놓지도 않았는데 예상대로 윤의의 시선이
허둥대기 시작했다. 내 말이 갑자기 현실로 와 닿은 것이다.
그의 마음이 갈팡질팡하고 있다.

"준비됐어?"

"…그래."

분명 내 눈엔 두려움이 보이는데 윤의는 끝까지 아무렇지
않은 척 행동했다. 가까이서 본 그의 어깨는 미세하게
떨리고 있었다.

"마지막으로 물을게. 정말 할 거야? 감당할 수 있겠어?"

윤의는 마음을 다잡듯 잠시 강물 너머를 바라보았다.

"평생… 네가 왜 그런 짓을 했는지 생각했어. 하루는 너무
많이 생각했더니 머리에 쥐가 나서 쓰러진 적도 있었어.
좋아하면 그러면 안 되는 건데, 어째서 넌 그런 짓을 했을까.

아무리 머리를 쥐어짜도 모르겠더라. 그걸 대체 무슨 수로
알 수 있었겠어? …그건 이미 매듭지어진 끝이 아니었어.
우리가 꼭 만나서 마무리 지어야 할 미완이었어. 그래서
언젠가 널 꼭 다시 만나리라 믿었어. 복수든 뭐든, 뭔 짓을
하건 널 꼭 만나야겠다고 생각했어. 그러니, 그 내막이 뭔지
내가 납득할 수 있다면 뭐든 다 할 거야, 뭐든. 그게 설사
다시 물어뜯기는 일이어도."

그의 진심이 가감 없이 전해졌다. 심장이 두근거리기
시작했다. 어릴 적 빛바랜 공기 속으로 흩어진 그 말들을
전부 다 기억하고 있을 거라곤….

아니지. 나는 재빨리 현실로 돌아왔다. 지금은 추억 속에
잠겨 있을 때가 아니었다.

"그 정도 이유로는 불충분해. 네 목숨이 달린 문제야. 내가
아무리 숙련된 디어텔로스여도 운이 나쁘면 죽을 수도
있어."

그는 전혀 물러설 마음이 없어 보였다.

"그렇게 이성적인데 왜 날 이렇게 만들었지?"

"말했잖아. 난 그때 서툴렀고 오로지 네가 되고 싶은
마음뿐이었다고."

윤의는 내 진심을 확인하려는 듯 내게서 한동안 눈을 떼지

않았다. 그러곤 무심한 눈길로 하늘을 올려다보았다.

"날이 저물기 전에 빨리 시작하는 게 좋겠다."

*

잔디밭에 앉아 내가 실행에 옮기기만을 기다리는 그를
바라보며, 난 애꿎은 주사기만 매만지고 있었다. 이제껏
단 한 번도 대상자가 겹친 적이 없었는데(그런 일은
당연히 피해왔다). 이제 어떡하지? 그냥 도망칠까? 비겁해
보이더라도 그 편이 나을지도 모른다. 하지만 그렇게 되면
윤의는 이제 그 어떤 사람을 만나도 나라고 의심할 것이다.
아무와도 만나지 않고 지금보다 더 고립된 생활 속에서
서서히 자멸하겠지. 내가 윤의를 못 만나는 건 아무래도
상관없지만 그의 인생이 여기서 더 망가지는 건 정말
바라지 않는 일이었다.
결국 윤의가 원하는 방향으로 결론을 내렸다. 26년 전과
마찬가지로 이번에도 '나쁜 방법'을 택했다. 마지막
예의라고 해두자. 난 그의 곁에 늘 존재했지만, 그는 26년
동안 날 기다렸을 테니까.
그의 곁으로 다가가 평소처럼 천천히 심호흡을 한 뒤

흐트러진 정신을 한데 모았다. 신중하게 그의 팔에 주사를
놓고 의식을 잃은 그를 잔디 위에 눕혔다. 평온한 그의
얼굴이 낯설어 보였다. 단정한 인상이지만 입술은 화가 난
듯 굳게 다물고 있다. 줄곧 만나면서도 느끼지 못했다. 내
얼굴이 수없이 변했듯 그의 얼굴도 나이를 먹으며 천천히
변했다는 사실을.

윤의의 눈가에 진 주름을 물끄러미 바라보고 있는데 문득
견디기 힘든 슬픔이 밀려왔다. 이건 신체 반응인가. 아니면
실제 감정인가. 나는 눈물을 가리듯 그의 가슴에 잠시
고개를 파묻었다. 당혹감과 절망감이 속을 헤집었다. 왜
하필 그때 터뜨렸을까. 조금만 더 참았으면 그는 내 존재를
영원히 모른 채 살았을 텐데. 쓸데없는 짓을 하는 바람에
오늘 계획을 완전히 망쳐버렸다. 등신 같으니.

그렇다고 이대로 넋 놓고 앉아 있을 수도 없었다. 결과가
어떻든 지금은 다른 대안이 없다. 이왕 이렇게 된 거 빨리
해치우자. 평소처럼 냉담하게.

다시 집중한 나는 적당한 부위를 찾아 깊이를 가늠했다.
그의 바지를 걷어 올려 넓적다리 부근을 물어뜯었을 때
그가 무의식중에 비명을 질렀고, 나는 흠칫하며 뒤로
물러났다. 이내 그는 다시 잠에 빠졌다. 나는 안도하며

일어섰다.

그대로 강물 쪽으로 걸어가는데 몸 상태가 조금 이상했다.
헛구역질이 나오고 위가 타는 듯한 통증이 느껴졌다.
살면서 이런 적이 딱 두 번 있었다. 어릴 적 생일날 엄마가
주는 걸 처음으로 삼켰을 때, 그리고 윤의를 먹고 열네 살이
되었을 때.

갑자기 왜 이러지. 이건 예상 못했던 일인데. 설마 이번에도
그가 대상자여서? 가끔씩 나이를 먹을 때 이런 인간적인
내면과 싸울 때가 있었지만 오늘 같은 강도는 아니었다.
난 지금 온몸으로 '후회'를 하고 있었다. 걸어가는데
몸이 급속도로 피곤해졌다. 나는 착잡한 마음으로 뒤를
돌아보았다.

"…미안. 약속은 못 지킬 거 같다."

그에겐 미안하지만 내가 오늘 죽어야 그가 날 더 이상 찾지
않게 된다. 그래야만 그가 나를 깨끗이 잊고 살아갈 수 있다.
그게 내가 할 수 있는 가장 큰 속죄다.

나는 고통스러운 몸을 질질 끌어 강물 속으로 뛰어들었다.
피부 끝에 몸서리칠 정도로 차가운 게 닿아서 눈을 떴을
땐 이미 깊은 물속에 있었다. 조금 전에 윤의를 구하러

들어왔을 때와는 완전히 달랐다. 머리 위로 더 이상 하늘이 보이지 않았고 눈앞은 온통 희뿌옇게 보였다. 그러다 새파란 빛줄기가 느껴졌고 눈앞이 서서히 밝아졌다. 그래, 오늘 내가 원한 건 이런 죽음이었다. 난 머리를 심연으로 집어넣어 더 깊은 곳으로 몸을 끌어내렸다. 이 물속에서 30분만 더 고립된다면 나는 이대로 죽을 것이다.

한참을 몸을 웅크린 채 눈을 감고 있었다. 사형이 집행되기 전 사형수에게 마지막 담배가 허락되듯 찰나의 평온이 찾아왔고 잠시 천국을 누볐다. 그리고 곧 눈에 보이지 않는 투명한 압정들이 내 몸을 압제하듯 붙잡아 온몸 깊숙이 스며들기 시작했다. 피부의 표피가 해파리에 쏘인 듯 따끔거렸고 체내와 체외의 각 부위가 부풀거나 쪼그라들거나 뒤틀리는 고통이 무수히 일었다. 그 차갑던 수온이 나중엔 뭉근한 불길처럼 뜨뜻해져 고열이 나고 땀을 흘리는 듯한 착각이 들 정도였다. 그 증상은 수십 분 동안 지속되었다.

얼마 뒤 공이 튀어 오르듯 시야가 번쩍 트였고 이질적인 느낌이 온몸을 뒤덮었다. 누가 내 몸에 딱 조이도록 맞춘, 다른 사람의 거죽을 뒤집어쓴 듯한 감촉이었다. 눈을 뜨고 내 손을 내려다보았다. 내가 늘 붙잡고 있던 윤의 손과

똑같았다. 난 어느샌가 윤의로 변해 있었다.

그래, 그의 모습으로 끝난다면 더할 나위 없이 좋은
결말이다. 이제 곧 나의 모든 이야기는 이 고독한 물결
속으로 자취를 감출 것이고 나는 아무도 내 존재를 모르는
세상으로 갈 수 있을 테니까….

바로 그때였다. 수압이 밀려와 몸이 한쪽으로 떠밀리더니
누군가의 손이 내 손등을 덮었다. 눈을 떠보니 윤의가
손발을 허우적거리며 날 바라보고 있었다. 그의 다리에선
피가 뿜어져 나오고 있었고 그의 표정은 경악 그 자체였다.
나는 내 몸을 내려다보았다. 그래, 그는 지금 자신으로 변한
나를 처음 대면하고 있는 것이다. 저런 반응은 당연하다.
하지만 대체 왜? 왜 네가 여기 있는 거지?
그는 내 얼굴을 보지 않으려 애쓰며 자꾸만 내 몸을
끌어당겼다. 온 힘을 그러모아 그를 밀어냈지만 그는
고집스레 버티며 나를 끌어당기려 시도했다. 그의 체력이
급속도로 떨어지고 있었다. 이대로라면 내가 아니라 윤의가
먼저 죽을 것이다.
다시 한번 그를 밀어올렸을 때 그의 몸이 힘없이
가라앉기 시작했다. 이미 출혈과 산소 부족으로 정신을

잃은 상태였다. 당황한 나는 그를 붙잡고 정신없이 위로
헤엄치기 시작했다. 수면을 헤치고 올라가는 동안 너무
힘들고 고통스러워 몇 번이나 그를 놓칠 뻔했다. 그런
사투에도 사위는 잔인할 정도로 아주 천천히 밝아졌고 거의
죽음의 문턱에까지 다다랐을 때야 잔디밭이 보였다. 체력은
한계치를 벗어난 지 오래였지만 옆에 누워 꼼짝도 않는
윤의를 그냥 내버려둘 수 없었다. 나는 연신 컬럭거리며
그의 흉부를 압박하기 시작했다. 더 이상 쥐어짤 힘도
남아 있지 않을 때쯤 윤의의 입에서 물이 숭덩숭덩 뿜어져
나왔다. 안도감과 함께 온갖 격통이 밀려들었다. 나는 이를
악물며 그대로 옆으로 쓰러졌다. 아무것도 할 수가 없었다.
고통에 신음하는 소리가 입에서 계속 터져 나왔다. 하늘과
구름이 바로 앞에서 춤추고 있는 것 같았다. 내 심장은 거의
멎은 듯 아주 느리게 움직였고 귀에는 간간이 윤의의 긴
숨소리가 들려왔다.
"정말…이었어…"
의식이 점멸하듯 희미하게 가라앉았다 다시 떠올랐다.
아직도 믿기지 않는다는 듯 멍한 윤의의 목소리가 간간이
들려왔다. 그건 나조차도 아직 적응이 안 되는 일이다.
하물며 그에겐.

"어떻게… 그런 일이… 가능하지?"

나는 대답을 할 수 없어 숨만 거칠게 내쉬었다.

"넌 어떻게… 그걸 받아들였…어?"

고개를 돌릴 힘도 남아 있지 않았다. 나는 눈을 감은 채 거의 흐느끼듯 대답했다.

"…받아들이고 말고의… 문제가 아니잖아. 그냥… 사는 거지."

열 달 간 모체에 있다 태어나는 인간의 탄생 과정에 대해 누가 이의를 제기할 수 있을까. 꼼짝없이 태어나 해마다 외롭게 늙어가야 하는 그 잔인한 섭리에 대해 반기를 드는 사람은 세상 어디에도 없다. 인간은 그 정도로 순종적이고 수동적인 기계다. 그들과 양상은 다르지만 나도 그렇게 나이를 먹어왔다.

그는 다시 하늘에 시선을 고정한 채 가늘고 긴 숨을 한참 동안 내뱉었다. 그의 생각이 읽히면서 지금 이 순간의 복잡한 감정들이 고스란히 전해졌다. 윤의는 기어들어가는 목소리로 입을 뗐다.

"아까… 왜 죽고… 싶으냐고 물었지…"

귀가 먹먹해서 주변의 어떤 소리도 들리지 않는데 그의 음성만은 또렷이 들렸다.

"…내가 우울한 건지 아닌지 알 수 없어서."

"…"

"…내 감정을 알 수 없어서."

"…"

"…널 죽이고 싶은 건지 아닌지 알 수 없어서."

"…"

"…더 이상은 그걸 못 견디겠어."

처음 듣는 자기 고백이었다. 가슴이 더없이 벅차오르면서 숨이 가빠왔다. 눈두덩부터 온몸이 뜨겁게 달아올랐다. 그 말은 지금껏 감당해온 내 마음과 다르지 않았다. 윤의의 심장이 내 심장 위에 고스란히 얹어져 나를 마구 짓뭉개는 듯했다.

"널… 왜 만났을까…."

그가 그렇게 말하는 순간 숲의 풍경이 동공에 각인되고 바람 소리, 새소리가 한꺼번에 밀려들었다. 나는 흐릿한 의식을 쪼개고 쪼개 그에게 집중했다.

"대체… 왜 그랬어…? 내가 죽으면… 넌 자유가 될 텐데…?"

"…네 말이… 사실이었…으니까."

윤의는 그걸 직접 확인하고 싶었던 걸까. 나는 윤의가 된 내 몸을 내려다보았다. 전혀 어색하지 않았다. 그동안 수도 없이 겪었으니까. 내겐 성별이란 게 아무런 의미가 없었다.
그들은 모두 내가 나이를 먹기 위해 필요한 이데아일
뿐이었다.

"후회할 거야…"

"상관없어."

"정말이야. 후회할 거야."

"구급차 좀… 불러줄래? 정말… 죽겠으니까."

"…난 앞으로도… 네 주위에 있을 거야…. 평생 네 곁에서
나이를 먹을 거야… 어쩌면 또다시 사랑하게 될지도
모르지."

"아니… 꿈 깨. 그럴 일은 절대… 없을 거야."

우린 여전히 힘겨운 숨을 이어가고 있었지만 서로에게서
눈을 떼지 않았다. 꿈을 깰 수가 없었다. 꿈을 깨는 방법이
있긴 한 건가.

나는 눈을 감고 바람을 느꼈다. 그리고 다시 눈을 떴다. 나를
바라보는 윤의는 사라지지 않고 그대로였다.

내 앞에 윤의가 있다. 그리고 윤의의 모습을 한 내가 있다.
이건 꿈인가. 그래, 기쁘고 우울한 꿈이다. 난 지금 우울한
걸까, 아닌 걸까. 그는 지금 우울한 걸까, 아닌 걸까. 우린

지금 우울한 걸까, 아닌 걸까.

그래, 저 높은 우주에서 보면 아무것도 아닌 우울일 것이다.

작가의 말

언제부터 시작되었는지는 모릅니다. 그저 공기가 흐르듯이, 자연스레 호흡하듯이 상상의 공간에 하염없이 앉아 내 눈과 귀를 번쩍 뜨이게 만들 무언가를 기다렸던 것 같습니다. 그게 하나둘씩 쌓여 특수한 공간에 갇힌 주인공, 툭하면 졸리는 주인공, 의자와 한 몸이 된 주인공, 머릿속의 지진을 겪는 주인공, 나이를 이상하게 먹는 주인공이 탄생했습니다. 전 그런 어처구니없는 상황들이 너무나도 재미있고 즐겁습니다. 현실에선 일어나지 않는 일들이니까요. 그만큼 전 현실을 재미없고 지루하게 느꼈는지도 모릅니다. 내가 상상하는 세상이 걷잡을 수 없이 거대해질수록 현실은 더더욱 보잘

것없이 다가왔고 간밤에 소실된 꿈보다 재미가 없어지는 비극이 일어났죠.

가끔은 내가 세상을 잘못 찾아온 게 아닐까, 하는 이상한 생각이 들 때도 있었습니다. 나는 원래 꿈 세계(그쪽 거주자들의 입장에선 현실)에 있어야 할 사람인데 현실 세계로 잘못 들어와 버린 게 아닌가 하는 착각. 나이가 한 자릿수였을 때부터 그런 걸 느껴왔으니 지금까지 살아온 인생을 재미없게 느끼는 것도 어쩌면 당연하다고 봅니다.

다행스럽게도 그렇게 창조한 세계를 글 형식을 빌려 세상에 내보낼 수 있게 된 덕분에 그나마 인간 구실을 하며 살 수 있게 되었습니다. 그마저도 없었다면 저는 뭐가 되었을까요. 어떻게든 투명한 문고리를 잡고 다른 세상으로 도피했을까요. 아무도 모를 일이죠.

이번엔 조금 현실적인 얘기를 해볼까요. 몇 개월 전까지 제 곁엔 솜이라는 반려견이 있었습니다. 평생 그렇게 상상과 합숙하고 지낸 저였는데도 그 녀석이 떠나고 난 뒤 겪은 상실감은 상상 이상이었습니다. 그때 겨우 깨달았죠. 아, 순간의 감정은 상상할 수 없는 거구나, 라고요. 남은 시간이 얼마 없었기에 어떻게든 녀석이 없는 세계를 상상하면서 지내보려고 했습니다. 고통을 겪을 자신이 없어서요. 하지만 녀석이 떠났을 때 제가 느낀 절망을 생각해보면 그때의 연습은 정말 무의미하고 허무했습니다. 뜻하지 않은 상황에서 현실과 상상의 엄청난 괴리를 체감한 것이죠.

　요즘 저는 이 간극을 좁히려고 노력하는 중입니다. 둘 사이에는 항상 적당한 거리감이 있었는데 녀석이 멀리 소풍을 떠나고부터는 계속 그 거리가 멀어지는 기분이 들었거든요. 하루는 지나치게 현실적으로 보내고 또 하루는 극단적으로 공상과 뒤엉켜 보내고. 하지만 언젠가 다시 만나 잔디밭을 뛰어노는 우리를 상상하니 조금 위안이 되었습니다. 나도 언젠가는 죽는다는 현실과 천국에서 만난다는 상상이 만나 적절한 위로가 된 거겠죠. 현실과 상상 사이에 그런 안정적인 거리감을 유지하는 건 저 같은 몽상가에겐 꼭 필요한 일입니다.

　믿기 어렵겠지만 녀석이 떠난 뒤 가끔은 냄새도 맡아지고 바로 곁에 있는 것처럼 공기가 포근해질 때도 있습니다. 그게 현실인지 제 간절함이 실체화된 건지는 모르겠지만 현실 문제에 부딪혔을 때 상상의 힘은 생각보다 강력합니다. 제가 현실에 기반을 둔 환상 소설에 본능적으로 끌리는 것도 아마 그런 이유에서일 겁니다. 내가 발을 내딛고 있는 이곳이 현실이고 우린 떼려야 뗄 수 없는 운명 공동체이니까요. 그리

고 상상이 그런 지난한 현실을 헤쳐 나갈 수 있게 도와줄 테
니까요.

그런 면에서 전 상상하는 행위가 허무맹랑하다고 생각하
지 않습니다. 현실과 너무 동떨어져서 뜬구름 잡는다는 평
을 듣는다 할지라도 그것이 무의미하다고 생각하지 않습니
다. 그 세계는 나라는 존재를 존속하게 만들 에너지를 끊임
없이 발산해냅니다. 저는 공기로도 숨을 쉬지만 상상으로도
숨을 쉽니다. 꼭 작가에게만 해당되는 얘기가 아닙니다. 그
걸 읽고 경험하는 독자들도 분명 좋은 영감이나 자극을 받을
수 있다고 생각합니다. 이것은 이것이다, 라고 분명하게 확
정 짓지 않아도 그것은 그것으로서 아름답게 존재할 수 있다
고 생각합니다. 그리고 그것이 상상이자 환상의 본질이라고
생각합니다.

전 계속 그런 소설을 쓸 겁니다. 사실 그런 소재밖에 떠오
르지 않습니다. 아무튼, 그런 저와 끝까지 함께해주실 분이
계시다면 참 좋겠습니다.

첫 소설을 출간하게 되어 무척 기쁩니다. 저를 도와준 모
든 분들께 고맙다는 말 전합니다.

그리고 두 사람이 있었다

박인성(문학평론가)

미스터리와 오컬트의 상호 보완

미스터리라는 장르는 무엇일까? 고전적인 장르 관습에서 말하자면 각종 이론적 정의가 다 튀어나오겠지만, 현대적 미스터리는 아주 단순한 상황적 전개에서부터 시작하는 것 같다. 어떤 사전 예고도 없이 찾아오는 불가해한 사건이라는 상황 말이다. 이미 사건은 벌어졌으며 인물들은 처음에는 놀라움이라는 감정에서 시작하지만, 다음에는 나름대로 해답을 찾는 과정으로 나아간다. 과거에는 탐정이 파이프를 물고 이성적 논리를 통해 풀어나가던 추리 과정 또한 현대의 미스터리에서는 다양하고 자유로운 발견의 방법으로 변형되었다. 이은영의 소설 속 주인공들 역시 분명 미스터리한 상황 속에 놓여 있으며, 마치 범죄 현장에 내던져진 수색 팀처럼 각자의 자리에서 이 불가해한 현상을 움직이는 원인을 찾아가는 과정에 골몰한다.

〈폭풍, 그 속에 갇히다〉는 이은영 소설의 미스터리적 특징을 압축적이고 도상적으로 잘 전달하는 작품이다. 이 소설에서 주인공 두 사람의 '격리'는 비유처럼 보이기도 하지만 다른 해석의 여지가 없는 물질적인 현상으로 그려진다. 헤어진 이후 오랜만에 우연히 카페에서 만난 옛 연인은 서로에 대한 속마음을 채 확인하기도 전에 투명한 블록 안에 갇힌 서로를 발견한다. 그들은 긴 시간 누구도, 구조도 닿지 못하는 격리 상태 속에서 서로를 마주하고 있을 뿐이다. 심지어 두 사람이 격리와는 무관하게 바깥세상에 불어 닥친 폭풍은 어느새 카페를 포함한 주변 일대를 침수시키고 두 사람까지 어두운 소용돌이 안으로 빨아들인다. 이 소설에서 묘사되는 다소 초현실적인 현상들은 미스터리의 영역이라기보다는 오컬트의 영역에 가깝다.

미스터리와 오컬트가 아주 거리가 먼 장르라는 오해와 달리, 사실 이 두 장르는 일종의 친가는 아닐지라도 외가 쪽 혈통을 공유하는 이종사촌 정도는 된다고 말할 수 있을 것이다. 이 소설집을 본격 미스터리라고 부를 수는 없지만, 오히려 오컬트 문법과의 교차 형식이라고 말할 수 있을 것이다. 오컬트 역시 본격 미스터리에서 범죄의 트릭과 범인을 찾듯, 초현실적 현상의 이면에 있는 원인과 초자연적 존재의 정체를 찾는 장르라는 점에서 공통적인 서사 문법을 공유하고 있기 때문이다. 다만 이러한 이종사촌 관계가 형성되기 위해 적절한 촉매제가 필요한데, 이를 위해 미스터리는 아주 나이브한 의미의 판타지와의 혼합을 수행한다. 장르로서의 판타지라기보다는 도구적인 의미에서의 환상성 말이다. 이것이 도구적이라는 의미는 환상 자체가 장르의 핵심은 아니며, 오히려 주인공이나 서술자의 인지적 혼란 혹은 착란과 관련되어 있기 때문이다.

세계로부터의 격리 상태를 연출하고 있는 이 소설은 과거의 장롱 안 공간과 연결되어 있는 일종의 평행 세계로의 진입을 암시하는 것으로 끝난다. 모든 것은 환상일 수도 있지만, 두 사람이 공통적으로 이 경험을 공유하고 있다는 사실을 강조할 경우 엄연한 현실이다. 이은영 소설에 있어서 오컬트적 경험이 두 사람 사이에, 혹은 두 사람이 함께 있을 때 등장한다는 사실은 기존의 미스터리 관습이나 오컬트 관습

과도 맞닿아 있다. 추리 과정에서 짝패를 이루는 홈즈와 왓슨처럼, 혹은 엑소시즘을 수행하는 두 명의 수사처럼, 그들은 공통의 미스터리를 앞에 둔 동반자이자 아직까지 서로가 완전히 전하지 못하고 공유하지 못한 과거의 개인사를 이제 드러내야만 하는 입장에 놓인 위태로운 사람들이기도 하다.

핵심은 두 사람이 평행 세계라고도 부를 수 있는 과거의 순간에 도달했음에도 그것을 진심으로 해결하고자 한다는 사실이며, 동시에 그것만이 이 소설의 초자연적 미스터리를 올바르게 풀어나갈 수 있는 탐색자의 자격을 보여준다. 아무리 비현실적인 환상처럼 보일지라도, 두 사람이 경험하는 격리와 이동은 결국 그들이 과거와 관련되어 있는 풀리지 않은 사건의 핵심이기 때문이다. 즉 이 소설에서 세계로부터의 격리는 극복하지 못한 과거의 트라우마적 과거와 연결되어 있으며 심리적인 단전 상태를 시각적으로 보여준다. 환상에 가까운 평행 세계일지도 모르지만 장롱 바깥에서 들려오는 아빠의 목소리는 극복되지 못한 과거의 공포를 실시간으로 전달한다. 이쯤 되면 이 소설집에 수록된 일련의 소설들이 미스터리와 오컬트 사이에 있으면서도 또 하나의 장르적 영역에 접근하고 있다는 사실에 주목해야 한다. 이 모든 판타지, 혹은 초현실성은 주인공들의 과거와 직접적으로 연결되어 있는 시공간, 더 나아가 심리적 시공간을 구성하는 매개물이기 때문이다.

미스터리는 어떻게 비극으로 돌아가는가

이 소설집이 미스터리와 오컬트의 결합 이외에도 또 다른 장르적 경계에 놓여 있다는 사실은 〈졸린 여자의 쇼크〉에서 명확해진다. 이 소설은 표면적으로 과거 살인을 저지른 범죄자의 심리적 곤경과, 자기가 죽인 시체를 확인하는 일련의 과정을 그리고 있다. 하지만 자신이 과거에 묻었던 어린 소녀의 시체가 거인의 몸처럼 커져 있는 것을 확인하는 순간부터 전체 이야기는 완전히 다른 이해와 발견의 방향을 향해 간다. 핵심은 미스터리의 수색 과정이 외부적 진실이 아니라 개인 내면의 진실을 향한다는 사실이다. 범죄는 분명히 일어났으며 살해된 것은 무고한 소녀다. 심지어 그 아이를 살해한 범죄자 주인공 내면의 잔인함 역시 실재하는 진실이다. 그러나 사실 이 소설은 범죄에 대한 객관적인 이해와 그 도덕적, 법적 단죄를 이야기하지 않는다. 오히려 존재하는 것은 개인의 내면에서 발생한 내면의 범죄, 그리고 그에 대한 심리적 단죄다.

주인공 우호진은 평소 기면증처럼 자신을 통제하지 못하고 깊은 잠에 빠져드는 모습을 보이는데, 이 졸음은 자신이 죽인 시체를 다시 파헤쳐 끌고 나오는 과정에서조차 찾아온다. 왜일까? 그것은 심리적인 방어기제 혹은 회피적 수단이기 때문이다. 심지어 분명히 죽었어야 할 시체가 자신에게 끊임없이 말을 걸면서 이 졸음으로도 피할 수 없는 환상적 현실이 주인공을 압도한다. 분명 이 소설에서도 미스터리의 질문에 오컬트의 응답이 나오는 상황이 반복되는 중이다. 하지만 실제로 중요한 것은 이러한 오컬트는 진정한 응답을 향해가는 일종의 우회로이며, 이야기가 진행될수록 표면적인 장르였던 미스터리와 오컬트는 점차 하나의 새로운 장르로 결합되어간다는 사실이다. 바로 그것은 비극이다.

고전적인 장르로서의 비극은 오늘날 대중적 장르문학의 포괄적인 뿌리라고 할 수 있는 서사시(epic)와는 궤를 달리하지만, 그럼에도 불구하고 미스터리 장르의 원형적인 한 가지 문법을 제시한다. 그 유명한 비극《오이디푸스 왕》이야기를 최초의 미스터리 소설, 탐정소설이라고 읽어내는 것이다. 오이디푸스는 스핑크스의 수수께끼를 풀고 테베의 왕이 되지만, 테베에 역병이 돌자 선대왕인 라이오스를 죽인 범인을 찾아야 한다는 신탁에 따라서 범인에 대한 탐색과 진실에 대한 추적을 시작한다. 바로 이 순간부터 이 이야기는 오이디푸스가 탐정 역할에 충실할수록 그 자신이 아버지 라이오스 왕을 죽인 범인이라는 진실을 드러내는 비극의 핵심적 결말을 향해간다. 아리스토텔레스가 《시학》에서 비극이 전개되는 플롯의 특징이라 말한 급전(peripeteia)과 인지(anagnorisis), 요즘 식으로 말하자면 반전을 통한 깨달음을 통해서 진실이 폭로되는 국면이다. 《오이디푸스 왕》을 비극으로 완성하는 것은 오이디푸스가 범인으로서의 자기정체성을 받아들이고 직접 자신의 두 눈을 멀게 하는 결단이다.

이은영 소설에는 분명 현대화된 미스터리 장르가 어떻게 비극으로 되돌아가는지를 보여주는 측면이 있다. 미스터리한 상황에 놓인 탐정은 오컬트적 전개를 통해 최종적으로 범인으로서의 자기 자신을 발견한다. 비극에서 급전과 인지라고 말하는 이러한 결말은 사실 미스터리가 가장 고통스러운 현대인의 자기인식으로 발전하는 이야기의 원형이 된다. 근대의 유명한 미스터리 규칙 중 하나인 '녹스의 10조' 중 일곱 번째는 "탐정 본인이 범인이어서는 안 된다"는 것이다. 오늘날에는 결코 잘 지켜지지 않는 법칙이기도 하지만, 비극은 이러한 규칙을 탐정 자신도 모르게 어기게 된다는 특징이 있다. 더 중요한 것은 자신도 모르고 살아왔던 자기 자신을 발견하고, 그 진실이 아무리 충격적이더라도 받아들이는 것이다. 현대적 미스터리에서 탐정만을 위한 면책특권은 없다.

〈졸린 여자의 쇼크〉에서 드러나는 진실은 자신이 우호진이라고 믿어왔던 주인공의 정체성은 거짓이며, 실제로 그는 우호진의 딸인 이지윤이라는 사실이다. 그리고 자신이 죽었다고 믿어온 피해자 소녀 역시 존재하지 않는 사람, 혹은 심리적으로만 존재하는 또 다른 자기 자신일 뿐이다. 지윤은 20년 전 엄마가 자신의 첼로를 팔아버리고 자신을 사랑하지 않는다고 깨닫는 순간, 그동안의 자신을 파묻어 죽인 것이다. 자신의 부분을 살해하고 여분의 삶을 살아가는 분열적인 상황 속에서, 지윤은 스스로를 속이기 위한 연극만을 연출한다. 그녀가 직장에서 단기 알바로 일한 또 다른 이지윤 역시 과거의 그녀일 뿐이며, 아무리 모르는 척 잠이 들어도 내면에서 부풀어 오르는 과거의 목소리를 회피할 방법은 사라진다.

"넌 니 인생을 내버려뒀어.""넌 이제 가해자야." 결국 이 모든 심리적 미스터리의 진실은 가해자, 범인이자 살인자로서 자기인식이다. 지윤은 과거의 어느 시점부터 쭉 자신을 방치하고 타자화했을 뿐 아니라, 자기를 사랑하지도 받아들이지도 않는 연극 속에서만 살아왔다. 그리고 그러한 총체적인 망각과 자기기만은 결국 실제 살인 행위에 가까운 죄로 인식된다. 20년간 묻혀 있는 사이에 거인처럼 커진 시체는 청산되지 않은 부채처럼 부풀어 오른 죄의식 혹은 자기기만의 크기처럼 보인다. 따라서 이은영 소설에서 오컬트적 환상성은 과거의 자신과 마주할 수 있는 심리적 시공간처럼 활용된다.

〈그가 기울어졌다〉 역시 이러한 관점에서 자기발견을 향해가는 현대적 비극의 한 가지 이야기로 읽힌다. 쉽게 요약하자면 이 이야기는 얼마 전 연인과 작별한 '은효'가 아랫집에 이사 온 신혼부부의 작별을 근거리에서 관찰하는 과정이다. 은효의 시선에는 남편을 두고 행방불명되듯 사라진 아랫집 여자만큼이나 그런 아내를 애타게 찾는 것처럼 보이지 않는 아랫집 남자 역시 잘 이해되지 않는다. 마찬가지로 이러한 미스터리는 다시 은효 자신의 이야기로, 자기가 이미 겪은 남자 친구와의 작별에 대한 기억의 환기로 돌아온다. "이렇게 싸우는 건 현실이 아니야. 이건 우리의 판타지야. 진짜 현실은 앞으로 제대로 된 수입도 없이 생활해야 하는 우리라고!" 이은영 소설들의 공통점은 일련의 판타지가 주인공의 현실을 가리는 안대 역할을 하고 있다는 사실이다. 그렇다면 미스터리란 판타지 너머에 고통스러운 자기인식을 향할 수 밖에 없다. 이 소설들은 왜 현대의 미스터리가 비극의 이야기 구조를 닮아가는지를 정확하게 보여주고 있다는 점이다.

비극을 넘어가기 위한 조건

이은영의 소설들이 미스터리와 오컬트 사이에서 흥미로운 장르적 결합을 통해 현대적인 비극으로 거듭나고 있다면, 그러한 비극이 제시하는 절망적인 자기인식에서 벗어날 방법 또한 필요해 보인다. 앞서 언급한 소설들이 비극적인 자기인식과 마주하는 진실의 폭로에서 멈추는 결말이었다면, 이 소설집에는 그러한 결말 이상으로 나아가는 소설들 또한 존재한다. 바로 〈의자는 사형되어야 한다〉와 〈우울의 중점〉이다. 두 텍스트는 이 소설집에서 가장 핵심적인 두 축을 담당하는데, 주인공들이 회피해온 진실에 대한 추적과 그 폭로라는 차원에서 미스터리의 성격을 좀 더 강렬하게 심화하고 있기 때문이다. 이 두 소설은 단순한 심리적 트릭이 아니라, 실재하는 오컬트적 초현실성에 기반해 전개된다. 오컬트적 판타지는 그저 현실을 가리는 안대가 아니라, 실제로 현실을 강력하게 지배하는 힘이다. 따라서 여기에서의 미스터리는 단순히 진실을 폭로하는 데 있는 것이 아니라, 그 진실을 감당하는 쪽에 강조점이 있다.

우선 〈의자는 사형되어야 한다〉는 훨씬 더 강력한 오컬트적 초현실성을 바탕으로 해결 불가능한 과제로 던져주고 있다. 이 소설에서 주인공을 사로잡고 그 운명을 뒤흔드는 초현실성은 단순한 인지적 착란이나 심리적 환상이 아니라 엄연한 실재다. 주인공 '여은'은 엄마가 자살을 위해 디딤대로 활용한 의자에서, 의자와 한 몸으로 태어난 존재이며 자신도 통제할 수 없는 의자로서의 삶에 잠식되어 있다. 오빠 '여훈'은 그런 여은을 돌보면서 의자가 아닌 사람의 삶에 머무를 수 있도록 노력해왔지만 사실은 그 자신도 어쩔 수 없는 운명에 잠식되어가는 중이다. 게다가 일종의 퇴마사 역할을 맡고 있는 '석희'가 여훈을 설득해 여은의 정체성을 의자로 되돌리게 함으로써, 이 소설의 오컬트적 해답은 해결 아닌 해결에 도달한다.

여은은 그 이후로 20년을 의자로 살아가며 오빠 여훈의 죽음만이 아니라, 자살을 선택하는 또 다른 여자의 곁에서 그들의 자살에 있어 도구가 되어준다. 거기에는 인간으로서의 의지가 아니라, 오히려 인간들이 원하는 바에 종속되어 있으며 저항하지 못하는 의자로서의 무력함이 드러난다. 애초에 여은이라는 의자가 있었기에 그들이 자살을 떠올린 것인지, 자살하고자 하는 자들 주변에 그저 의자가 따라올 뿐인지는 구분할 수 없는 인과관계다. 게다가 여은의 존재가 타인의 삶을 잠식하고 파괴하는 오컬트적인 저주의 실체인지, 혹은 이 모든 이야기가 자기 삶을 감당하지 못하는 마음 약한 사람들에게 그저 그럴듯한 오컬트적 해석을 제공할 뿐인지도 구분하기 어렵다. 이러한 딜레마는 자살이라는 행위에 포함된 자발성 혹은 비자발성의 딜레마처럼, 여훈과 석희가 한창 친하게 지낼 무렵 토론하던 자살에 대한 문답에도 내포되어 있다.

'있잖아, 여훈아. 사람이 죽는 거랑 자살은 별개라고 봐.'

'그게 뭔 소리야?'

'자살하는 사람들은 죽고 싶은 게 아니라 이 세상에서 사라지고 싶은 거잖아. 현재 일을 되도록 피해버리고 싶은 거지. 난 그렇게 생각하거든.'

'그러니까 세상에서 증발하고 싶은데 방법을 찾지 못해서 그냥 자살한다?'

'그렇지. 그나마 쉬운 방법이니까. 자신의 능력치로는 그렇

계밖에 할 수 없는 거야. 아인슈타인이 아닌 이상 발명으로 자신의 몸을 증발하게 만들 순 없잖아.'

'아니 그래서 인마, 마라가 자살을 부추기는 게 맞는다는 거야, 아니라는 거야.'

'어쩌면 자살은 인간이 가장 이성적일 때 발현되는 행위일지도 몰라. 마라가 끼어들 틈은 없다고 봐. 넌 어떻게 생각해?'

이 소설은 자기 존재에 대한 증발 수단은 자살로 여은이 의자로서의 자기 삶을 마감하는 것으로 끝난다. 석희의 논리대로라면 사실 그것은 의자로서가 아니라 가장 이성적인 인간의 행위일 터이다. 하지만 여은이 자신의 죽음을 통해 인간성을 되찾았다는 해석은 어딘지 석연치 않다. "의자는 사형되어야 한다. 고로 나는 죽어야 한다"로 끝나는 이 소설의 결말은 절망적인 자기인식으로 멈추지 않고 자기 자신의 실종으로까지 나아가기 때문이다. 이러한 자기파괴적인 결말은 인간과 의자 사이의 정체성의 혼란을 손쉽게 끊어내는 방법일 뿐인지도 모른다. 만약 이러한 극단적 선택 이외에 비극적인 자기인식 너머로 나아가고자 한다면, 누군가 다른 사람의 존재가 필요하다는 사실을 환기해야 한다. 자기 자신의 정체성이라는 좀처럼 풀 수 없는 미스터리한 수수께끼 속에

서 진실을 발견하고자 하는 사람은 언제나 그 발견의 순간을
속일 수 없는 다른 목격자를 필요로 하기 마련이다.

따라서 〈우울의 중점〉은 〈의자는 사형되어야 한다〉와 좋
은 비교가 된다. 이 소설은 이야기의 전달 방식에 있어서는
전체 수록 작품들과 다소 결이 다른 예외적인 텍스트지만 비
극적인 자기인식이라는 차원에서는 공통점이 있다. 우선 이
텍스트는 '조우'라는 인물이 처한 비극적인 자기인식에 대
한 이야기다. 조우는 '디어텔로스'라는 돌연변이 인간종이
다. "수명은 단 1년밖에 되지 않고 나이를 먹기 위해선 인간
의 신체 부위를 먹어야 한다." 디어텔로스의 생존 방법은 뱀
파이어를 떠올리게 하지만, 동시에 그보다 훨씬 더 번거롭고
고통스러운 생존 수단을 취해야만 겨우 인간 사회에 잠입해
살아갈 수 있다. 심지어 1년에 한 번씩 다른 인간의 신체를
섭취할 때마다 외형까지도 그 사람과 같은 모습으로 변형되
며, 감정과 기억의 전이까지 경험하게 된다.

생존 수단에 있어서는 비인간적일 수밖에 없는 존재가 가
장 인간적인 감정들의 전이를 경험함으로써만 인간적 삶을
연장할 수 있다는 점에서, 이 소설은 결국 타인과의 인간관
계를 연료처럼 태우며 살아갈 수밖에 없는 요령 없는 인간들
의 이야기이기도 하다. 주기적으로 누군가를 만나고 다시 작

별함으로써만 자기 자신을 자각하는 비극적 인식의 연속 속에 놓여 있는 인물들이 그 연쇄의 반복을 끊어내는 방법을 모색하는 것이다. 우선 조우의 삶은 식인종 괴물과 비참한 인간 사이에서 결합되어 있으며, 편리하게 분리할 수 없다. 그것이 앞선 소설들에서 여러 인물들이 자기 삶을 속이려 했던 수단들과 구별된다. 조우는 윤의처럼 되고 싶었기에 윤의의 신체를 깨물어 먹었을 뿐 아니라, 여러 다른 사람의 모습으로 조우와 만나 여러 차례의 연애 기간을 보내기까지 한다. 비록 1년이면 끝이 날 관계임에도 불구하고 조우가 윤의의 주변에 머무르는 이유는 결국 자기 삶에서 떼어낼 수 없는 비극적인 자기인식을 반복하면서도 그것을 넘어서고자 하기 때문이다.

미스터리를 거쳐 오컬트적인 현실까지 받아들이는 이 소설의 핵심은 비극을 넘어서기 위해서는 적어도 두 사람의 존재가 필요하다는 사실이다. 감정의 전이를 함께할 수 있는 동반자라는 점에서 윤의와 조우는 홀로 모든 것을 감당해야 하는 비극의 주인공들과는 구별된다. 그런 의미에서 이 소설의 결말은 앞서 일련의 소설들에 드러난 비극적 인식을 뛰어넘는다. 조우가 윤의의 신체를 먹어가면서 생존해야 하는 자신의 이질적이고 기이한 정체성에 여전히 고통스러워하는 동안, 자신의 모습으로 변해버린 조우를 받아들이는 윤의의 모습은 핵심적인 인간관계의 한 형태를 암시하는 것 같다. 결국 우리 모두에게는 자기 인생에서 감당해야만 하는 타인(동시에 또 다른 나)에 대한 미스터리가 있으며, 그것을 회피하거나 제멋대로 해석해서는 안 된다는 사실 말이다. 오히려 때로는 공포스럽고 때로는 불쾌하며 불가해하기까지 한 자기정체성의 미스터리를 받아들이려는 시도야말로 비극적 자기인식을 넘어서 자기 삶 주변의 이질적인 존재들과 살아가는 공존의 방법이다.

최종적으로 이 소설의 결말에서 기꺼이 자신의 살을 내어준 윤의와 그 살을 먹고 윤의의 모습으로 변한 조우가 서로를 바라보는 장면은 이은영 소설 전체를 관통하는 중요한 장면이다. 이 소설집에 수록된 이은영의 소설들은 모두 자기자신을 제대로 돌보지 못한 사람들이 자기 삶을 분리하고 타인처럼 모른 척해온 삶의 진실이 운명적 도플갱어처럼 되돌아오는 이야기이기 때문이다. 미스터리라는 큰 틀의 장르적 문법은 이러한 자기 탐색을 향한 방향성을 제시해주며, 판타지를 가미한 오컬트적 문법은 그 탐색에 필요한 심리적 시공간을 경험하는 중간 과정을 구성한다. 여기서 판타지의 존재는 현실을 직시하기 위해 벗어야 하는 안대인 동시에, 현실

내부에서 우리가 공존해야 하는 자신의 일부이기도 하다. 그렇게 최종적으로 드러나는 진실이란 언제나 비극적인 자기인식이지만, 이러한 인식은 우리의 삶에 필연적이며 동시에 필수적인 인식이다. 그리고 이은영의 소설들은 현대적인 미스터리의 문법 안에서 타인이 되어버린 자기 자신을 마주하는 방식으로, 그 비극적 인식을 넘어서 간다.

우울의 중점

초판 1쇄 펴냄 2021년 12월 13일
초판 2쇄 펴냄 2022년 9월 15일

지은이 이은영
펴낸이 이영은
편집인 김현경
편집장 한이
교정 오효순
홍보마케팅 김소망
디자인 여상우
제작 제이오

펴낸곳 나비클럽
출판등록 2017. 7. 4. 제25100-2017-0000054호
주소 서울특별시 마포구 동교로22길 49 2층
전화 070-7722-3751 팩스 02-6008-3745
메일 nabiclub17@gmail.com
홈페이지 www.nabiclub.net
페이스북 @NabiClub
인스타그램 @nabiclub

ISBN 979-11-91029-41-3 03810